名もなき勇者たちよ

落合信彦

集英社文庫

この作品は二〇〇四年六月、集英社より刊行された『名もなき勇者たちへ』を、文庫化にあたり改題したものです。

名もなき勇者たちよ　目次

プロローグ　11
第一章　暗殺　37
第二章　非情　65
第三章　捜査　98
第四章　ザ　マサダ　123
第五章　ザ　ミッション　147

第六章　ザ　キラーズ　キラー　185
第七章　ズィ　アンダーカヴァー　210
第八章　見せしめ　260
第九章　出会い　284
第十章　終局への序章　331
エピローグ　381

主な登場人物

レイチェル・アザリアス——モサドのベスト エージェント
ヨナタン・ワイズマン——レイチェルの養父、イスラエル陸軍軍人
ジョッシュ・パーカー——ニューヨーク市警刑事
ダニー・スモレンスキー——ニューヨーク市警刑事
ジョージ・シューマー——ニューヨーク・タイムズ記者
グレン・オライリー——ニューヨーク市警本部長
藤岡毅——CIA専属ヒットマン、本名大門勇人
サイモン・ドラッガー——CIA対外作戦部責任者、コード ネームはリチャード
ジェイソン・サブラック——モサド副長官
アラン・ドーヴィル——モサド イスタンブール支局長

ヘンリー・サリヴァン――ＦＢＩニューヨーク支局長
ラリー・デピエール――ＦＢＩ特別捜査官
ピーター・レヴァイン――モサド　キブッツ　サムソン責任者
アブ・サレフ・アル・ドバイエ――テロリスト組織のリーダー
アブドゥラ・エル・シャフェイ――アル・ドバイエのスポンサー
セルゲイ・イワノヴィッチ・グリシェンコ――元ＫＧＢの契約ヒットマン
クリス・スパーン――元ＣＩＡの契約ヒットマン
ミーシャ・ケラー――モサド対外諜報部責任者
フライ――ホットドッグ屋、パーカーの協力者
ローレン・ランド――大統領特別顧問
カイル・グロスマン――ＣＩＡ長官
ドン・クックマン――ＣＩＡ対外諜報部責任者

名もなき勇者たちよ

プロローグ

パリのシャルル・ド・ゴール空港を発ってから約四時間、ボーイング747がその巨体をゆっくりと左に旋回させて下降し始めた。シートベルト着用のサインがつき、あと十分でベングリオン空港に着陸とのアナウンスがなされた。

レイチェルは窓に顔を貼りつけるようにしながら機外を見つめていた。はるか前方に海岸線が見えた。黄金の砂と地中海の青さが鮮やかなコントラストを見せている。

機がさらに高度を落とし今度は右に旋回を開始した。

となりにすわった母親のキャサリン・アザリアスが身を乗り出して窓の外を指で差した。

「あれがテルアヴィヴよ」

「イスラエルの首都でしょう」

「いいえ、イスラエルの首都はエルサレム」

「でも学校ではテルアヴィヴと習ったけど」

「それは異教徒の言うこと。私たちユダヤ人にとっては三千年以上も前から首都はエルサレムだったのよ」

レイチェルは再び窓の外に目をやった。おかしな景色だと思った。テルアヴィヴは地中海に面しているが、左右と向こう側が完全な褐色に包まれている。緑色をしているのはテルアヴィヴの街だけだ。

機はその巨体に似合わぬスムースさで滑走路にタッチダウンした。キャサリンが彼女の手を握りしめた。

「さあレイチェル、着いたのよ。私たちの故郷に」

「パパ迎えにきてるかな」

「もちろんよ。きっとしびれをきらしてるわ」

ベングリオン空港のターミナルビルはド・ゴール空港とはくらべものにならないほど小さくて貧弱だった。あちこちに小銃を肩から下げた兵士がいる。それも男だけではなく女性の兵士も一緒だ。

税関はあるにはあるが、ほとんどフリーパスだった。ロビーには大勢の人が到着者を待ち受けていた。ふたりは荷物のカートを押しながら通路を進んだ。レイチェルは周囲を見回して父の姿を捜した。

「キャサリン！　レイチェル！」

父ベン・アザリアスの声だった。

通路のわきの人波の後ろから花束を振っている。

「パパ！　パパ！」

レイチェルは通路に張られたガードロープをくぐり抜けて父に走り寄った。

ベン・アザリアスがその長身をかがめてレイチェルを抱き上げた。一年ぶりに会う父の体のぬくもりが伝わってくる。

「モン　ベベ！　マ　プティット！」

彼女の顔にキスの雨を降らせた。

「大きくなったね」

「いやーね、パパったら。まだ一年たっただけよ」

「でも大きくなったよ。どれどれ、顔をちゃんと見せておくれ。うん、きれいだ。やっぱりレイチェルはパパのプリンセスだ」

キャサリンがやっとふたりのところに辿《たど》り着いた。ベンが手にした花束を彼女に渡した。ふたりはしばしの間、互いを見つめ合っていた。

「この一年は本当に長かったよ」

「私には十年に感じられたわ。でもその価値はあった。今こうしてあなたを見つめてるのですもの」

「これからはずっと三人一緒だ。きみとレイチェルは私の宝なんだ。この国に移住してきたことを決して後悔させないことを誓う」

空港からジャファの町まではテルアヴィヴの街を通り抜けなければならないので、優に五十分かかった。レイチェルは車内でしゃべりまくっていた。パリの友人たちのこと、去年は遠足でフォンテーヌブローに行ったこと、学校の先生たちに別れを告げたときのことなど彼女の話題はつきなかった。

キャサリンにとって、これほどはしゃいでしゃべるレイチェルを見るのはごく久しぶりだった。やっぱり家族は一緒のほうがいい。

ベン・アザリアスがイスラエル移住についてキャサリンに打ち明けたのは今から一年半前だった。そのころキャサリンは、夫のベンが何かを思いつめていると感じていた。妻の直感である。ある夜、レイチェルを寝かしつけてから居間でテレビを見ているとき、彼女が思いきって切り出した。

「何を考えてるの?」

「……?」

「近ごろのあなた、少し変よ」

「疲れてるんだろう」

「私はあなたの妻よ。夫婦に隠し事なんてあるべきだと思って?」

キャサリンがテレビのスイッチを切った。

しばしの沈黙の後、ベンが口を開いた。

「きみは自分自身をフランス人と思うか。それともユダヤ人と思うか?」

「ユダヤ系フランス人でフランス市民だと思ってるわ」

ベンが数度うなずいてから、

「私はフランス人である前にユダヤ人であると思っている。この国は素晴らしい国だ。だがユダヤ人国家ではない。私はいつもここでは異邦人と感じてきた」

「あなた確かに疲れているんだわ。もう寝ましょう」

「イスラエルへの移住をどう思う?」

一瞬キャサリンは言葉を失った。

ベンが続けた。

ユダヤ人としての自分のアイデンティティは消したくても消せるものではない。過去二千年間、ユダヤ民族は国家がなかったためにいろいろな国で迫害を受け続けてきた。同胞六百万を殺したホロコーストも、ユダヤ人国家さえあったら起こり得なかった。第二次大戦後やっとその念願の国家、イスラエルが建国された。だが建国以来さまざまな艱難辛苦《かんなんしんく》に遭遇してきた。四度の戦争、テロ、ユダヤ民族とイスラエル国家絶滅を叫ぶアラブ世界からのコンスタントな脅迫、ヨーロッパ諸国からの経済制裁など簡単な問題はひとつとしてなかった。ユダヤ民族はそれらの問題に対して毅然《きぜん》として立ち向かい、ひとつひとつを克服してきた。しかしイスラエル国家はまだまだ建国のプロセスにある。ユダヤの血が流れている者として自分はそのプロセスに参加したい。もしそれをしなかったら一生悔いを残すことになるだろうし、アウシュヴィッツやダハウなどのガス室に消えた自分の祖父母を含めた六百万の同胞に顔向けができない。

彼女の反応はベンがある程度予期したものだった。彼女は言った。ふたりともパリで生まれパリで育ったユダヤ系フランス人である。ベンはソルボンヌ大学でビジネスコースを教える講師の地位にある。それを捨ててイスラエルに移住するなどもってのほか。自分の祖父母や親戚《しんせき》もトレブリンカのガス室の犠牲者だった。しかしそれは遠い昔の話。過去は過去、自分たちは未来に向かって生きなければならない。それにふたりにはレイチェルがいる。テロが起こる危険なところに彼女を連れていくわけにはいかない。

その晩以来ふたりは何度も話し合ったが、結果は同じだった。ベンには彼女の言うこともよくわかった。だが魂の祖国イスラエルへの郷愁の思いは消えるどころか日に日に増していった。

ふたりの間での〝冷戦〟は三カ月ほど続いた。レイチェルの前では何事もないように振る舞ったが、勘のいい彼女は何かおかしいと感じ取っているようだった。ふたりに対しての甘え方が遠慮がちになってきたからだ。

キャサリンは危惧《きぐ》を抱いた。このままでは離婚に発展しかねない。そうなれば家庭はばらばら。それによって一番影響を受けるのはレイチェルだ。

キャサリンは夫にある妥協案を示した。

ベンのイスラエルに対する思いはユダヤ民族として当然である。しかし一家で移住となると、ただの引っ越しのようにはいかない。生活の根底から変えねばならず、それに慣れるには時間がかかる。特にレイチェルのことを最優先に考えねばならない。

そこでまずベンが単独でイスラエルに行って様子を見る。その間、働き先や住居、レイチェルの通う学校などの準備にかかる。その期間を一年とする。もしその一年で物事がうまく運ばなかったら、ベンは速やかにフランスに帰る。

ベンはよろこんで妻の提案を受け入れた。

イスラエルへ発つ日、キャサリンが彼に封筒を渡した。中にはドル札で三千ドルが入っていた。レイチェルを将来大学へやるために貯《た》めておいた金だという。受け取れないと彼が言うと、

「私にだってユダヤの血が流れているのよ。ユダヤ女の第一のモットーは、夫に恥をかかせないこと」

イスラエルに着いて、まずベンが訪れたのは、テルアヴィヴ大学の人事課だった。まえもって連絡しておいたので責任者にはすぐに会えた。ベンの経歴に問題はなかった。ソルボンヌのビジネス コースで五年間教えてきた事実は、それ自体が何物にも勝る推薦状だった。しかもテルアヴィヴ大学のビジネス科はその生徒の数に比較して教えるスタッフが不足していることをベンは知っていた。

その人事責任者はひとつだけベンに質問をした。ソルボンヌに居続ければ将来は教授になれるのに、なぜ選《よ》りに選ってイスラエルなのか？　これに対してベンは三カ月前に妻のキャサリンに言ったのと同じことを述べた。相手は大いに心を動かされたようだった。

話はその場で決まり、契約もなされた。契約内容はベンにとって満足のいくものだった。ビジネス コースの講師としてスタートするが、近い将来、教授会に諮《はか》って助教授に昇格させる。そのタイミングは大学側が決める。給料はフランス時代の半分になる。だがこれはあくまでスタートにすぎない。

アルバイトとして彼はテルアヴィヴのホテルのドアマンとなって働いた。その間ジャファにアパートを借りた。ジャファを選んだのはテルアヴィヴより環境がよく、教育システムがしっかりしていて、レイチェルが通うであろう学校が少数精鋭主義に徹しているからだった。

キャサリンが案じていたよりも物事はスムースに進んだ。昼間は大学で教鞭《きょうべん》をとり、夜はホテルのドアマンという二重生活だが、苦しいなどと思ったことはなかった。唯一感じたものがあるとすれば、それはキャサリンとレイチェルがいない寂しさだった。ときどき電話では話すのだが、当時は国際電話料はばかにならないほど高かった。

一年目が終わろうというころ、大学の人事課から呼び出しがあった。教授会は彼を助教授に推薦したという。夢のようだった。これほど早く助教授のポストに昇格できるとは思ってもいなかった。

これによって給料も大幅にアップする。夜の仕事を続ける必要はない。しかし何よりも喜ばしいのは、この昇格によって胸を張ってキャサリンとレイチェルをイスラエルに迎えることができることだった。

このときベン・アザリアスは、親子三人、二度と離れることはすまいと誓った。

ジャファでの生活はパリのラットレースのような目まぐるしさからは遠くかけ離れていた。安全面からいっても、パリで起きるような殺人や強盗、引ったくりといった犯罪はまったくと言ってよいほどなかった。

国境の町やキブッツでのテロがたまにはあるが、ジャファはそれらのテロとは無関係でアラブ系イスラエル人とユダヤ人が摩擦なく共生していた。

キャサリンとレイチェルはジャファの生活にすぐになじんだ。アパートは3LDKと広く、地中海を見下ろす高台にあった。五十メートルと離れていないところにビーチがあり、毎日のように三人は朝夕の散歩を楽しんだ。

アパートの広さといい、周囲の環境といい、パリよりもはるかに上回っていた。キャサリンは持ち前のアウトゴーイング《社交的》な性格から、となり近所に積極的に溶け込んだ。そしてレイチェル。その愛くるしさと無邪気さは人々をとりこにした。彼女にはどんな人間でも思わずほほ笑ませてしまうマジックのようなものがあった。道で誰に会っても必ず彼女は挨拶《あいさつ》をした。そしてこう付け加える。〝今日もがんばろうね〟。近所の人々はいつしかレイチェルを〝リトル エンジェル〟と名付けた。

アザリアス家のとなりには、一カ月遅れて引っ越してきたワイズマンという夫婦が住んでいた。ふたりとも五十代の半ばぐらいで、夫のほうは毎朝背広姿で家を出て行った。サラリーマンらしいが近所の誰も彼がどんな仕事をしているのか知らなかった。夫婦は近所付き合いがまったくと言っていいほどなかったからだ。

彼が出て行くときとレイチェルが登校する時間がほぼ同じだったので、ふたりは毎日のように顔を合わせた。最初に会ったときレイチェルが挨拶をすると、ワイズマンはちょっと戸惑ったようだった。しかしそれが繰り返されるうちに彼のほうからレイチェルに挨拶をするようになった。

近所の人には驚きだった。あの無愛想で人付き合いの悪いワイズマンが、六歳の子供ににこにこと笑いながら挨拶するだけでなく会話までしているのだ。

ある朝ワイズマンが背広姿ではなくＩＤＦ（イスラエル防衛軍）の陸軍の軍服を着て家から出てきた。肩には星が三つ。ということはイスラエル陸軍の中将を意味する。

そんなことはもちろんレイチェルは知らない。

「おじさん、今日はきまってるわよ。背広よりずっと格好いいじゃない」

ワイズマンが胸を張って敬礼して見せた。

レイチェルが拍手した。

「しびれるーっ！　あたし決めたわ。大きくなったらおじさんみたいな格好いいボーイフレンドを持つんだ」

ワイズマンが苦笑いした。

「でも心配もあるな。おじさんみたいにハンサムなら女の人が放っておかないでしょうね」

「レイチェル、もっと言ってやって！」

振り向くとワイズマン夫人がドアーのところに立っていた。レイチェルにとって夫人の笑顔を見るのは初めてだった。

「大丈夫よ、おばさん。おじさんは真面目な人だから浮気なんかしないわよ。そうでしょう、おじさん」

ワイズマンが首を振りながら、

「きみはおませな子だねえ」

彼女がツンとした表情になって、

「おませじゃなくオトナなのよ」

道路に出ると一台のベンツが停まっていて、そのそばに兵士がひとり立っていた。ふたりが近付くとその兵士は敬礼してバックドアーを開けた。レイチェルは目を瞠《みは》った。ワイズマンはいつもは自分の車を運転する。それもかなりくたびれたポンコツ車だ。それが今日はぴかぴかのベンツ。

「おじさん偉いのねえ！」

「そんなことはないよ。今日はエルサレムで式典があるんだ。何の式典かわかるかね」

レイチェルがちょっと考えた。

「そうか！　今日は五月十四日ね。イスラエル建国の日だわ！」

「よくできたね、リトル　エンジェル」

ワイズマンがレイチェルの頭をなでた。

彼が車に乗り込んだ。

レイチェルは敬礼をしながら走り行く車を見送っていた。

それから数日後、レイチェルはワイズマン家の夕食に招かれた。その話はたちまち近所に広がった。彼らが知る限り、ワイズマン家に人が行き来するのを見たことはなかった。なのに六歳の子を夕食に招待するとは。

レイチェルはキャサリンが作ったチョコレート パイと花束を土産に持ってワイズマン家を訪れた。

ドアーのチャイムを鳴らすとワイズマン夫人が出迎えた。

「あらーっ！　リトル エンジェル！　いらっしゃい」

夫人が満面に笑みを浮かべて両手を広げた。そして奥に向かって、

「あなた！　ガールフレンドのおでましよ！」

ワイズマンが出てきた。レイチェルを見てびっくりしたふりをした。

「おめかしして、まるでお人形さんじゃないか！」

「ほんとに！　パパがあなたをプリンセスと呼ぶわけだわ」

レイチェルがうれしそうに笑った。

「おじさんもおばさんも大袈裟《おおげさ》なんだから」

彼女が夫人にパイと花束を差し出した。

「このパイはママ特製なの。パリではお店で売ってたこともあるのよ。花束はあたしの特製。今日学校のお花畑で摘んできたの」

「いい香り。すぐに花瓶に入れましょう」

食事は伝統的なユダヤ料理だった。ゲフィルテ フィッシュ《―魚の団子のスープ煮―》のようにちょっと舌に抵抗を感じるものもあったが、レイチェルは残さず食べた。食事というものは神の恵みであるから決して残してはならないと日ごろから両親に言われていた。

ワイズマン夫妻は終始目を細めてレイチェルの一挙一動を見つめていた。花柄のワンピースに黒く光る髪と限りなく深いブルーのひとみがぴったりとマッチしている。背筋をぴんとのばして腰掛けているところなどは、さながらリトル レディだった。

「リトル エンジェル、きみは大きくなったら何になりたい?」

「ミス ユニヴァース」

即座に彼女が答えた。

ワイズマンが目を丸くして夫人に、

「アイーダ、聞いたかい。今日はわが家にとって記念すべき日だ。将来のミス ユニヴァースがハウスゲストとして来てくれたんだよ」

レイチェルが真剣な口調で、

「でもミス ユニヴァースになるのはそう簡単じゃないのよ」

「と言うと?」

「まずミス イスラエルにならなければならないの。この国にはきれいな女の人が多いから、かなりの難関だわ」

「大丈夫、リトル エンジェルほどの美人はいないさ。なあアイーダ?」

「そうよ。自信持っていいわよ」

「まだあるのよ。ミス ユニヴァースは美貌《びぼう》だけじゃないの。こっちがよくなきゃいくらきれいでもだめなの」

言いながら、レイチェルが人差し指でこめかみをぽんぽんと叩いた。

「それならおじさんが太鼓判を押すよ。心配することなんかこれっぽっちもないさ」

「そうかしら。そうならいいんだけど」

「きみなら絶対にミス ユニヴァースになれる。だけどひとつだけ訊《き》きたいんだが」

「……?」

「なぜミス ユニヴァースになりたいんだ?」

「ミス ユニヴァースになれば一年間特別親善大使としていろいろなことができるの。たとえば病気や貧困にあえいでいる人々を訪問して慰めたり、人間を売買してるところに行ってその実態を世界のマスコミに知らせたりするの。あたしは戦争をやってる国に行って子供たちを勇気づけたいと思ってるの。この世にはあたしのように、愛してくれるパパとママがいて、おじさんとおばさんのような素晴らしいお友達を持ってる人間もいる。でも戦争で家族が離れ離れになったり、愛する人を失った子供たちは世界のいたるところにいるでしょう。そういう子供たちのための力になれたら、あたし本当に幸せだと思うの」

ワイズマンと妻のアイーダは黙ったまま互いを見合っていた。六歳の子供の言葉とは到底信じられなかった。

ふたりが黙りこくったのが気になったのかレイチェルが、

「あたし何か変なこと言ったかしら?」

「とんでもない。きみは必ずミス ユニヴァースになれる。このヨナタン・ワイズマンとアイーダ・ワイズマンが保証する」

「それはうれしいんだけど、おじさんとおばさんは公平なジャッジじゃないわ。あたしをえこひいきしてるもの」

「リトル エンジェル、きみをえこひいきしない人間なんてこの世界にいないんじゃないかな」

「おじさんて本当にやさしいのね。ボーイフレンドにしちゃいたいけど、それはルール違反よね。おばさんがいるんだもの」

ワイズマンとアイーダが顔を見合わせた。次の瞬間ふたりは大声で笑っていた。

それから一週間後、レイチェルへのディナーのお礼として、ベンとキャサリンがワイズマン夫妻を招待した。それがきっかけで両家は急速に親しくなった。もう誰もワイズマン夫妻を人付き合いが悪いなどとは言わなくなった。

レイチェルの学校での成績はずっとトップだったが、彼女はガリ勉ではなかった。それどころか家ではあまり勉強はしなかった。

学校から帰ると毎日彼女はピアノのレッスンに打ち込んだ。教師は母親のキャサリン。彼女は結婚前コンサートピアニストだったが、ベンと一緒になったときさっぱりとやめた。その彼女の目から見てもレイチェルには大いに才能があった。だからといってキャサリンは娘をピアニストにしようなどとは思ってもいなかった。レイチェルの人生は彼女自身が決めるというのが、夫ベンと常に話していることである。親としてできることは、彼女がその人生を決めるにあたって必要な知恵と判断力を磨けるように導くことだけだ。

ベンはレイチェルによく言っていた。〝私のプリンセス、きみの人生はきみが決めるんだ。ただ、ひとつだけ約束しておくれ。絶対に幸せをつかむ、と〟。

ベンもキャサリンもレイチェルの成長過程には十分満足していた。彼女の行くところには必ず笑顔がある。それだけでも彼女の存在の貴重さがあった。

あとはこのまま地中海のグラン・ブルーのように壮大で力強く、そして清く澄んだピュアーさを失わずに彼女が成長していくことだけが夫婦の望みだった。そしてすべては夫婦の望んだとおりに進んでいた。レイチェルは両親の愛と周囲のやさしさに包まれて日に日に成長していった。

アザリアス一家がイスラエルに移住してから六年の月日がたった。その年のパスオーヴァー《——過ぎ越し祭り——》を祝う食事会はテルアヴィヴの海岸沿いにあるレストランで行われた。参加者は大学でビジネス コースを教えているベンの同僚とその家族で総勢三十人。レイチェルも両親とともに参加した。

その夜のレイチェルは食欲があまりなかった。タバコとアルコールの匂いに参っていた。しかしそれを言って宴《うたげ》に水をさすようなことはしてはならないと彼女なりに気を遣っていた。その我慢がなおさら気分の悪さに拍車をかけた。母のキャサリンはそれに気づいていた。

メイン コースが終わりデザートに入る前、キャサリンがレイチェルに耳打ちした。

「外へ行って、いい空気を吸っていらっしゃい。しばらくビーチを散歩するといいわ」

彼女はうなずいてそっと立ち上がった。

テラスから出ると目立つので、入り口から出て反対側にあるビーチへと向かった。ほとんど満月に近い月の明かりとレストランからのカクテル光線が、ビーチに押し寄せる波に反射していろいろな色を演出していた。

途中であるカップルとすれ違った。ふたりとも若かった。女性のほうはTシャツの上にミディのオーヴァーをひっかけジーパンをはいていた。男はイスラエル軍のユニフォームを着て肩から小銃を下げている。恋人同士が月夜の浜辺の散歩から帰ってきたといった光景だ。

すれ違ったとき男が低い声で話しているのがレイチェルの耳に入った。ヘブライ語でも英語でもなくアラビア語だった。今どきのユダヤ人はヘブライ語か英語しか使わない。なぜ若いユダヤ人のカップルがアラビア語で話してるのだろう？　不思議な思いにかられながら気がつくと波打ち際に立っていた。思いっきり深呼吸をした。新鮮な潮風が体を包み込んでくれる。波の音は心地よい音楽だった。

次の瞬間、耳をつんざく大爆音が地面を揺るがした。レイチェルはとっさに砂の上に身を投げて後ろを振り返った。レストランの建物は完全に変形していた。外側の壁は崩れ、屋根は吹っ飛び、あちこちに火の粉が飛び散っている。

バネで弾《はじ》かれたように彼女が立ち上がった。

「パパ！　ママ！　パパ！　ママ！」

彼女は夢中でレストラン目がけて走った。

ヨナタン・ワイズマン中将が到着したとき、すでに現場は警察と軍の対テロ部隊によって仕切られていた。

「中将、自爆テロに間違いありません」

現場の責任者である少佐が言った。

「犯人像はわかったのか?」

「いえ、残念ながらまだです。なにしろ犯人と犠牲者の見分けもつかない状態ですので」

「で、あの子はどこにいるんだ?」

「この中です。さっきまでは錯乱状態にあったのですが、少し落ち着いたようです」

少佐がワイズマンを中に案内した。

思わず顔をそむけたくなるような光景だった。あちこちに胴体のない頭がころがり、その大部分は判別がつかないほど破損されている。まだ火の粉が舞っている現場の隅にレイチェルがうずくまっていた。両手に何かを大事そうに抱えている。

ワイズマン中将が彼女に近付いた。

「レイチェル」

彼女が顔を上げて彼を見つめた。その目は空《くう》をさまよっているように虚《うつ》ろだった。

「これパパだと思うの」

彼女が手に抱えていたものを見せた。黒焦げになった顔の半分がない頭だった。中将が両手をのばしてそれを取ろうとした。彼女が素早くひっこめた。

「ダメ！　これはあたしのパパよ。これから一緒におうちに帰るの」

「レイチェル、よくお聞き。それはパパじゃないかもしれないんだ。それを警察にこれから調べてもらおう。いいね？　さあ、それをおじさんに渡しておくれ」

レイチェルは初めてワイズマンを認識したようだった。

「おじさんなの？」

「そう。きみのボーイフレンドだよ」

レイチェルが手にしたものを彼に渡した。中将がそれを傍らにいた少佐に手渡した。

中将がかがみこんでレイチェルを抱きしめた。彼女は泣いてはいなかった。気丈さというより一瞬のうちに襲ったショックに圧倒されてしまっているのだと中将は感じた。

「おじさん、あたしひとりぼっちになっちゃった」

中将は言葉につまった。

言いようのない悲しみとやるせなさが中将の胸を裂いた。

夫妻の亡骸《なきがら》はエルサレムの旧市街を望む高台にあるユダヤ人墓地に埋められた。亡骸といっても肉片を集めただけのものだった。葬儀はワイズマン夫妻がすべてとりしきった。ベンの同僚や教え子、近所の人々が大勢参列した。その葬儀を通してレイチェルは一粒の涙も見せず一言も発しなかった。それがなおさら哀れを誘った。

両親をなくし親戚もいない子供は、政府が責任をもって養子縁組先を探すのだが、レイチェルのケースにはそれは必要なかった。ワイズマン夫妻がすぐにレイチェルを引き取ったからだ。

しかし事件以来レイチェルは以前の彼女ではなくなっていた。まるで別人になってしまった。自分からは誰にも話しかけず、人をさけ、学校から帰ると家に閉じこもってしまう。この〝ひきこもり〟を心配した中将夫妻は、彼女をヘブライ大学心理分析科の教授で友人でもあるハイメ・ジェイコブスのもとに連れていった。

二日間にわたる検査の結果について教授が夫妻に説明した。

「なかなか複雑なケースだね。まず驚かされたのは彼女のIQの高さだ。あれだけ高いIQを持つ人間を分析するのは初めてだよ」

「高いってどのくらいなんだ?」

「二〇〇がマックスでそれ以上は正確には計れないんだが、レイチェルの場合は優に二〇〇以上はある。アインシュタイン博士が一八〇だったから、それより高いというわけだ」

「頭はいいとは思ったが……」

「このIQの高さが今の彼女の状態を作り出しているとも言えるのだ。IQの高い人間はそれだけ感受性も強い。一〇〇のIQの人間はそれなりの感受性しかない。卓越した芸術家や画家は必ずＩＱが高い。だが感受性が強いということはこのケースではマイナスとも言える。凡人なら何かが起きてつらい思いをしても、一定の時間がたてばその起きたことと無意識のうちに妥協できる。そしてもとの心理状態に戻れる。これはわれわれの心理学でいう〝ラショナリゼーション《合理化》〟というやつだ。しかし感受性が人一倍強いレイチェルのような子は起きたことと妥協しない。ラショナリゼーションができないのだ。その代わりに起きるのが〝サプレッション《抑制》〟という現象だ。これは読んで字のごとく押し殺すこと。起きたことが苦しければ苦しいだけ、このサプレッションを無意識のうちに働かせる」

「今の彼女のひきこもりはそのサプレッションが働いているというわけか」

「そのとおり。サプレッションは彼女のような感受性の強い子にとっては唯一の自衛メカニズムなんだ。そこでひとつ訊きたいんだが、レイチェルと両親の関係はどうだったんだ？」

「理想的な関係だったと断言できる。あれほど愛と笑いに満ちた家庭はなかった」

　教授が大きくうなずきながら、

「いいかね。レイチェルはあの事件で父母を同時に失った。これほどのショックはない。自分を愛し、自分が愛した者が一瞬のうちに消えてしまったのだ。愛する者を失うということがいかに苦しいことか彼女は知った。そこで恐怖心が芽生えた。自分を愛してくれる者を失うことが怖くなるのだ。だから自分に近付こうとする者をシャットアウトするし、自分も人に近付こうとしない。愛することイコール失うことにつながるからだ」

「どうすればいいんだ?」

教授が首を振り振り、

「残念ながら即効薬やすぐに治せるセラピーは今のところない。だけどこういうケースには往々にしてプラスの面もあるんだ。もともと頭がいいのに加えてサプレッション型の人間はひとつのことに集中する傾向がある。ある意味でサプレッションのはけ口を求めるのだ。その集中力は半端じゃない。そうなるととんでもない才能を爆発させることがままある。たとえば絵画ではヴァン・ゴッホやモディリアニ、音楽ではベートーヴェン、詩の世界ではジャン・アルトゥール・ランボーなどがいい例だ」

結局教授の結論は、しばらくレイチェルをそっとしておくべきということだった。

学校に行く以外レイチェルはめったに家から出ることはなかった。勉強とピアノ、そしてアイーダの家事手伝いで時間を過ごした。

飛び級のメリットで普通の子より二年早く高校を終えた彼女は、テルアヴィヴ大学の法科に入学した。そこでも彼女は早々と全単位をこなして二年で卒業した。レイチェル十八歳のときであった。

国民皆兵システムのイスラエルでは、十八歳になると女性は大学に進学するか、または二年の兵役につかねばならない。

ある晩、食事のあとレイチェルがワイズマン夫妻に改まった口調で言った。

「おじさん、おばさん、今まで本当にありがとうございました。おふたりがいなかったら私はとうの昔に命を絶っていたでしょう。来週から私は軍隊に入ります」

「本当に軍隊に行きたいのかね？」

ワイズマンが静かな口調で訊いた。

「イスラエル国家のために働けるのは名誉なことですもの」

「しかし軍隊でなくとも国家のためにつくせる仕事はあるよ」

「……？」

「実はある機関がきみをほしがっているんだ。その機関のスポッター《観察者》はきみが高校から大学を終えるまでずっときみを見続けてきた。そしてつい先日責任者が私に会いにきた。どうしてもきみがほしいと言うのだ」

「どんな機関なのです？」

「モサドだ」

「情報収集と特別工作をする機関ですね」

中将がうなずいた。

「今のイスラエル国家があるのはモサドのお陰だったと言っても過言ではない。わが軍隊は確かに能力も力もあるが、モサドがもたらす情報がなかったら無力に等しい。言ってみればモサドはイスラエル国家を支えてきたのだ」

「どんなことをするんですか」

「それはわからない。ただひとつ言えるのは、彼らは人の特性を見抜く名人だ。きみに合った仕事はいくらでもあるはずだ。軍隊よりも国家に貢献できると私は思うが」

「少し考える余裕をもらえますか」

「いくらでも考えなさい。きみの将来の問題なのだから」

しかしそれほど考える必要もなかった。レイチェルの心は決まっていた。翌日レイチェルはテルアヴィヴのカフェでモサドの人事担当者と会っていた。

折しもアメリカ、メリーランド州キャンプ・デイヴィッドで行われていたクリントン大統領の仲介による中東和平プロセスが破綻《はたん》した。そしてパレスチナ　アラブ人による第二次インティファーダ《一斉蜂起》が勃発《ぼっぱつ》、イスラエルは風雲の二十一世紀に突入しようとしていた。

第一章　暗　殺

ニューヨーク

その日の早朝、ジョッシュ・パーカーは枕元の電話が鳴る音で目を覚ました。となりで寝ているケリーが舌打ちをして寝返りした。相棒のダニー・スモレンスキーからだった。

「ジョッシュ、また殺《や》られたよ」

「被害者《ガイシャ》は？」

「アジア系だが、多分中国人だろう」

「外交官か？」

「それはまだわかっていない。今、中国総領事館と国連代表部に照会中だ」

「現場は？」

「セントラル・パーク。ストロヴェリー・フィールド近くだ。被害者はジョッギング中だったらしい」

「よし、すぐ行く」

ベッドから出てジーパンとジャケットに着替えた。

「もう行くの?」

ケリーが半分眠った声で言った。

ジョッシュはベッドサイドにかがんで彼女の頬《ほお》に軽くキスをした。彼女が目を開けてほほ笑んだ。

「すまない。起こしてしまったな」

「いいのよ。十五年も殺人課の刑事についてきたのが運のつき」

ジョッシュの口元に笑みが浮かんだ。

「でもおれを愛してる。そうだろ?」

「あなたが私を愛してるほどじゃないけどね」

「口がへらない女だな。それじゃチャオ、ベイビー」

「ジョッシュ!」

後ろからケリーが呼び止めた。

「気をつけてね」

ジョッシュがニコッと笑ってうなずいた。

「ゴッド　ダッム！」

ハンドルを握りながらジョッシュが小さくつぶやいた。

この二週間で三人目だ。最初はチャイナタウンでふたり目はワシントン・スクエアー。そして今度はセントラル・パーク。

前のふたりは外交官だった。なぜか事件を表ざたにしたくはなかった中国総領事館は、市警のトップにその旨依頼した。しかし事件そのものは起きてしまったことなので発表せざるを得なかった。ふたりとも中国人ビジネスマンで、行きずりの犯行の犠牲者として処理された。

ジョッシュたちにはまったく納得がいかなかったが、中国総領事館の協力も得られないのでは仕方がなかった。ポリスコミッショナー《―警察長官―》はジョッシュたちに事件についてマスコミに話すことは一切してはならないという箝口令《かんこうれい》を敷いた。かくして事件は体《てい》のいいお宮入りとなった。

しかし嗅覚《きゅうかく》の鋭いニューヨーク・タイムズの敏腕記者ジョージ・シューマーなどは、何度もジョッシュに電話をかけてきていた。シューマーがふたりの犠牲者のアイデンティティをつかんでいるのはほぼ確実とジョッシュは感じていた。もし今度の犠牲者も外交官だったら、もはやタイムズを抑えることはできない。

車はマンハッタンへの高速道路に入った。ジョッシュはアクセルをいっぱいに踏んだ。ポンコツのシェヴィーが精一杯の唸《うな》りを上げてホランド・トンネルに向かった。

マンハッタンのセントラル・パークまでは早朝のせいか交通量も少なく三十分もかからなかった。

現場にはすでにロープが張り巡らされていたが、そのまわりには二十人近い人間が集まっていた。大部分はジョッガーだったが、背広姿のサラリーマン風の男たちも何人かいた。

その中のひとりはニューヨーク・タイムズの国内担当の事件記者ジョージ・シューマーだった。

「ディテクティヴ《刑事》パーカー！」

シューマーが声をかけた。しかしジョッシュは彼を無視した。

ロープをくぐって死体に近付いた。ダニー・スモレンスキーと数人の刑事が死体を取り囲んでいた。ジョッシュに気づいた検視官のサム・キングがかがみこんで死体を覆ったカヴァーを上げた。

左のこめかみから血が流れ落ちていたが、それほど大量ではなかった。

「きれいなもんだよ」

キングが言った。

「たった一発でしとめている。省エネ殺人の見本のようだ。見てのとおり弾は右のこめかみから入った。弾の入り口からみて、多分22口径のロングライフル弾だ」

「ということは前ふたつのケースと同じというわけだな」

「もちろん解剖してみなけりゃ確実なことは言えないが、ほぼ間違いないだろう」

「ということは同一犯の可能性ありということか……」

キングがうなずきながら十メートルほど離れたところをあごで指した。公園のデザインの一部なのだろう、ごつごつした大きな岩が数個置かれている。その後ろは木々が立ち並んで林のようになっている。

「角度的に考えて、多分あそこから撃ったんだろう」

ジョッシュがダニーに目をやった。ダニーが首を振りながら、

「草がちょっと倒れていたが、薬莢《やっきょう》は見つからなかった」

「前のケースでも薬莢はなかったな。目撃者は？」

「いない。第一発見者はいるがね。ジョッギング中に死体を発見したんだが、すでに死んでいたと言っていた」

「銃声は聞いてないのか」

ダニーが首を振った。

「あのやじ馬の中にいるジョッガーたちの何人かも第一発見者の二、三分後にこの現場に来たというのだが、銃声はまったく聞いてないと言っている」

「第一発見者はあの中にいるのか?」

ジョッシュがロープの向こう側にいる連中をあごで指した。

「いや、急いでるというんで帰したよ。名前と連絡先の電話番号はもらっといたがね」

「いずれにしてもプロの仕業と考えていいだろうね」

キングが言った。

「しかもプロでもかなりレヴェルが高い。薬莢をちゃんと拾っていくところなんか心憎いほど落ち着いている」

「サム」

ジョッシュがキングに訊いた。

「これまでのケースでは、使われた銃は多分ハイスタンダード モデルH-Dだとあんたは報告書で言ってたな」

「ああ」

「その根拠は?」

キングがうなずきながら、

「ハイスタンダード モデルH-Dは22口径ロングライフル弾を使う。確実に獲物を殺すための弾だ。ロングライフル弾を使用できる拳銃などそうざらにない。これまで二度のケースで使われた弾はそれだった。ハイスタンダード モデルH-Dにはサイレンサーが装着されている。前回、前々回、そして今回と誰も銃声を聞いていないのはそのためだと思われる。至近距離で人を殺すのにもってこいの銃がハイスタンダード モデルH-Dなんだ。威力はもちろんのこと銃身がサイレンサー付きでも三十センチちょっと、重さは一キロ強。撃ちやすいしどこへでも持っていける。CIA暗殺部隊の制式銃とされているシロモノなんだ。ヴェトナムではずいぶん使われていたよ」

ジョッシュとダニーが顔を見合わせた。ふたりとも考えていることは同じだった。犠牲者は中国人、目の前によこたわっている三人目についてはまだわからないが、前のふたりは外交官だった。そして使われた武器がCIAの制式暗殺拳銃の可能性。

ロープの外側に一台の黒いキャデラックが停まってひとりの東洋人らしき男がおりてきた。ジョッシュとダニーにはすでに見慣れた顔だった。陳海寛《チエンハイクワン》、中国総領事館の三等書記官である。ロープをくぐって足早に近付いてきた。

「ミスター チェン、こんな時間にすいませんな」

ダニーの言葉に小さくうなずいて、

「死んでるんですか？」

「即死のようでした」

ダニーがカヴァーを上げた。

「どうです、ミスター・チェン?」

チェンが重々しくうなずいた。

「総領事館のワン・ジンボ参事官です。間違いありません」

それまで待機していた救急車の担当者たちが手際よくワンの遺体を入れたボディバッグを閉じて運び去った。

それを見ながら陳が、

「遺体はいつ引き取れますか?」

「どのくらいかかる、サム?」

ジョッシュがキングに訊いた。

「解剖にはそんなに時間がかからないだろうから、今日の午後には引き渡せると思う」

陳がうなずいて車に向かって歩き始めた。

「ミスター・チェン!」

ジョッシュが呼び止めた。

「御国の外交官が殺られたのはこれで三人目です。しかも二週間という短期間に。われわれ警察としては本格的な捜査を始めざるを得ません。あなたがたの協力をお願いすると思いますのでよろしく」

「ちょっと待ってください、刑事さん。まず総領事に相談してからでないと、私からは何も言えません」

「それはもはや関係ありませんよ。事件のニュースがマスコミによってブレークされるのは時間の問題ですから」

「しかしうちの総領事とは話がついているんでしょう。警察はこれまでの事件もただの行きずりの強盗事件として処理してくれたじゃないですか」

「今回も同じように処理しろと言うんですか」

「そう期待しています」

「強盗に殺られたと？」

「ええ」

ジョッシュが鼻で笑った。

「冗談じゃないですよ。早朝トレーナーを着て、セントラル・パーク内を走っている人間を襲う間抜けな強盗がどこにいるんです？」

「しかしただ殺されたとなると、いろいろ憶測を呼ぶでしょう」

「ただ殺されたわけじゃない。これは特定の人間を狙《ねら》った殺しです」

「こちらとしては迷惑な話です」

ジョッシュが信じられないといった表情でチェンを見つめた。

「ミスター チェン、殺されたのは御国の人間、しかもあなたの同僚だ。普通なら率先して捜査に協力するのが筋でしょう」

陳がちょっと考えてから、

「総領事に話して判断を仰ぎます」

ジョッシュの忍耐も限界に達した。

「ファック ザ コンスィル ジェネラル《—総領事—》！ 殺しはここニューヨークで起きてるんだ。ベイジン《—北京—》じゃない！ われわれが何もしなければもっと多くが殺されるかもしれない。もうあんたがたの都合で〝処理〟とはいかないんだ」

「それはウエザーマン コミッショナーのお考えですか、それともあなたの個人的意見で？」

「どっちでもないさ」

と言って、ロープの向こう側の一点を指した。

「あそこにちょっと頭が薄くなった小男がいるだろう。紺のシャツにジーパンをはいた奴だ」

チェンがうなずいた。

「誰だと思う？」

「さあ、会ったこともありませんね」

「ジョージ・シューマー、またの名をドーベルマン記者」

「あのニューヨーク・タイムズの⁉」

「彼は私に何度も電話してきた。チャイナタウンとワシントン・スクエアーで殺されたふたりが中国人ビジネスマンなどとは端《はな》っから信じてない口ぶりだった。そして今ここであんたを見てしまった。総領事やコミッショナーももはや彼を止めることはできまいね」

陳の顔色が変わった。

「何か訊かれますかね?」

「私が引き留めるからその間に逃げなさい」

言い残してジョッシュがシューマーのほうに向かって歩き始めた。

シューマーがロープをくぐってジョッシュに近付いてきた。

「ジョージ!　あんたもこんなに朝早く起きることがあるのかい」

「いや、徹夜で原稿を打ってて寝てないんだ」

「また警察無線を盗聴したんだろう」

「今回は違う。ティップ《内通》があったんだ」

「誰からだ?」

「それは言えないね。ただ署内にはこれだけの事件を闇《やみ》に葬ってしまうというあんたがたに腹をたてる者がいるっていうことだ。ところで今あんたが話してたのは中国総領事館のチェン・ハイクワン書記官だな」

「ノー　コメント」

「やっぱり殺されたのは中国の外交官なんだな」

「ノー　コメント」

シューマーが苦笑いしながら、

「まるでオウムだな。だが鳴き声が聞こえない」

シューマーの肩越しに車に乗り込む陳の姿が見えた。

「ところでジョージ」

これまでとは違う口調に変わった。

「この事件にどのぐらい時間をかけてるんだ」

「私がマジに取り組んでいるのかどうかを訊いてるなら、答えはイエスだ。五人編成の特別班が動いているんだ」

ピューという口笛がジョッシュの口から漏れた。

「さすがニューヨーク・タイムズ。やることが半端じゃない」

「この殺しも前の殺しと関係があると見てるんだが、どうかね？」

「あんたのほうが知ってるんじゃないのかね」

「ディテクティヴ パーカー」

　シューマーが目を細めてジョッシュを見据えた。

「私は真剣に話してるんだぜ。あんたがたが今までろくな捜査もしてこなかったのはわかってる。チャイナタウンのユージュアル サスペクツ《常連容疑者》を挙げたって何も出てきやしない。もちろんそういう捜査しかするなと言われてるあんたがたには同情する。だがこれで三人目だ。殺られたのは全部中国の外交官。〝外交官〟というのはクエッション マーク付きだがね。ことここにおよんでは、いかに市警の無能なお偉いさんたちでも中国総領事の要求どおり単なる強盗事件として処理はできまい」

　これは相当知っているとジョッシュは思った。総領事からの圧力がかかったことなど、ほんの一握りの現場担当者しか知らないはずなのだ。それにクエッション マーク付きの外交官とはどういう意味なのか。

　シューマーが続けた。

「これは私のジャーナリストとしての勘だが、今回の一連の殺しは見かけほど単純なものじゃない。われわれの世界とははるかにかけ離れたレヴェルでの出来事じゃないかと感じるんだ」

「殺しはいつもわれわれの世界とはかけ離れているよ」

「そういう意味じゃない。何と言ったらいいか、われわれの想像できないような世界というか舞台というか。うまくは言えないが……」

「あんた大分知ってそうだな」

「調査はしてるからね」

と言って周囲を見回し、そばに誰もいないのを確かめてからちょっと声を落とした。

「われわれの調査が正しければ、今回の犠牲者は中国総領事館のワン・ジンボ……」

ジョッシュは内心びっくりしていた。しかしごく平静を装った。

「私が教えられることなどなさそうだね」

「じゃ、そうなんだな？」

「あんたのほうがずっと先行しているよ」

「謙遜《けんそん》しなさんな。あんたがまともに捜査を始めたら、われわれなど足元にもおよばんよ。始めるんだろう？」

ジョッシュがため息を漏らした。

「始めたいのはやまやまなんだ。刑事に捜査をするなと言うのは息をするなと言うのと同じだ。だが上層部がどう出るか」

「そこは心配ない。明日タイムズの早版に載せる原稿をあとであんたにeメールで送る。それをどう使うかはあんたの勝手だ」

と言って、片目をつぶってウインクした。

「これまでの調査の一部だ。それを読んだら警察は今まで何をしてたんだという声が上がることと間違いないだろうよ。あんたにとっては捜査の土台になるような記事だ」

「どんな内容なんだ？」

「交換条件は？」

「もちつもたれつってやつさ」

「だが捜査内容を漏らすことは御法度だ。それぐらいあんたもよく知ってるだろう」

シューマーが二、三度うなずいた。

「それは承知している。捜査結果をいちいち教えてくれとは言っていない。こっちはこっちで独自の調査を続ける。ただ最終チャプターだけは教えてほしいんだ」

「と言うと？」

「ホシを挙げるとき私にまず連絡してもらいたい。カメラマンと一緒に逮捕の現場にいたいんだ。もちろんたまたま現場に居合わせたことにするがね」

「もし挙げられなかったら？」

シューマーがうなずきながら、

「その可能性はあるな。その場合は捜査打ち切りを正式発表前に知らせてほしい」

シューマーが探るようなまなざしをジョッシュに投げかけた。

「ディール《―取引―》？」

ジョッシュがちょっと間を置いてからうなずいた。

「イッツ　アディール」

ジョッシュの肩越しからコンピューター画面に見入っていたダニーがつぶやいた。ジョッシュも手にしたコーヒーが冷めていくのにも気づかず、画面に貼り付けになっていた。

「ホーリー　シット！」

約束どおりシューマーは翌日のニューヨーク・タイムズの早版に載る彼の記事をeメールで送ってきた。内容はジョッシュが予想したとおり時限爆弾的な要素をはらんでいた。まず冒頭で殺された三人の中国人は警察が発表したようなビジネスマンではなく、中国総領事館に在籍し外交官の肩書を持っていたことが指摘されていた。さらに彼らはどこにでもいるような外交官ではないと指摘。三人に共通しているのは彼らが中国のフジアン　プロヴィンス《福建省》の出身であること。フジアンはチャイニーズ　マフィア、スネークヘッド《蛇頭》の本拠地であり、そのネットワークは世界中に張りめぐらされている。だが殺された三人が蛇頭と何らかのかかわりがあったかどうかは現在調査中。

さらにタイムズの北京支局が調べたところによると、三人とも正式な外交官として中国外交部に登録されてはいなかった。その三人がごく最近、文化担当参事官としてニューヨーク総領事館に赴任した理由はいったい何なのか。そして彼らの外交官としてのクリデンシャル―資格証明―は何なのか。スネークヘッドが中国外交部に食い込んでいる可能性は？

　記事の結びはタイムズらしいパンチが利いたものだった。

『NYPD（ニューヨーク市警本部）はチャイナタウンとワシントン・スクエアーで起きた事件を行きずりの強盗事件として片付けた。昨日起きた三件目も同じように結論付けるのだろうか。中国総領事やニューヨーク市警察コミッショナーはこれからいろいろな疑問に対して答えなければならなくなるだろう』

　読み終わってジョッシュはその記事をプリントアウトした。

「やばいぜ、ジョッシュ」

　ダニーが心配顔で言った。

　ジョッシュが肩をすくめて、

「おれたちの責任じゃない。火がつくのは長官や総領事のケツだよ」

「そうじゃない。おれが言ってるのはジョージ・シューマーのことだよ。三人を殺った奴が彼にストップをかけるということだって考えられるんじゃないか。しかもチャイニーズマフィアがからんでいるならなおさらのことだ」

「だがジョージは筋金入りのジャーナリストだ。記事を出すときはいつも命を張ってるさ。どこかのコミッショナーのように保身のために権力に妥協するなんてことはいささかも考えちゃいない」

デスクの上の電話が鳴った。

「ほーら、来なすったよ」

ダニーが内線のボタンを押して受話器を取り上げた。

「悪いけど今夜のデートは決まってるんだ。ほかを当たってくれ」

秘書のパットがくすっと笑った。

「その前に重要なデートがあるわよ。本部長室でデートの相手がふたり待ってるわ」

「ふたり?」

「パーカー刑事も入れてダブル デートらしいわよ。なにしろ大至急本部長室に来てください」

「もうひとりは誰なんだ?」

ダニーが半分マジな口調で訊いた。

「肌がきれいでなかなかキュートよ」

受話器を戻して傍らのジョッシュに、

「パットの機嫌のよさからして本部長のボルテージは相当上がっているらしい」

「まったく彼女はサディスティックだからな。おれたちが怒鳴りつけられるたびにクライマックスを感じてるようだ」

言いながらジョッシュが受話器を取り上げて、記録部のクライド・ファーマーを呼び出した。

「クライド、すまんが例のチャイナタウンとワシントン・スクエアーの現場映像を見たいんだ。十五分後に会議室に行く」

五階の本部長室にはNYPD本部長のグレン・オライリーのほかにもうひとりの男がいた。ポリス コミッショナー、ハル・ウエザーマンの補佐官のセシル・カスターベーター。まだ三十代で頭はそれほど切れないが、野心家として知られている。近い将来ニューヨーク州の上院議員に立候補するというのがもっぱらの噂《うわさ》だ。融通性はこれっぽちもないが、その分バカがつくほどの潔癖性で上司のウエザーマンもてこずっていると言われている。

「これじゃダブル デートというよりブラインド デート《―目隠しデート―》だぜ」

ジョッシュがダニーにささやいた。

「まあすわってくれ」

オライリーがソファを指した。予期していたより冷静なようだ。多分カスターベーターがいるからだろう。オライリーはよく怒るが、部外者の前で部下を怒鳴りつけるような無粋なまねはしない。

カスターベーターは今にも爆発しそうなまなざしでジョッシュとダニーをにらみつけ

ていた。病的なほど肌が白い。

「実はな」

　オライリーが切り出した。

「さきほどコミッショナーのところにある電話が入ったんだ。誰からだったと思う?」

「さあ」

「中国総領事からだ。かなり怒ってたらしい。なぜだと思う?」

「今朝三人目が殺られたからじゃないですか」

「それもあるが問題はジョッシュ、きみがチェン書記官に言ったことだ」

「私が何を言ったんです?」

「いいかげんにしろ!」

　カスターベーターのかん高い声が響いた。

「本部長、あんたもあんただ。この刑事は越権行為を犯したんだ。本来ならインターナル《内部》　アフェアー《調査部》に任せるべきなんだ」

　オライリーが苦笑いしながら、

「まあまあそう熱くならずに」

「私は熱くなってなどいない。ただ筋を通しているだけだ!」

「ちょっと待った、マスターベーター!」

ジョッシュが片手を上げてカスターベーターを制した。

「私の名前はカスターベーターだ！　マスターベーターじゃない！」

本部長もダニーも下を向いたまま吹き出しそうなのを必死にこらえている。

「わかった、わかった。それより私が犯した越権行為っていったい何なんだ？」

カスターベーターのトーンが二オクターブほど上がった。

「人をばかにしてるのか！」

ジョッシュがせせら笑った。

「ばかにされるようなことをしてるのかい」

「きみはチェン書記官に本格的捜査を開始すると言ったそうだな？」

「なんだ、そんなことか。確かに言ったが」

「誰の許可があって言った？」

「許可は必要ないと思ったんだ」

「必要ないと思っただと？　本部長、聞いたか？　これぞインサボーディネーション《—上司に対する不服従—》だ」

「ちょっと待てよ、マスターベーター」

「また言ったな！　今度その名で呼んだら侮辱罪で訴えてやるからな！」

「そうカッカするな。あんたが一日十回マスかこうがかくまいが、そんなことに誰も興味なんて持っていない。それより今あんたが言ってることはまったく意味がないことだ」

「意味がない⁉」

ジョッシュがうなずいて、

「お互い貴重な時間を無駄にしているだけだ」

カスターベーターは言葉も出ず、真っ赤な顔でジョッシュを見据えていた。

「パーカー、それはちょっと言いすぎじゃないのか」

とオライリー。

「前の二件の殺しは一応処理されているんだし……」

「それで今回も同じように処理する、ですか。残念ながらそうはいきません。最初の処理から間違ってたんです」

ジョッシュが立ち上がって本部長の机に近付いた。手にした書類をオライリーの目の前に置いた。

「明日のニューヨーク・タイムズの早版に載る記事です」

さっと目を通したオライリーがそれをカスターベーターに見せた。

カスターベーターの顔が今度は真っ青に変わった。

「何ということだ……これが出れば警察は世論の非難の的になってしまう」

「そういうことだな」

　ジョッシュが冷たく言い放った。

「あんたのボスがその非難の矢面に立つだろうね」

　カスターベーターがポケットから携帯電話を取り出した。心なしか手が震えている。

「コミッショナーは？……どこに行ったのかわからないのか？……どうにか連絡をとって私に大至急電話するように言ってくれ。トッププライオリティ《——最優先事項——》だぞ。ああ、それからニューヨーク・タイムズのオーナーに電話を入れて、これから私が会いに行くと伝えておいてくれ」

　カスターベーターが立ち上がった。

「私はこれで失礼する」

「どうするつもりなんだ？」

「あんたがたには関係ないよ」

「まさかタイムズのオーナーにかけあって記事を差し止めるなんてことを考えてるんじゃないだろうな？」

「ほかに止める手段があるか？」

　ジョッシュが肩をすくめた。

「ばかもそこまでいくとノーベル賞ものだ」

「セシル」

オライリーが言った。

「やめたほうがいい。記事の書き手の名も載ってるだろう。ドーベルマン記者といわれてるジョージ・シューマーだ。たとえオーナーの命令でも、あとへ退くような奴じゃない。藪《やぶ》を突っ突いて大蛇を出しちまうようなもんだ」

「あんたまでそんなたわごとを言うのか。まったく救いがないな」

「救いがないのはあんたのほうだよ」

ジョッシュの口調が真剣味をおびてきた。

「いいか。あんたは知らんかもしれんが、ニューヨーク・タイムズは世界的なクレディ《信》ビリティ《頼性》を持った新聞なんだ。そのタイムズが本気になって一連の事件を調査している。それなのにあんたは自己保身とコミッショナーの立場しか考えていない。これはあんたが思っているよりはるかに重大な事件かもしれないんだ。少しは公共の利益も考えたらどうなんだ。あんたには難しいことかもしれんがね」

しばしの沈黙。ジョッシュは彼の言ったことがカスターベーターとオライリーの頭に滲《し》み込むのを待った。

本部長がジョッシュとダニーを交互に見つめて、

「何かいいアイディアは？」

ジョッシュがダニーに向かってうなずいた。ダニーが待ってましたとばかりに身を乗り出した。

「簡単なことです。ことここにおよんではタイムズは止められない。だがダメージコントロールはできます。本部長が記者会見を開いて事情を説明するんです。前のふたつの件は結論を急いだばかりに現場があせって捜査にミスを生じた。それをそのまま独断で発表してしまった自分にも責任はある。三人目の中国人外交官が犠牲になったことで捜査は最初からやりなおし、自分が陣頭指揮をとる。それでいいんです」

「世論は信じるだろうか?」

「誠意を持って話せば大丈夫ですよ」

「コミッショナーはどうなるんだ?」

　カスターベーターが不安顔で訊いた。

「本部長が自分と現場のわれわれに責任ありとすることで、コミッショナーはいっさい関係ないことになる。よってあんたのキャリアーにも傷はつかない。これで文句はないだろう?」

　カスターベーターが安堵《あんど》の表情を浮かべた。

「本部長、そうと決まったら今日中に記者会見を開いてくれ」

　その言葉も態度も独特の尊大さを取り戻していた。

オライリーがカスターベーターを一瞥《いちべつ》してから、ジョッシュとダニーに言った。

「早速捜査開始だ。きみたちの班を総動員して当たってくれ。寸止めは無用。グッドラック、ジェントルメン」

ジョッシュとダニーは五階から二階の会議室に直行した。クライド・ファーマーがふたりを待っていた。

「準備オーケーです」

クライドが言った。ダニーが入り口のスイッチをオフにして明かりを消した。

壁に据え付けられた巨大なスクリーンに群衆の映像が映し出された。二週間前に起きたチャイナタウンの現場の映像だった。とはいっても、犠牲者にフォーカスを当てたものではなく、周囲のやじ馬をモニターカメラで撮ったものである。

この方法は九五年の連続猟奇殺人事件のとき、ジョッシュの提案で導入された。猟奇殺人の犯人はエゴマニアック―病的自己顕示者―が多い。そういう輩《やから》は必ず現場に戻ってくるとジョッシュは信じていた。そこで彼は隠しカメラの焦点をやじ馬だけにしぼるよう記録部に指示した。それが功を奏して、連続殺人は七人の犠牲者で止まった。

この方法が今度の事件で通用するかどうかは、ジョッシュにも自信がなかった。現場の状況とその殺し方からいって、犯人は猟奇殺人を行うような性的に歪《ゆが》んだ変質者ではない。しかも薬莢を拾っていくほど用心深い。そのような犯人が現場に戻るとは考えにくい。しかしだめでもともと。捜査はこういった基本から始めるものなのだと自分に言い聞かせて、ジョッシュは画面に見入った。

チャイナタウンの映像には別にこれといった特別な場面はなかった。

二本目のワシントン・スクエアーの映像が映し出された。こちらはチャイナタウンと違って白人や黒人のやじ馬が多かった。総勢五十人ぐらいはいるだろう。

「ジーザズ！」

ダニーが素《す》っ頓狂《とんきょう》な声を上げた。

「ちょっとバックしてくれ、クライド！」

クライドは言われるままにフィルムを戻した。

「ストップ！　そこだ！」

ダニーは大きく身を乗り出していた。

「左端上部のサングラスの男をアップにしてくれ」

男の顔がくっきりと浮かび上がった。短くカットした黒髪に浅黒い肌。背広姿でネクタイをしめている。

「アイル　ビー　ア　サンノブ　ア　ビッチ！」

「知り合いかね？」

ジョッシュが訊いた。

「彼だよ」

「……？」

「今日の現場での第一発見者だ」

「確かか!?」

「サングラスをかけてはいるが、彼に間違いない」

「ラティーノか？」

「いやアジア系だ。名前は確かタケル・フジオカと言ってた」

「日本人だな」

「そういえば英語に少しなまりがあった」

「偶然かもしれんが一応当たってみる価値はありそうだ。連絡先を残していったと言ってたな」

「ああ、勤め先の電話番号と住所を置いてったよ」

ふたりはしばし食い入るようにスクリーンの映像を見つめていた。

第二章　非　情

イスタンブール

サイモン・ドラッガーは入り口に立って店内を見回した。ここ旧市街にあるトルコレストラン　ボアジチ・ボルサの中は客でいっぱいだった。さすがイスタンブールでナンバー1を誇る海鮮料理レストランだ。

ウエイターが急ぎ足で近付いてきた。

「ミスタードラッガー、お久しぶりです」

「やあザイカ。元気にやってるかい」

「ええ、まあ」

「商売大繁盛のようだな」

「忙しすぎます」

「結構じゃないか。ティップも大いに入るだろうし」

「それはそうですが」

ウエイターがちょっと不満げな顔付きで言った。

「席に御案内します。どうぞこちらへ」

ドラッガーはウエイターに従《つ》いてテラスに出た。席は広いテラスの最前列の隅にあって、ほかの席とは少々離れていた。

相手はまだ来ていなかった。

ウエイターが椅子を引いた。

「アクションのほうはどうだね、ザイカ」

腰を下ろしながらドラッガーが尋ねた。

「さっぱりです。あなたがいたころとは大分違います」

「少なくともここは平和だということさ」

「でもこっちは退屈で退屈で、今にも発狂しそうです」

「そりゃぜいたくな悩みというもんだ。北アフリカや中東支局にいる連中に聞かしてやりたいよ」

「ところで何にします?」

「ターキッシュ　コフィー」

ウエイターが一礼して立ち去った。

ドラッガーがゆったりとその身を椅子に沈めた。

以前と変わらず素晴らしい眺めだ。目の前に真っ青なボスポラス海峡が横たわり、強烈な午後の日差しがふりそそいでいる。テラスの下の広場の芝生には大勢の人が座り込んで、食後のひとときを過ごしている。

三年ぶりとはいえ、周囲のものすべてがなつかしく感じられた。

かつてドラッガーはここイスタンブールに住んでいた。当時はCIA対外作戦部のトルコおよびギリシャの責任者だったが、このレストランをよく使ったものだった。しかし今日は会う相手がここを指定してきた。

ドラッガーがこのレストランをよく使ったのには理由があった。ウエイターの中にひとりサポート　エージェント《支援要員》を潜り込ませていたのだ。それなりに安心して使うことができたし、連絡もごく自然にできた。

そのウエイターがザイカだった。まだ二十代だったが、イスタンブール警察で働いていた刑事だった。その人当たり、観察力、そして頭の回転の速さと三拍子そろった彼は、情報機関のエージェントとしての素質をそなえているとドラッガーは見た。彼のアプローチに対してザイカは初めは躊躇《ちゅうちょ》した。

ドラッガーはアメリカのある会社の代表としか言わず、オファーした給料が警察の五倍とあってはザイカが怪しむのも無理はなかった。ただドラッガーにしてみれば、そのぐらいの額はCIAエージェントとしてはごく当たり前で、むしろ安いぐらいだった。

あのときのふたりの会話はクラッシックなドタバタ調とも言えるものだった。

「そのカンパニーとはどんな仕事をしてるんでしょうか」

とザイカ。

「ザ カンパニーだ」

「ですからそのカンパニーは何をする会社なんです?」

「だからザ カンパニーだ」

「そのカンパニーの商売を訊《き》いているんです」

「商売はしていない。ザ カンパニーだ。ア カンパニーじゃない。ザがつくんだ」

ザイカは自分がばかにされていると思ったのか、あきらかにいらついていた。

そのときドラッガーはザ カンパニーがCIAを表す隠語で、部外者には意味がわからないことに気づいた。それについて説明すると、ザイカはその場でエージェントとなる決心をした。六年前のことである。

それから三年後、ドラッガーがラングレーの対外作戦部の総責任者として転任するまで、ザイカは貴重な情報収集役を果たした。

一流のレストランだからハイクラスの客が多い。政治家や経済人、軍人、外国大使館の要人たち、さらにはロシアや東欧からのニューリッチたち。ザイカは機敏に働きながらも、その耳は彼らの会話に集中させていた。

あるときロシア人とアラブ人がレストランを訪れた。ロシアからの観光客を地元のガイドが案内しているといった感じだった。ザイカはふたりを景色のよいテーブルに案内したが、彼らはそれを断り隅のテーブルを要求した。彼らが食事中、少し離れたテーブルの客に料理を運んでいたザイカの耳に、ロシア人の〝フィフティー ミリオン〟という言葉が飛び込んできた。単なる商取引にしては半端な額ではない。それにロシア人とアラブ人という組み合わせだ。ザイカの頭の中のアンテナが信号を送り始めた。

ザイカはふたりの顔を隠し撮りして、すぐさまドラッガーに送った。ドラッガーはそれらの写真をFBIイスタンブール支局に照会した。ザイカのアンテナは間違っていなかった。アラブ人はイエーメン国籍で、かつてタンザニアのアメリカ大使館を爆破したテロリストのひとりとして国際指名手配されていた男だった。ロシア人のほうはウラルマフィアで、旧KGB倉庫から盗んだ地対空ミサイルを海外の顧客に売ることを専門にしていた。

FBI支局はふたりを逮捕してアメリカ本国に送る計画を立てた。だがその計画は実行されなかった。ふたりはホテルの部屋でドラッガーのヒットマンによってターミネート《抹殺》されてしまったからだ。

この件などはザイカの目に見えた貢献だが、ほかにも地味ながら毎日の情報収集によっての貢献は数え上げたらきりがない。

その彼が今は退屈極まりないと言う。心なしか以前にくらべて目に輝きがなかった。三年前赴任してきた新しい支局長の仕事のやり方が違うのだろう。

「この席は空いてるかね?」

ドラッガーが声の主を見上げた。背がすらりと高く分厚い胸をした男がにこやかに笑いながら立っていた。外見からは年齢がわからないような男だった。

「ジェイソン!」

ドラッガーが立ち上がって男を抱きしめた。

彼の肩に両手を置いたままドラッガーが、

「まったく変わってないな。昔のままじゃないか。若さを保つ秘訣《ひけつ》は何なんだ?」

「仕事に打ち込むことだ」

「私だって仕事に打ち込んでるがこのざまだ」

ドラッガーが少しでっぱった腹を叩いた。

「鍛え方が違うんだよ。あんたは毎日ウォーキング、私は五十メートルダッシュを二十回。差がついて当たり前だ」

ザイカがやってきた。男はアール グレイ ティーを注文した。

「それにしてもこのレストランをよく知ってたな。ここを指示されたときはちょっと意外だったよ」

「昔このイスタンブールにいたことがあるんだ。まだ駆け出しのころだがね。当時は金もなくて、ここことは縁がなかった。いつかはここでゆっくりと午後のティーでも飲んでみたかったんだ。それにここにはあんたのところのエージェントがいるので安心してくつろげる」

「参ったね。何でもお見通しだ」

「ひとつアドヴァイスしてもいいかね？」

「……？」

「そのエージェントは今注文をとっていった男だろう？」

ドラッガーがうなずいた。

「彼に注意してやったほうがいい。肩に力が入りすぎてる。ハイテンションのかたまりだ。あれじゃプロには一目で見破られちまうぜ」

「そうかなあ」

テラスの入り口にザイカが見えた。トレイを手にしてこちらに向かってくる。

男が彼を見ながら、

「今にも気が狂いそうな神経質さだ。あの目の動きを見てみろ。それに動作も硬い」

「確かに周囲からちょっと浮いてるかな」

「浮いてるどころか目立ちすぎだ。あれじゃ教会にいる売春婦だよ」

「あとで言っておこう。彼は能力があるんだ」

「会う早々つまらん話をしちまったな」

男がまるで少年のようなひとなつっこい笑顔を見せた。しかしドラッガーはこれほど恐ろしく危険な男はいないということを知っていた。

ジェイソン・サブラック少将。人呼んでネゲヴの虎《とら》。その半生をイスラエル情報機関モサドに捧《ささ》げてきた男である。CIAの対外作戦部やかつてのKGBの暗殺専門部隊V課の連中さえサブラックには一目置いていた。

「こうして会うのは何年ぶりかな」

「最後に会ったのはモロッコのラバトだった」

「ということは十年か」

ドラッガーが感慨深げな調子で言った。

サブラックが意味ありげに笑った。

「何がおかしいんだ?」

「当時のあんたを思い出してたんだ。海兵隊顔負けのガン　ホーぶりだった」

当時ドラッガーは、CIAの中のCIAと言われる超極秘任務を遂行する対外作戦部の北アフリカ担当部に所属していた。しかしラングレーのデスクから海外のエージェントたちに指示を与えるような仕事は向かなかった。彼は自ら志願して現場のエージェントたちと活動する道を選んだ。

サブラックは当時、モサドの特別工作および作戦部長。部長とはいえ、彼も常に第一線で働いていた。性格的にアクティヴなこともあったが、何よりも彼の尊敬するモサド創立者のひとりで今は亡きイサー・ハレルの範に倣《なら》ったものだった。

ハレルは長官時代、重要な作戦にはいつも第一線で自ら指揮をとった。ユダヤ人大量虐殺の責任者アドルフ・アイヒマンをアルゼンチンまで追って行って生け捕りにした挙はモサドの伝説にもなっている。

北アフリカには当時、スーダン人のテロリストが何人もいた。彼らは一カ所には住み着かず、リビア、チュニジア、アルジェリアなどを転々としていた。彼らのリーダーはモハメッド・アル・ハッサンという男で、モサドがつかんだ情報によると西ヨーロッパ諸国に組織の細胞を作る計画を進めようとしていた。

その情報はＣＩＡに伝えられた。普通モサドは決して他国の情報機関と情報を分かち合うことはしないが、ことテロに関しては別だった。テロのターゲットがアメリカや西ヨーロッパになる可能性が高いためだ。

モサドの情報に基づいて、ＣＩＡはドラッガー以下五人のエリミネーション《除去》専門家をアルジェリアに送り込んだ。彼らに加えて、情報収集や輸送運搬、銃器の手配などを担当する現地のサポート エージェントが十人。エリミネーション専門家と言えば聞こえはよいが何のことはない、俗にクリーナーとも呼ばれるプロの殺し屋たちである。ターゲットはスーダン人テロリスト組織のリーダー、モハメッド・アル・ハッサン。作戦コードネームは〝オペレーション デザート ドーン《砂漠の夜明け作戦》〟と名付けられた。

一方モサドは、ＣＩＡのような経済的に余裕のある組織ではないから人員を大量投入することはできなかった。そのヒット ゲームへの参加者はただひとり、ジェイソン・サブラックのみ。ＣＩＡが動き始めたとき、サブラックはすでにチュニスに潜入していた。

　サブラックの強みは、ほかの大部分のモサド要員同様アラビア語が堪能《たんのう》であることだった。しかも各地域や国のなまりも叩き込んでいる。エジプトでシリアなまりのアラビア語を話したら、いっぺんに足がついてしまうし、その逆もまた真なりで、ただアラビア語を話せるだけでは十分ではないのだ。

　サブラックは簡単にチュニスのアラブ人の中に溶け込み、情報収集も容易にできた。ドラッガーのほうは巨大なＣＩＡの情報ネットワークを駆使して、ハッサンの居場所を絞り込んでいった。

　チュニスからベンガジ、トリポリ、カサブランカなどをへて、やっとサブラックはハッサンに追いついた。場所はモロッコのラバト。

尾《つ》けられていると知ったハッサンは、人ごみに紛れ込もうとしたのか旧市街のカスバに逃げ込んだ。暗く複雑な迷路だらけだが、サブラックはこういう場所には慣れていた。過去何度もテロリストを追ってアラブ圏のあらゆるカスバを経験してきた。逆にハッサンはカスバにはあまり慣れていないように見えた。逃げれば逃げるほど自分を追い込んでしまうような道を選んでいたのだ。

すでにハッサンは射程距離に入っていたが、まわりにまだ通行人がいるために銃は使えない。サブラックはブラッドハウンドのように忍耐強くハッサンを追った。

路地が次第に狭くなっていった。市民の姿もだんだんと減っていく。あと一息で鉛の弾をぶち込める。

道が上り坂になった。十メートルほどの距離をおいてサブラックが続いた。まわりには誰もいない。道の両側にはカスバ独特のロウ ハウス（長屋のようなもの）が建ち並んでいるが、窓からの光は見えない。すでに時計は夜中の十二時をまわっていた。サブラックはハッサンの後ろ姿にベレッタの銃口を定めて引き金に指をかけた。

そのとき突然、坂の上に人影が現れた。

「ハッサン！　ユアー　シット　イズ　アウト　オブ　ラック！」

プスップスップスッという乾いた連続音とともにハッサンがもんどり打って倒れ、そのまま坂道を転げ落ちてきた。

サブラックはハッサンに近付いて、その死を確かめるために彼のそばにかがみこんだ。薄暗い街灯の光が目と口を大きく開けたハッサンの顔を映し出していた。白いガラベーヤの上部が血で染まっている。

プスッという音とともに銃弾がサブラックの耳元をかすめた。坂の上からだった。

「やめろ！　テルアヴィヴの友人だ！」

人影が走り寄ってきた。

ＣＩＡのサイモン・ドラッガーだった。

「なあんだ、あんただったのか。そんな服装をしてるんで奴の仲間だと思ったぜ」

「こっちが撃ち返さなかったのをラッキーだったと思え」

両側のロウ　ハウスから明かりがつき始めた。二階の窓から顔を出している者もいる。面倒なことになる前に消えるのが一番だ。

「じゃ、またな」

サブラックが立ち上がった。

「今度撃ってきたらこっちも撃ち返すからな」

ふたりはそれぞれ来た道に分かれ、暗闇の中に消えて行った。

あれからはや十年が過ぎた。ふたりにとってはあっという間だった。

「それにしても状況が状況でなかったら、私は吹き出していたよ」

サブラックが言った。

「……?」

「ハッサンを殺《や》ったときあんたが吐いたせりふだよ。覚えてないのか」

「何かおかしいことでも言ったかい?」

「〃ユアー シット イズ アウト オブ ラック〃。クリント・イーストウッドそのものだったよ」

ドラッガーが声を上げて笑った。

「イーストウッドの映画が好きなんだ。特に彼の〃ダーティハリー〃シリーズは刑事もののクラッシックだ。彼が言ったせりふをいつか言ってみたかったんだが、ピッタリのシーンだったろう。イーストウッドのようなクールな言い方はできなかったが」

「いやいや、たいしたもんだよ。あの状況下であれだけ格好つけられるんだから。それにしても、あの即席ダーティハリーが今じゃラングレーの対外作戦部の総責任者とはね」

「モサド副長官になったあんたのほうがずっとすごいと、もっぱらの評判だよ」

会話が途切れた。

ふたりはしばしボスポラスの海を眺めていた。大型タンカーや大小の貨物船や客船が行き交う海峡は、さながら海のグランド・セントラルといった感じだ。一見平和そのものだ。だがサブラックとドラッガーにはまったく違って見える。それらの貨物船の何隻かはテロリストにデリヴァーされる武器や兵器を間違いなく積み込んでいるのだ。

「例の件、考えてくれたかね?」

突然ドラッガーが訊いた。

サブラックがゆっくりとうなずいた。

「真剣に考えたよ。長官ともよく話した」

「それで?」

サブラックが一呼吸置いた。

「あんたはわれわれの最高のエージェントを貸せと言ってる。その目的は理解してるし、賛同もする。だからあんたの要求を受け入れることについてはやぶさかではない。だが問題がひとつある。それは見返りだ。何を用意してるんだ?」

「何がほしい?」

「何をオファーする?」

「パトリオット・ミサイルの追加はどうだ?」

サブラックが首を振った。

「わが軍にはペンタゴンと共同開発したアロー・ミサイルがある。それにサダム・フセインがいなくなった今、対空ミサイルにはそれほどのプライオリティは置いてないんだ」

「ブラック・ホーク三十機ではどうだ？」

サブラックが笑いながら、

「悪いけどあのチョッパーのサヴァイヴァビリティ《—生存度—》はあまり高いものじゃない。ソマリアやイラクで証明されちまった」

ドラッガーが両手を広げて、

「オッケー、ユー　ゴットミー。何をオファーすればいいんだ？」

「アメリカは昨年わが国に対する援助をカットした。そのカットした部分をもとに戻すこと。前半期の分もさかのぼって支払ってもらう。それが条件だ」

「それは無理だ」

ドラッガーが即座に言った。

「あのカットはイスラエル政府が入植地問題を無視した結果だったんだ。あの問題の解決なくして和平への糸口はつかめないのは、あんただって十分わかってるだろうが」

「私個人としては、入植地問題の解決は和平のための第一条件と信じている。しかし入植地には二十万人以上のイスラエル市民が住んでいることも事実だ。政府としては彼らのことも考慮しなければならない。このジレンマはイスラエル政府と国民が解かねばならないものなんだ。なのにこの問題を盾にとって援助をカットしたアメリカ政府のやり方は、問答無用のパニッシュメント以外の何ものでもない」

「あんたの言うこともわからないではない。しかしわれわれにもできることとできないことがある」

サブラックがせせら笑った。

「よく言うよ。CIAにできないことなんてあるのかね。あんたがたがその気になれば大統領を動かして戦争さえできる。また援助停止を議会に働きかけて一国を破滅させることだってできる。そうだろう」

「嫌みだな。しかしラングレーがこれまでどれだけイスラエルのために議会や大統領に対してロビー活動をしてきたかを忘れてもらっては困るね」

「CIAがサンタクロースのようなことを言うな。冗談じゃない。われわれがこれまでCIAに与えてきた情報の価値をはじきだしてみろ。十二ケタに近い数字が出てくるはずだ。CIAが親イスラエルの立場を貫いてきたのはそのためだけなんだ」

「そりゃちょっと言いすぎじゃないのか。私もそうだがラングレーの仲間の多くはイスラエルという国が好きだ。中東で唯一の民主主義国家を支えていかねばならないと思っているんだ」

「涙が出るね」

「本心を言ってるんだ」

「まあいい。こっちは条件を出した。ノンネゴシアブル《交渉不可能》の条件だ。どうする?」

　ドラッガーが腕組みをして空を見つめた。

「いいかね、サイモン。こっちはベスト エージェントをリースするんだ。こんなことはモサドの歴史で初めてのことだ。もし創立者のイサー・ハレル氏が生きていたら、こっぴどく怒られるだろう。しかしCIAとの関係を悪化させたくはないし、あんたの置かれた立場もわかる。だから一応受けたんだ。あとはあんた次第だ」

　ドラッガーがかぶりを振りながら、

「相変わらずタフなネゴシエーター《交渉人》だよ、あんたは」

「タフじゃない。リアリスティックと言ってほしいね」

「その条件については上に話そう。だけど本当にモサドのベストなんだな?」

　サブラックが自信に満ちた表情でうなずいた。

「ということは世界でベストということだ。彼女ほどの腕を持ったプロフェッショナルは私自身見たことがない」

「彼女!?　女性なのか!?」

　サブラックが静かにうなずいた。

「わが組織の男たち十人がかかってもかなわないような女性だ。これまで彼女が遂行したアサインメント《任務》は二年間で百七回、ターゲットとなったゴミは百三十三人。だが一度もミスったことはなかった。これはわが組織の歴史にもない記録だ」

　ドラッガーの目は笑っていた。それが何を意味するかサブラックは知っていた。

「信じないんだな」

「実のところ迷ってるんだ。そんなスーパー女性エージェントなどいるわけがない。だがあんたはいると言ってる。あんたの言葉を疑う理由はないからね」

「もっともだ。だが対外作戦部にいるあんたなら、彼女については聞いたことがあるはずだ」

　ドラッガーがちょっと考えてから、

「私が聞いたことがあるのはコード　ネーム　カリプソというアサッシン《暗殺者》だけだが」

「その彼女だよ」

「そんなばかな！　彼女は昨年シリア情報部にぱくられてしまったはずだが……」

　今度はサブラックの目が笑っていた。

「彼女は奴らに捕まるほどドジじゃないよ」

「……!?　でもシリア側は大々的に発表したじゃないか」

「彼女の本名は何だった」

「確かミレイユ・フィリップというフランス人だったと思うが」

「その後シリア側は彼女について何か言ってるかね?」

「秘密裁判のあと処刑したんじゃないのか」

「だとしたら公開処刑をするはずだろう。そしてアラブ世界に高らかに宣言するはずだ。ユダヤのブタを捕まえて公開処刑にするとね。昔エリ・コーエンに対してやったように」

　ドラッガーがキツネにつままれたような表情で首を振った。

「ところが奴らはそんなことは言わなかった。というより言えなかったのだ。なぜならシリア情報部が捕らえたのは、同じホテルに泊まっていたカリプソそっくりなフランス女だったからだ。しかも一年前のミス　フランスだった。現地のフランス大使館は人違いだとしてシリア側に猛烈に抗議した。結果として彼女は二日の勾留《こうりゅう》だけでフランスに帰ったよ。シリア側は恥ずかしくて何も言えないというわけだ。そんなことが知れたらアラブ世界の笑い者になるだけだからな」

「じゃ、あのときダマスカスの街中でヒズボラのアハメド・スレイマンを消したのは誰なんだ」

「カリプソさ。だがシリアのカウンターインテリジェンス《防諜部》の連中が彼女のホテルに踏み込んだとき、彼女はすでに国外に脱出しつつあった。代わりにミレイユ・フィリップというダブル《影武者》をぱくったというわけだ」

「そのフランス女も災難だったな。カリプソに似ていたばっかりに……」

「いや、彼女はあそこにたまたまいたわけじゃない。カリプソの身代わりをしていたんだ。本物が無事脱出するための時間稼ぎだ」

「……！　じゃ、本物のダブルだったのか!?」

「いつも使うわけじゃないが、あのときはターゲットがヒズボラの戦闘部門のナンバー2だったから念には念を入れたんだ。奴はカリプソに命を狙われていたのを知っていたから、シリアのカウンターインテリジェンスのマークもきつかった」

ドラッガーが信じられないという表情で首を振った。暗殺のターゲットにされている政治家たちがダブルを使うのはよくあることだ。特に中東ではそれが当たり前になっている。リビアのカダフィ、エジプトのムバラク、サウジのプリンスたち、かつてのイラクのサダムやイランのホメイニなど、みな複数のダブルを抱えていた。

だが暗殺するほうにダブルをつけるなど聞いたこともない。

「彼女、まるでVIPだな」

「それだけ彼女はかけがえのないエージェントということだ」

「ところでなぜカリプソなんてユーモラスなコード　ネームをつけたんだ?」

「なぜカリプソがユーモラスなんだ?」

「だってそうだろう。カリプソは西インド諸島で生まれた音楽じゃないか。軽快で底抜けに明るい民族音楽の典型だ」

サブラックが苦笑いしながら、

「あんたは優秀なCIAマンだが、文学を知らないな」

「……？」

「ホーマーの〝オデッセイ〟を読んだことはないのか？　古代ギリシャ文学だ」

「仕事に関係ないからな」

「カリプソというのは〝オデッセイ〟の中に出てくる絶世の美女の名だ。トロイ戦争から凱旋《がいせん》の途中のユリシーズの船が難破して、ある島に流れ着く。その島の女神がカリプソだった。彼女はユリシーズを愛し、もし彼がずっとその島で彼女と暮らしてくれたら、彼に永遠の命を与えると言う。しかし望郷の思いを抑え難いユリシーズは、それを断って祖国に帰る。恋いこがれていた人に去られたカリプソは、その後失意の中で死んでいく。ロマンティックな話だよ」

「なるほど。で、あんたのところのカリプソもそれほど美しいのか？」

「一昨年のミス フランスがカリプソのダブルと言っただろう。カリプソのほうがずっと美しいと思うがね。きらめきが違う」

「ぜひ会ってみたいものだ。ところで彼女にはもう話しているのか？」

「いや、まだだ」

「受けてくれるだろうか？」

「私が話せばね」

「彼女のアクションもこの目で見てみたいな」

「見られるさ」

サブラックが腕の時計を見た。

「あと少しだ」

「何のことだ?」

「あの噴水の左側に男が立ってるだろう」

サブラックがあごで指した。

「あのグレイの背広を着てる男か?」

「あれはアラブ人の弁護士で名前はナギブ・アブデル・ハリード。だがそれは表の名前だ。本名はモハメッド・アブ・ザワヒリ。聞いたことないかね?」

ドラッガーが黙ったまま首を振った。

「アルカイーダのナンバー2は誰だ?」

「アイマン・アル・ザワヒリ……ひょっとすると奴らは関係あるのか?」

「従兄弟《いとこ》同士さ。あいつはアルカイーダのイスタンブールの責任者をしてるんだが、ヒズボラとも深いつながりがある。奴を消せばここのセル《細胞組織》はしばらく機能しなくなる」

「それにしても刑事らしいのがうじょうじょしてるじゃないか」

「連中はイスタンブール警察の対テロ取締部のメンバーだ。軍の人間や狙撃兵も何人か交じっている。奴はずっと彼らの監視下にあったが、今まではしっぽを出さなかった」

「いよいよ今日逮捕するというわけか」

サブラックがにやりと笑った。

「証拠さえつかめればな」

「ここの警察の腕の見せどころだな」

サブラックが再び腕の時計に目をやった。

「そろそろだ。奴はある人物とコンタクトすることになっている。対テロ部隊の連中はその瞬間に奴とコンタクト　マンをぱくろうとする。ナイス　トライだ」

「〝ナイス　トライ〟とはどういう意味だ？」

「その前にふたりともこの世におさらばすることになってるからさ」

これにはさすがのドラッガーもあわてた。

「待てよ。それはやばいんじゃないか。刑事たちは監視態勢に入ってるし、それに一般人も多い」

「むかしケネディがテキサスのダラスで殺られたときも衆人環視の中にあった。だがヒット　マンたちは仕事をやり遂げた。本当のプロにとっては、周囲に何人いようが、またどんな監視態勢が敷かれているかなんて問題じゃない。カリプソの腕を見せるにはこれほど理想的な場所はない。視界はいいし広々としている。それに仕事のあとでの逃げ場も少ない。広場には大勢の人がいる。自信のないヒットマンならやみくもに撃ってターゲット以外にも傷を負わせてしまう。彼女の腕を見せるにはもってこいじゃないか。お宅は莫大《ばくだい》な金を出すんだ。まず彼女の腕をチェックする権利がある。そうだろう？」

「それはそうだが、今ここでやるなんて思わなかった。彼女をストップできるのか？」

「私が合図をすればね」

「じゃ、止めろ」

「なぜだ？」

「第一に、彼女がいかに腕がたっても周囲の状況を見れば失敗の可能性は十分にある。またザワヒリを殺っても彼女も捕まるかもしれん」

「そんな理由で止めたら、彼女は一生私を軽蔑《けいべつ》するよ」

「だけど止めるべきだ。彼女のようなエージェントを失うなんて許されないことだ」

「いつからあんたは人間性に目覚めたんだ。自分のところのエージェントさえ見殺しにするのに。ボトムライン《―本当に言いたいこと―》は何なんだ？」

ドラッガーがちょっと躊躇して、

「アルカイーダのメンバーならわれわれに優先権がある。捕まえてアメリカで取り調べるのが筋だ」

「なーるほど。でもおかしいな。奴のようなのを殺すのがあんたの仕事なのに」

サブラックの口調が冷たさをおびた。

「裁判にかけてアメリカの刑務所で一生過ごさせるのかね？　そんななまぬるいことをやってるからクズどもはつけあがるんだ。奴はこれまでわが国に膨大な人的、経済的、社会的ダメージを与えてきた。生きてる限り続けるだろう。対処方法はただひとつ。奴の命をターミネートするしかないんだ」

ドラッガーがだまったままうなずいた。

サブラックが言ったことには真実がある。それは彼自身が信じていることでもあった。テロリストを裁判にかけるなど税金の無駄遣い以外の何ものでもない。だが残念なことに現在のアメリカでは政治家がそれを要求する。彼らには対テロ戦の効率よりも公聴会でのスタンドプレーが優先するのだ。

「オッケー、イッツ　ユアー　コール」

サブラックはもとの柔和な表情に戻っていた。

「リラックスしろ、サイモン。リアル　タイムでのリアル　ショーを文字どおり高みの見物ができるんだ。題してオペレーション　ガーベッジ　ディスポーザル《ゴミ掃討作戦》。いよいよだ」

ドラッガーの視線はザワヒリに集中していた。

　ガラベーヤを着た男がザワヒリに近付いてきた。男はほとんどザワヒリにぶつかりそうになって通り過ぎた。何かがザワヒリに渡された。極秘に何かを渡すとき、よく情報機関員が使うブラッシュ パスという手法だ。

「なんと不器用な奴らだ。あれじゃブラッシュ パスじゃなくてバンプ パス《衝突受け渡し》だ」

「洗練性のかけらもないな」

　ドラッガーがくすくすと笑った。

　周囲にいた刑事たちがなめらかな動きで、ふたりを囲むようにしてクローズインし始めた。

　次の瞬間、ザワヒリの頭半分が吹っ飛んだ。間髪を容れずコンタクト マンの男も頭に銃弾を食らって地面に叩きつけられた。ふたりの脳みそと血が、あたり一面に散らばった。刑事たちは銃を抜いて周囲をきょろきょろと見回している。

　ドラッガーの口から低い口笛が聞こえた。

「これで人間のクズがふたり、地上から消えた」

　ノンシャランな調子でサブラックが言った。

「ホワット ア ファッキング ショー！」

　ドラッガーが興奮した口調で言った。

「周囲の人間誰ひとりとして巻き添えにしていない！　まさに芸術だ！」

「ほんの挨拶代わりさ」

「それにしても発射地点はどこなんだ？」

「あそこの屋上だ」

サブラックがあごで指した先にはヒルトン・ホテルがあった。しかし屋上には人っ子ひとり見えない。

「あそこからなら百五十ヤード以上はあるぜ」

「関係ないさ。百五十ヤードも二百ヤードも彼女にとっては同じだ。どうだ、サイモン、納得したかい」

ドラッガーが大きくうなずいた。

「参ったよ。素晴らしいデモだった。援助は必ず元どおりに戻す。私の首をかけて保証する。レッツ シェイク オン ザット」

ドラッガーが手を差し出した。

サブラックはその手を握らなかった。

「ひとつだけ言っておく。見返りさえきちんと約束してくれれば、彼女がお宅の仕事をすることは約束する。彼女はあんた個人に預ける。だが仕事が終わったあと、彼女を片付けるなんてことは考えるなよ」

「そんなことするわけがないだろう」

「あんたがたCIAは用済みの者は容赦なく消すことがある。これは警告だ。もし彼女の口を塞《ふさ》ごうなんてしたら、われわれは全力をもって報復する。いいな?」

ドラッガーの顔が心なしか青ざめた。モサドはひとりのエージェントでも殺されたら、その復讐《ふくしゅう》のために殺した相手を地の果てまでも追って行くということをドラッガーは知っていた。

「恐ろしいこと言うなよ。モサド対CIAの戦争なんて考えただけでもぞっとする。絶対にあってはならないことだ」

「それがわかってればいいんだ」

今度はサブラックが手を差し出した。ドラッガーがそれを握った。しかしサブラックはドラッガーを信じ切ってはいなかった。ドラッガーもサブラックが自分を信じていないと感じていた。それは当然だとドラッガーは割り切っていた。サブラックほどの人間はそう簡単に人を信じない。信じていたら今ごろはどこかのカスバで死体となってゴミ箱に捨てられていただろう。だが今度の仕事に彼の協力は必要不可欠だった。

その仕事についてドラッガーがサブラックに電話をしたのは半月前だった。ラングレーの本部から電話したのだが、CIA内部でも超極秘事項だったためNSA(国家安全保障局)さえ盗聴できないスクランブラー システムを使っての会話だった。

話はごく事務的に進められた。ドラッガーの説明にサブラックはほとんど口をはさまず聞き役にまわっていた。説明が終わったときサブラックが言った。

「話はわかった。検討してみよう。二週間後にイスタンブールのレストランで会おう。昔あんたがよく使ってたレストランだ。時間は追って知らせる。ああ、それからもしわれわれが協力することになったら、当然その見返りを要求することになる」

電話が切れた。

そして二週間後の今日、正式にサブラックからの協力が得られた。その上サブラックはカリプソによるリアル タイムのデモンストレーションまでセットアップしてくれた。これでひとまず安心してラングレーに帰ることができる。


レストランから客が帰り始めていた。三時から六時までは店にとっての昼休みである。入り口にひとりの女性が現れた。ピンクのワンピースに身を包み、左腕にハンドバッグを提げ、右の手は黒いアタッシェ ケースを握っていた。エルメスのベルトがスリムなウエストラインを際立たせ、ナヴィゲーター用サングラスと鍔《つば》の広いカサブランカが見事にマッチしている。

支配人が彼女に駆け寄った。つい昨日も訪れたが、レストランの客としてではなくオーナーのアラン・ドーヴィルに会うためだった。

「マドモアゼル！」

支配人が大袈裟に手を広げた。

「またお会いできて光栄です。あなたのような美しい方が毎日いらっしゃってくだされば、店に花など必要ありません」

彼女はにこりともしなかった。

「ムッシュー ドーヴィルはいるかしら？」

「事務所におります。どうぞ」

案内しようとする支配人を彼女が止めた。

「大丈夫。わかってるから」

レストランを突っ切って奥の事務所に行った。ドアーをノックした。

「アントレ！」

太いダミ声が聞こえてきた。

事務所はレストランの豪華さと美しさにくらべて、ごくつつましく殺風景ともいえるものだった。サイズは三十平方メートルぐらいで、家具といえば古い応接セットと小さな事務用の机ぐらい。その机の向こうにドーヴィルがすわっていた。彼女を見て立ち上がった。

「ごくろうだったね、カリプソ。ヒルトンの屋上からの眺めはどうだった？」

それには答えず、彼女はサングラスを外して手にしたアタッシェ ケースを机の上に置いた。

「お世話になったわね」

「MAWの使い心地はどうだった？」

「まあまあと言ったところね。撃ったあと照準スコープがちょっとずれるのが気になるけど」

「ほかには？」

「グリップは必要ないわ。銃身で十分用は足せるもの」

「もう一度使う気はあるかね？」

「これしかないんだったら」

「だができれば使いたくない。そうだな？」

「私以外の者が使ってたら失敗の確率は高いでしょうね。初速が秒速九百メートルといわれているけど、それはサイレンサー抜きの話じゃないかしら。実際は八百から八百三十ぐらいのはずだわ。やっぱりスプリングフィールドのAIあたりがいいわね」

「でもあれは折り畳み式じゃない。あれを入れるにはビリヤードのキュー　スティックが三本入るぐらいのケースが必要だ。目立ちすぎるし運搬しにくい」

「それじゃ私はこれで失礼するわ」

「ちょっと待て。今、副長官がみえているんだ。会っていくかね？」

「冗談でしょう？　ここにはＣＩＡのエージェントが働いているらしいし、今、副長官が会っているのはラングレーの幹部。そんなところへのこのこ行けると思って？」

「すまん。いったい私としたことが何を考えているのやら。これからどこへ行くんだね」

「空港」

「ネスト《巣》に帰るのか」

彼女が黙ってうなずいた。

「ひとつ訊いてもいいかね」

「答えられることなら」

「以前から訊きたいと思っていたんだが、きみは抜群に頭が切れるし、しっかりと自分自身を持ってる。何をやっても成功するはずだ。それにその美貌ならどんな男とでも結婚できる。なのによりによって今の仕事をしてる。なぜだ？」

彼女を見る彼女の目は嘲《あざけ》るように笑っていた。

「支局長のあなたにしては愚問ね」

ドーヴィルの顔が赤らんだ。

「すまない。気に障ったら許してくれ」

「いいえ、かまわないわ。逆に訊きたいのだけど、なぜあなたはモサドのフロントであるこのレストランのオーナーをやってるの？」

「そりゃイスラエル国家を愛してるからだ。国家のためならドブ掃除でもする」

彼女がジーッとドーヴィルを見据えた。そのまなざしには百戦錬磨のドーヴィルさえ思わずたじろぐほど迫り来るものがあった。

「私も同じよ。ただひとつの違いは私はイスラエル国家を愛してるだけじゃない。国家と結婚したの。わかる？　シャローム」

第三章　捜　査

ニューヨーク

「八方塞がりだ。これじゃお手上げだ」

めったに弱音をはかないダニー・スモレンスキーが言った。

「あきらめるのはまだ早いよ。捜査を始めてまだ一週間しかたっていないんだ。勝負はこれからだ」

とジョッシュ。

「だがブレークポイント《突破点》さえ見えてこないじゃないか」

「そんなことはない。あのフジオカという日本人がいる。彼は絶対に何か隠してる」

「またあんたのガット フィーリングか」

うんざりした口調だった。

チャイナタウンの事件現場のモニター映像を見た直後、ダニーはセントラル・パークでの殺人事件の第一発見者だった藤岡毅《ふじおかたける》に電話をした。連絡先として彼はウォール街の大手証券会社ベンジャミン&トライバス社の名と電話番号を渡していた。電話をしてみると確かに彼はそこで働いていた。ふたりは早速彼に会いにベンジャミン&トライバス社を訪れた。

ロビーで待っていると藤岡がやって来た。日本人にしては珍しくがっちりとした体格で、アスレティックなタイプとジョッシュには映った。話し方もはっきりしていて何ら悪びれるところもない。

チャイナタウンの現場にいたことについて尋ねると、

「ええ、あのときはクライアントに呼ばれましてグリニッチ・ヴィレッジに行ったんです。その帰りにあの事件の現場を通ったのです。やじ馬根性が旺盛《おうせい》なもので」

「今朝のセントラル・パークでそのことを言ってくれてたら、わざわざこうして来る必要はなかったのですがね」

ダニーの嫌みに対して藤岡が、

「あなたは訊かなかったでしょう。それに私自身忘れてましたから」

「あなたがあの日訪ねたヴィレッジのクライアントの名前は?」

「ショーン・クリスティ氏です。ご存じでしょう?」

クリスティはもとハリウッドのプロデューサーで、現在はニューヨーク州の上院議員を務めており、マンハッタンでは一応有名人として通っている。

「彼はうちの会長の友人で、つい最近私が彼の口座を受け持つようになったのです」

そのときひとりの老人がロビーを通り抜けようとした。藤岡が彼に声をかけた。

「ミスター・ベンジャミン！」

老人が三人に近付いた。

「やあタケル、元気そうだな」

と言って、ジョッシュとダニーに視線を投げた。

「この人たちはNYPDの刑事さんたちなんです」

「NYPD？」

ジョッシュとダニーが自己紹介をした。

「まさかタケルが何か悪さをしたわけじゃあるまいね」

スマイルを見せてはいるが、目は笑っていなかった。

「いえ、ちょっと質問がありましたので」

ダニーがスムースな口調で言った。

「ミスター・フジオカ、貴重な時間をさいていただいて感謝します。失礼」

出口に向かいながら、ジョッシュはベンジャミンと藤岡の刺すような視線を背中に感じていた。

「ありゃ臭いぜ、ダニー」

　ビルから出たときジョッシュが言った。

「ベンジャミンのあの登場の仕方はタイミングがぴったりだった。それにフジオカのあの落ち着き方と話のなめらかさ。パーフェクトすぎる」

「事実を話していたからだろう」

「何かおかしい。おれのガット　フィーリングに間違いはない」

　署に帰ると本部長のオライリーから呼び出しを受けた。

「今デヴィッド・ベンジャミン氏から電話を受けた。彼の会社に行ったらしいが?」

「参考人にいくつか質問がありましたので」

「その参考人というのはミスター　フジオカだろう。何かおかしなことでもあるのか?」

「ちょっとひっかかるんです」

「理由は?」

「まずふたつの殺しの現場にいたこと。ひとつ目はやじ馬として、ふたつ目は第一発見者です」

「偶然じゃないのか」

「しかし何かしっくりこないんです。うまくは言えませんが」

「ダニー、きみも同じか?」

「いえ、私は別におかしくは思いませんでしたが」

「ジョッシュ」

オライリーが諭すような口調で言った。

「きみは優秀な刑事だ。だが勘だけで捜査は進められんよ」

ジョッシュは黙っていた。確かにオライリーの言うとおり勘だけを頼りにはできない。しかし今自分が感じているのは、勘ではなくガット フィーリングだ。腹の底から湧き上がってくる確信のようなものだ。

「本部長」

ジョッシュが言った。

「ベンジャミン氏は何と言ってきたんです？」

「フジオカという男の保証人は自分だと言っていた。それから会社に刑事が来るのは好ましくないとも言っていた」

「そりゃ体《てい》のいい捜査妨害じゃないですか」

オライリーの表情が厳しくなった。

「それは違う。ベンジャミン氏はごく丁寧に当然のことを要請しただけだ。ベンジャミン＆トライバスは金融会社だ。一種のサーヴィス業であり、いろいろな人々が出入りする。そこに刑事がいてはどんな目で見られるかわからない。営業妨害という解釈だってできる」

ジョッシュは頭に血が上るのを感じた。いつの間にか話はまったく違った方向に向かっている。これではどっちが犯人なのかわからない。これ以上話したらけんかになると思ったジョッシュは自分を抑えていた。

「いいか、ジョッシュ。フジオカのことは忘れろ。彼の保証人はベンジャミン氏なんだ」

「こりゃますますおかしいぜ、ダニー」

本部長室から出てきたときジョッシュが言った。

ダニーが両手を上げた。

「またかよ。勘弁しろよ。本部長も彼がシロだと言ってるじゃないか」

「だが本部長は奴に会っていない。ただデヴィッド・ベンジャミンと親しいだけだ。そのベンジャミンはフジオカの会社の会長。そして彼の人となりについて保証した。だからといって何の意味がある?」

「アメリカで十指に入る金持ちで、わが警察のよき理解者でポリス アソシエーションに年間百万ドルもの寄付をする人間が言うことには意味があるよ。フジオカは彼のもとで働いている。ベンジャミンがフジオカの疑いを晴らしたいのは当然のことじゃないか」

「そこがおかしいとおれは言ってるんだ。いいかね。ベンジャミンはウォール街のドンだ。ベンジャミン&トライバス社は千人以上の社員を抱えている。その頂点に立つ男が、ひとりの平社員のために人格保証などすると思うか？　それもわざわざ本部長に電話をしてまでもだ。フジオカをもっと洗ってみる必要がありそうだ」

「おれはごめんだぜ。本部長の命令を聞いたろう」

「その本部長が言ったはずだ。今回の捜査に寸止めはなしだ、と」

それから一週間が過ぎた。ニューヨーク・タイムズの記事がもたらした反響は大きかった。ニューヨーク・ポストやデイリー・ニュース、さらには各テレビ局も一斉に事件を追い始めた。

中国総領事は、タイムズに出た記事は根も葉もない捏造《ねつぞう》であり厳しく抗議するという声明を出したが、マスコミとの会見はいっさい拒否した。

警察長官のハル・ウエザーマンは、カスターベーターを従えて毎日記者会見を開き、捜査の進行状況を説明しようと試みた。

本来ならこの仕事はNYPD本庁の本部長であるオライリーがやるべきことなのだが、彼は体よくはじきだされた。地方検事の座を狙っているウエザーマンと州の上院議員選挙に打って出ようとしているセシル・カスターベーターのふたりにとっては、知名度を高めるまたとないチャンスだった。

しかしこの記者会見も四日で打ち切りとなった。説明の内容が毎晩同じで、捜査が遅々として進んでいないのは明らかだったからだ。

犯行に使われた銃は、検視官キングが言ったとおりハイスタンダード　モデルH－Dとほぼ確定されたが、ニューヨーク州中の銃器店をまわってもそのような銃を過去に扱ったり、現在売っている店はなかった。さらには全米五十州の銃器店をつぶさにあたったが、ハイスタンダード　モデルH－Dは一丁もなかった。

目撃者はゼロで確固とした証拠物件も見つからない。その上、中国総領事からの協力も得られない。まさにデッドロックの状況を呈していた。

状況をさらに悪化させるように起きたのが、三人のロシア人殺害事件だった。三人のうちふたりはマンハッタンで、あとのひとりはブルックリンの通称リトル・オデッサと呼ばれるブライトン・ビーチで殺されていた。

これに関して一部のマスコミは一週間前タイムズに載ったジョージ・シューマーの記事をベースにして、蛇頭対ロシアン　マフィアの抗争とぶち上げた。

また中国人外交官殺害に結び付けて、中国情報部対ロシア情報部のリヴェンジ戦という見方をするマスコミもあった。

これらふたつの見方を中心に、新聞やテレビは連日私立探偵や市警の元刑事などを引っ張り出して事件の〝真相〟を報じた。

しかしニューヨーク・タイムズだけは彼らと一線を画して、異常な報道合戦に参加しなかった。ジョージ・シューマーによる一回目の記事以来、タイムズは事件に関して沈黙を貫いていた。

そんなある日、ジョッシュは本部長命令に反することは承知の上で、ウォール街のベンジャミン&トライバス社を再び訪れた。それまでも何回か藤岡に電話したが、会社のオペレーター止まりで、藤岡は休暇中とのことだった。休暇先を尋ねても知らないと言う。そのような会社側の反応はジョッシュのガット フィーリングを益々刺激した。

受付でバッジを見せて藤岡を呼び出すよう頼んだが、出てきたのは中年の男で会社の弁護士だと言う。

「残念ながらミスター フジオカは休暇中です」

「それは聞きました。いつごろ戻りますかね？」

「さあ、一週間になるか一カ月先になるか」

「お宅の会社は従業員の休暇期間もつかんでいないのですか？」

「彼には有給休暇がたまっているんです。いつ取ろうが本人の自由ですから」

「ミスター フジオカの自宅の住所を教えてください」

「彼は何かの事件の容疑者なのですか?」

「いや、今のところは参考人です」

「それなら自宅の住所は教えられません。プライヴァシーの問題ですから。もし彼が容疑者であなたが捜査令状をお持ちなら教えますが」

ジョッシュがにやっと笑った。

「あんたがたはおかしい。こっちはただフジオカと話がしたいだけなのに彼は逃げ回っている。その彼をあんたがたはカヴァーしている。何だか自分たちで墓穴を掘ってるようだな。それじゃ、いずれまた」

署に帰ると本部長のオライリーが彼を待っていた。

「フジオカには近付くなと言ったはずだぞ!」

久しぶりに聞くカミナリ節だ。

「私の命令に背いて、お前はベンジャミン氏の会社に行った。その上、捨てぜりふまで吐いたと言うじゃないか!」

「でも本部長は言ったじゃないですか。この捜査に寸止めは必要ないと」

「フジオカは別だ! 彼はベンジャミン氏が保証してるんだ! あの人がどういう人か、お前も知ってるだろう。モデル市民であり、私の個人的友人であり、われわれ警察官の貴重な友人なんだ。そしてアメリカ社会の有力者のひとりでもある。彼の言葉を信じられなかったら、いったい誰を信じられる！」

「悪いけど本部長の論法はめちゃくちゃですよ。ベンジャミンがどうのこうのと私は言ってるんじゃない。問題はフジオカです。首をかけてもいい。奴はおかしいんです」

「ザッツ　イナフ！」

オライリーが吐き捨てるように言った。

「本部長命令に違反したら、どうなるかわかってるな？」

「三年前は確か一週間の停職処分でしたね」

「今回はそれではすまんぞ。本来なら馘《くび》にするところだが、今までの功績に免じて一カ月の停職処分とする。職務に戻ってもこの件にいっさいタッチしないことが条件だ」

ジョッシュが内ポケットからバッジを取り出し、胸のホルスターから拳銃を抜きとり、腰から手錠をはずしてオライリーの机の上に置いた。

「何のまねだ？　停職処分とは言ったが、バッジをはずせとは言わなかったぞ」

「辞めるんです」

ジョッシュがオライリーに背を向けてドアーに向かった。

「パーカー！」

オライリーの声にジョッシュが振り返った。

「ドント　ファック　ウイズ　ミー　オアー　アイ　ウイル……」

ジョッシュが真正面からオライリーを見据えた。

「これはゲームじゃない。アイ ドント ファック アラウンド！」

彼が去って行く後ろ姿を見て、オライリーがニヤッと笑った。

ジョージ・シューマーがリトル・イタリーのはずれにあるバー〝ヴィトズ〟に着いたとき、すでにジョッシュ・パーカーは奥のボックス シートで彼を待っていた。

「先にやってるぜ」

ジョッシュがビールのジョッキを上げた。シューマーはコーヒーを注文した。

「まず呼び出しに応じてくれたことを感謝する」

シューマーらしからぬ礼儀正しさだ。次に彼の口をついて出る言葉は大体予想できた。

「警察を辞めたって本当か」

ビンゴ！

「早耳だな」

「NYPDは最高の刑事を失ったともっぱらの噂だよ。でも、なぜだ？」

「まあ、上司との意見の相違といったところだな」

「今度の事件の捜査手法についてか？」

「そんなところだ。だがそれ以上は訊かないでくれ。余計なことを話しちゃいそうなんでね」

「わかった。だが捜査はあまり進展してなさそうじゃないか。ウエザーマンは記者会見をもうしなくなったし」

「はっきり言って墓場状態だ。中国総領事館は非協力的だし、チャイナタウンでも誰も話したがらない。手のつけようがない。あんたのところでも会見を申し込んだんだろう?」

「とりつくしまがなかったよ。だけど彼らはどういうメンタリティをしてるんだろうか。拒否反応を示せば示すほど、こっちは疑いを深くするのに」

「中国と勝手が違ってるので怖いんだろう。あの国には御用マスコミ以外ないからな」

「ロシア人殺しはどうなってるんだ?」

「わかってるのは犯行に使われたのがスミス&ウエッソン社製のMK22モデル0ということぐらいだ」

「ハイスタンダード社製じゃなかったのか?」

「がっかりだろう。だがMK22もハイスタンダード　モデルH‐Dと同じように特殊な銃なんだ」

「と言うと?」

「ヴェトナム戦争中に海軍特殊部隊シールズのために作られたんだ。ハイスタンダード同様、製造段階でサイレンサーが仕込まれていて、これも殺し専門の銃だ。しかもそんじょそこいらで売られているような代物じゃない。銃をトレースするだけでも大変なことだ」

「海軍に照会すればわかるんじゃないか」

ジョッシュが苦笑いしながら、

「海軍が、はい、ここにリストがありますのでどうぞ調べてくださいと言って、渡してくれると思うか」

「だめか」

「まだ現役のシールズが使っているんだぜ。ハイスタンダードがCIAに使われているようにね」

しばしの沈黙のあとシューマーが、

「両方の事件の共通点は使われた銃にあると考えるのが普通だな」

「確かに。ハイスタンダードにしろMK22にしろ、手に入れにくいし、第一、使いこなせる奴はそうはいない。だが問題はそこから先だ」

「墓場か……」

「それよりジョージ、あんたのほうはどうなんだ。一発目の記事以来何も書いてないじゃないか。ほかはお祭り騒ぎをやってるのに」

「うちはタブロイドじゃないからね。責任ある記事を載せる義務があるんだ」

ジョッシュが口元に笑みを浮かべながら、じーっとシューマーを見つめた。シューマーが照れ笑いを見せた。

「あんたの推察どおり行きづまっちまったんだ」

「だけど調査は続けてるんだろう?」

「もちろん。だが収集できる情報は点ばかり。それはそれでいいんだが、それらの点をつなげる線が見えてこない。たとえば殺された三人のロシア人はロシアン マフィアじゃないことが内部情報ではっきりした。彼らはロシア政府のために働いていた。というのは九〇年代の初めから中ごろにかけて、三人とも外交官の肩書で東ヨーロッパ諸国を転々としていた。中国人三人については、彼らが蛇頭メンバーかどうかはまだはっきりしない。しかし彼らのうちふたりは西ヨーロッパにいたことがある。もうひとりはアフリカ各地を移動していた」

ジョッシュは感心していた。さすがニューヨーク・タイムズのネットワークだけある。その調査能力は飛び抜けている。国内のレヴェルならまだしも、国際的なレヴェルとなるとNYPDなどおよびもつかない。

シューマーが続けた。

「興味深いのはロシア人が東ヨーロッパにいた時期と中国人が外国にいた時期が一致す

るんだ。六人とも本国にはいなかった。これが彼らの唯一の共通点だ。だがいったい何をやってたのか、肝心なことがまったくわからない」

「さすがタイムズのエースだ。視点が違う」

「皮肉ってるのか」

「いや、本心から言ってるんだ。ほかのマスコミはハイエナのようにごみあさりばかりやってる。あんたのようなジャーナリストがいるのは救いだよ」

「だけど今私が言ったことなんてNYPDはもう知ってるんだろう」

「そういう視点からは見えてないな」

「じゃ、どういう視点から見てるんだ?」

「はっきり言って視点なんてない。ただ聞き込みとプロの殺し屋の記録を読み返してるだけだ。木に登って魚を探してるのと同じだ」

「だがあんたは違う」

「もう辞めたんだから関係ないさ。それよりあんたにひとつティップをやろう。私の個人的意見だが間違ってはいないと思う」

と言って、ちょっと間を置いてから、

「六人を殺《や》ったのは、ひとりのプロフェッショナルだ」

「……!? 根拠は?」

「殺しのスタイルがクリーンで、必ず一発で仕留めていること。手掛かりは何ひとつ残していない。使われた銃は特別な組織のために殺人用として作られた」

「だけど銃は二種類だろう」

「それは関係ない。素人には無理だが、腕のたつ殺し屋なら自分の手と同じように使い分けられるものだ。ヴァラエティがあって、かえって楽しめるはずだ」

「いまいち説得力に欠けるな」

「わかってる。しかし私のガット フィーリングに間違いはない。二十五年間刑事をやってきたが、今回ほど確信を抱いたのは初めてだ。ひとつひとつの現場を見て肌で感じたのは、ひとりの人間のプレゼンス《存在》だった。まるで幽霊のようにね」

シューマーがちょっと考えてから、

「なるほど。そうだったのか」

「……?」

「あんたが上司と衝突したのはその点だった。そうだろう?」

ジョッシュが肩をすくめた。

「過ぎたことだよ。だけど私は間違ってはいない」

シューマーの口からフーッというため息が漏れた。真剣なまなざしでジョッシュを見据えた。

「あんたのガット フィーリングを信じるよ。だてや酔狂で本部長賞八回、長官賞を五回もらっちゃいないからな」

そのとき入り口のドアーが開いてふたりの男が入ってきた。ジョッシュたちのテーブルに近付いてくる。ふたりとも紺の三つ揃《ぞろ》い姿だが、ひとりはヘアーが白く顔にしわが寄っていた。もうひとりははるかに若く、ブロンドの髪をアイヴィーカットにこざっぱりとまとめている。ジョッシュもシューマーも年配の男のほうをよく知っていた。FBIニューヨーク支局長ヘンリー・サリヴァンである。

「やあ、ヘンリー」

ジョッシュが声をかけた。

「フェズ《FBI》の大物がこんな場末のバーに来ることもあるのかね」

とシューマー。

「ちょっとあんたに話があるんだ」

サリヴァンがジョッシュに言って、シューマーに視線を投げた。

「わかってますよ」

シューマーが嫌みをこめて言った。

「邪魔者は死なず。消えていくのみ」

シューマーが立ち上がって出口に向かった。サリヴァンがそばにいる若者をスペシャ《特別》

ルエージェントのラリー・デピエールと紹介した。ジョッシュが手を差し出した。ラリーのグリップはしっかりしていた。

「三年生だな」

ラリーが困惑したような表情を見せた。

「よくわかるな」

サリヴァンが笑った。

「確かにラリーはエージェントになってから三年目だよ。しかしその能力は局内で高く評価されている」

「だろうね」

ジョッシュがサリヴァンを見据えた。

「捜査のことについてなら何も言うことはないぜ。もうNYPDは辞めたんだ」

「わかってる。それについて話したいんだ」

「……?」

「あんたはもう誰にも遠慮することはない。そうだろう?」

「……?」

「どうだろうか。われわれの一員にならないか?」

「どういうことだ?」

「FBIに来ないかと訊いてるんだ」

ジョッシュが笑い出した。

「NYPDを馘同然になった男をフェズが雇うと言うのかい。冗談もいいかげんにしろよ」

しかしサリヴァンは笑ってはいなかった。

「私はマジに話してるんだ」

「それがおかしいと言ってるんだ」

「あんたは刑事だ。刑事が捜査をしなくなったら終わりだ。好きなように捜査できるチャンスを与えると言ってるんだ」

「本気なのか？」

「こんなことを冗談で言えるか。あんたにはスペシャル　エージェントのポストを用意してあるんだ」

ジョッシュがしばし考え込んだ。そしてゆっくりと首を振った。

「やめとくよ。私はNYPDで育った人間だ。駄馬とサラブレッドほどクラスが違う」

「何をばかなことを言ってるんだ。お互い法の番人に変わりはない」

「ということは、あんたがたも遂に〝事件〟にかかわることになったというわけか」

「われわれが望んだわけじゃないが、連邦政府にしてみれば外交官殺しはほっとけないんだ。捜査はもう開始している」

「じゃ、私なんかの出番はなかろう」

「あんたはNYPDでベストだ。殺人事件の捜査に関してはわれわれは足元にもおよばない」

ジョッシュがかぶりを振り振り、

「わからん。超オーソドックスなFBIが、私のようなはみ出し者に声をかけるなんて」

「はっきり言って、そのはみ出し者を必要としているんだ。たとえばあんたはデヴィッド・ベンジャミンの会社で働いているある男に目をつけてる。だがNYPDにいては、それについて何もできない。やろうとしたができなかった。しかしわれわれのもとで働けば、その線も含めて何でも徹底追及できる」

「ちょっと待った！　なぜそんな内輪のことを知ってるんだ？」

「それは……」

サリヴァンが口ごもった。

「なぁるほど」

ジョッシュは思わず吹き出しそうになるのをこらえた。そういうことだったのか。すべては本部長のオライリーがセットアップしていたのだ。道理であの怒りは彼らしくなかった。最後に下品な言葉を投げかけたところなどは、彼のスタイルではなかった。多分隣の部屋で秘書のパットやほかの秘書たちが耳をそばだてていたからだろう。

FBIのエージェントとなればベンジャミンやほかの誰にも遠慮はいらない。自分の思ったとおりの捜査ができる。しかもバックには連邦政府と司法省がついている。もともとNYPDが今回のような事件を扱うこと自体無理だった。オライリーはそれをわかっていたのだ。

「あとは言わぬが花だな」

「そういうことだ」

サリヴァンが内ポケットから黒革の手帳を取り出してジョッシュの前に置いた。FBIの身分証明書だ。

「早速始めてもらう。このラリーをアシスタントとして使ってくれ。若いが有能だ」

「できればソロでやりたいんだが」

「だめだ。事件の重さからいってソロでは無理だ。それにあんたの命が狙われたら、誰がバックアップする」

「パーカー刑事」

ラリー・デピエールが初めて口を開いた。

「足手まといにはなりませんから御心配なく」

上品なボストンなまりだった。ジョッシュは内心舌打ちした。こういうタイプは苦手だった。多分生まれはボストンの名家で、乳母に育てられて、大学はアイヴィー リーグ。理屈は一人前だが、捜査はマニュアルどおりなやり方を貫くのだろう。

「ハーヴァードかね?」

「エールですが、大学院はハーヴァード ロー スクールです」

「頭がいいんだな」

ラリーが小さく笑った。

「頭がよかったら大学なんて行ってませんよ」

「ラリーは今回の事件に最初からからんでるんだ」

サリヴァンが言った。

「ビューロー《局》の中では最も事件に詳しい」

「そりゃ心強い限りだな」

ジョッシュの言葉には針のような皮肉がこもっていた。

「その知識をちょっと分けてくれんかね」

「知識なんて大袈裟なものではありませんよ」

「たとえばフジオカについて、どんなことを知ってる?」

「彼は一九九二年アメリカに来たんですが、すでにそのときグリーン カードを持っていたのです。そしてベンジャミン&トライバスで働き始めた。今の年俸は八万ドルですが、ライフスタイルは数百万ドルはかかります。イーストサイドにある彼のアパートだけでも月十万ドルは下らない。そのほか一流のアスレティック クラブのメンバー、食事は週に一度は〝ラ・グルヌイユ〟か〝ブーリー〟。そして車はフェラーリ。収入と支出のバランスがめちゃめちゃです。この点から突っ込むのもひとつのオプションだと思うのですが」

ジョッシュは内心舌を巻いた。

「奴とは会ったのかね」

「いえ、INS（入国管理局）の協力とソーシャル セキュリティ《—社会保障局—》それにIRS（国税庁）で話を聞いたのです」

こういう方法が使えるのもFBIなればこそだ。その特権をラリーはフルに生かしている。ラリーが続けた。

「今うちのトーキョー支局に、彼について調査を依頼しています。ひょっとすると彼のグリーン カードは彼のものではないかもしれませんので」

「と言うと？」

「彼が本当のタケル・フジオカか、またはまったくの別人でその名を名乗ってこの国に来たのか、チェックする必要があると思うんです。イリーガル《—非合法—》かもしれません」

「根拠は？」

「確たる根拠は今のところありません。ただガット フィーリングで感じるんです」

ジョッシュが笑いながらうなずいた。

「気に入ったよ。きみとはうまくやれそうだ」

第四章　ザ　マサダ

イスラエル、ネゲヴ砂漠

巨大な太陽がゆっくりとネゲヴ砂漠の地平線のかなたに沈もうとしていた。荘厳な静寂があたり一帯を支配している。聞こえてくるのはジョッギングシューズが砂にくいこむ音と、彼女自身の呼吸だけだった。

レイチェルは小高い砂丘の上まで来て足を止めた。二百メートルほど離れた眼下に、いくつかの白い建物が集落を成している。それらの建物の周囲にはナツメヤシやトウモロコシ、サトウキビなどの畠が広がり、豊富な緑を演出している。一見するとリゾートホテルか高級なサナトリウムの感じだが、それは建物だけから受ける印象にすぎない。緑のゾーン全体をかこんだ高さ三メートルの鉄条網、その外側には十輌以上のメルカバ戦車、そして三基の対空ミサイル発射台。その警備の厳重さはディモナの原子力研究所とくらべても引けをとらない。

キブッツ　サムソン。旧約聖書の中に出てくるイスラエルを救った英雄サムソンにちなんでつけられた名だが、ひと昔前までは初代首相デヴィッド・ベングリオンが現役時代週末を過ごした別邸だった。彼の死後その遺言どおりキブッツとして国に寄付された。しばらくはキブッツとして使われたが、十年前からはイスラエル対外情報機関モサドが要員のための施設として使ってきた。

施設といってもモサド要員なら誰でも来られるわけではない。モサドはＣＩＡと違って細分化が徹底している。たとえば分析部、対外諜報部《ちょうほうぶ》、対外特別工作部は独立に近い形で活動し、それぞれの要員たちは互いに交じり合うことはない。全体の活動を調整し統合するのは、各部門の局長から報告を受ける長官、副長官、三名の副長官代理などごく少数に限られている。要員たちが息抜きや休暇のために使う施設も当然違ってくる。キブッツ　サムソンは暗殺や破壊工作を専門とする対外特別工作部のメンバーのためだけの施設であり、警備がことのほか厳重なのはそのためだった。

レイチェルは海外のミッション《―任務―》から帰ってくるとよくここに来る。彼女が使うときはほかの要員はシャットアウトされる。上層部が同じ工作部に対してさえ彼女の面が割れるのを警戒しているからだが、同時にそれほど彼女はモサドにとってかけがえのないトップ　エージェントという証《あかし》でもある。

今回レイチェルがキブッツ　サムソンに来てから五日が経過した。その間、休養と体のチェックに大部分の時間を費やした。

ロンドン、ベルリンそしてイスタンブールと仕事は順調だった。通常は仕事が終わってテルアヴィヴに帰るとすぐに、副長官で対外特別工作部の最高責任者であるジェイソン・サブラック少将に報告するのだが、今回に限って少将は彼女にキブッツサムソンで待機するよう指示した。その少将は今夕、キブッツに来ることになっている。

レイチェルは丘の上で二、三度大きく深呼吸してから眼下のキブッツめざして走り始めた。

ランディング時の微妙なインパクトでジェイソン・サブラックは目を覚ました。

パイロットのシャマンスキー中佐が振り返った。

「少将、乗り心地はいかがでしたでしょうか？」

「悪くなかったよ」

中佐が苦笑いしながら、

「ひとつだけ教えてください。こんなおんぼろヘリに乗っててよく眠れますね」

「きみの腕を信用してるからさ」

お世辞ではなかった。そのヘリは六七年の第三次中東戦争で使われた代物で、だいぶ前に軍から払い下げられたのだが、ドアーもついていないしシートベルトも機能していない。こういうヘリがイスラエルには随分とある。それらを現役で、できるだけ永く使うためには腕のいいパイロットが絶対に必要となる。この点イスラエルにはほかの国にないアドヴァンテージがあった。実戦で鍛えられ、あらゆる状況を経験し、ヘリを自分の分身のように扱えるパイロットがやまほどいるからだ。シャマンスキー中佐もそのひとりだった。

サブラックがヘリから軽く飛び降りた。

「明日は何時にお迎えにくればいいでしょうか?」

「十二時ごろでいい。気をつけて帰れよ」

中佐がシートにすわったまま敬礼をした。

サブラックはヘリポートのゲートに向かった。ヘリは轟音《ごうおん》をたてながらすでに空中に舞い上がっていた。

ゲートの内側にキブッツ　サムソンの総責任者ピーター・レヴァインが待っていた。

ふたりはそのままメインビルの中にある会議室へと向かった。

まずレヴァインは用意した書類をサブラックに渡した。その書類の表紙には〝チェックアップ、カリプソ〟とだけ書かれてあった。この五日間で行われたレイチェルのチェックアップについての結果を報告したものである。

それらのチェックアップには彼女の反射能力、筋力、耐久力などについてのメディカ

ル　レポート、射撃能力、心理分析などの結果がことこまかく記されていた。

サブラックはときにはうなずき、ときには笑みを浮かべてその書類に目を通していた。

「相変わらず反射神経は突出してるね」

「驚くべきは以前よりよくなってきているという事実です。反射能力が百分の三秒なんて、人間とは思えません。アメリカのメジャーリーグのトップバッターが百分の六秒ですし、サッカーの一流プレイヤーがやはり百分の六秒ですから。しかもテストは生か死の判断を基準にしてますから、ただ反応するだけのスポーツ選手の基準とはまったく違います」

レヴァインの言うとおりリーグが違っていた。このテストでは銃をホルスターに収めたまま二十メートル先に跳ね上がる人物像を見極め、それが銃や手榴弾を持っていたら撃つ、しかしナイフとか棒なら撃ってはならない。これをどれだけ速く判断できるかが基準となる。もし相手が銃などを持っていたら、当然ホルスターから銃を抜いて相手の心臓部に撃ち込まねばならない。しかも外すことは許されない。外すことイコール自分の死を意味するからだ。これほど目、脳、手のコンビネーションのよさとスピードが要求されるものはない。これをレイチェルは百分の三秒でやってのけるのだ。

「アメリカのＦＢＩの連中に見せてやりたいですよ」

ＦＢＩも同じ訓練やテストをやっているが、記録的にはレイチェルの足元にさえもおよばないことをサブラックもレヴァインも知っていた。

サブラックが再び報告書に目を移した。

「耐久力も依然としてトップクラスか」

「スリムな肉体に贅肉《ぜいにく》はゼロ。全身鋼《はがね》ですから。オリンピックの近代五種に出せないのが残念です」

レヴァインが半分マジな口調で言った。

サブラックが笑いながら、

「きみのレイチェル観も大分違ってきたな」

「あの件以来、私にとって彼女はオールマイティです」

三年前、初めてレイチェルがここに来たとき、彼女はまだモサドの一年生だった。その彼女がレヴァインに自分の肉体的リミットを試したいので、あることを許可してほしいと要請した。その内容を聞いたときレヴァインは度肝を抜かれた。

サエレト・マトカルの試験を受けてみたいと言うのだ。

サエレト・マトカルはイスラエル陸軍が誇る超エリート特殊部隊である。テストはすでに陸軍に所属していて一定の修羅場を踏んできた精鋭だけが対象となる。隊員となった場合は青いベレーが与えられ、陸軍内での待遇は特権階級と言ってもいいほど並外れている。

しかし部隊に入るためには言語を絶する苛酷なテストが行われる。二百人の中で最後のテストまで残るのはせいぜい四十人ぐらいしかいない。

そして残った四十人は、ネゲヴ砂漠の南端から死海のそばにあるマサダの砦《とりで》までの百五十キロを二日で行進する。それもただの行進ではない。炎天下五十度でフル装備、そして体に紐《ひも》を縛り付ける。その紐の先には車のタイヤが二本くりつけられている。それを引きずりながらの行進なのだが、ここで十人は脱落する。〝死の行進〟と言われる所以《ゆえん》だ。一昔前アメリカの現役の海兵隊員十人が参加したことがあったが、十人とも脱水症状や幻覚症状を起こして見事に脱落したというエピソードもあるほどだ。

世界広しといえども、これだけ肉体の強靭《きょうじん》さを可能性の限界まで試す部隊はない。普通の人間なら間違いなく気がおかしくなる。

そんな集団の中にレイチェルを入れることなどレヴァインにとっては論外だった。確かにモサドの新人訓練で彼女はずば抜けた成績を挙げた。そしてその後の要員としての記録も他を寄せ付けないほど卓越している。

しかし、だからこそ彼女は貴重な存在なのであり、その彼女に何かがあった場合、モサド全体が被る損失は計りしれない。

レイチェルの要請をレヴァインは許可しなかった。しかしレイチェルはあきらめなかった。彼女のあまりの執拗《しつよう》さにレヴァインはサブラックに話をもっていった。レヴァインが驚いたことに、サブラックは即座に彼女に許可を与えるよう指示した。

レヴァインはショックのためか、しばし言葉を失った。過去のテストでは何人か死んでいるということも聞いた。サエレト・マトカルにしてみれば、その基準に達しないから死んだと見る。しかも本人の意志でテストを受けたのだから問題にはならない。

「少将、ほかのことならまだしも、これだけは反対させていただきます」

「大丈夫。彼女ならやれる」

「危険すぎます。彼女の命は彼女だけのものではありません。もし何かあったら組織全体に多大な影響を与えるのは必至です」

「そうネガティヴに考えるな。彼女の抱くサプレッションを爆発させてやるのも必要なんだ」

これで決まった。サブラックはサエレト・マトカルの現場指揮官に直接連絡をして事の次第を話し、レイチェルに対して手加減をくわえたり遠慮したりすることはいっさいしないようクギを刺した。そして彼女のカヴァー ネームをリサ・ワイズマンとした。

現場指揮官は当惑した。サエレト・マトカルは体力、精神力ともに人並みはずれた男たちの戦闘集団だ。女性と最も縁のない部隊である。そこにテストとはいえ女性が入ってくる。自己満足のために男の世界に挑戦しようとする女性はよくいる。これもそのケースだろう。本来ならきっぱりと断るのだが、話をもってきたのはモサドの副長官だ。

彼からの直接の依頼とあっては受け入れるしかない。しかも彼は手加減無用と言った。さぞかしごっついゴジラのような女なのだろう。だが所詮《しょせん》は女だ。死の行進前にドロップアウトするに決まっている。そしてすごすごと引き上げるのが関の山だと指揮官はたかをくくっていた。

テストの始まる日、二百二十人の候補生の中にいる彼女を見て指揮官はびっくりした。想像していたゴジラ タイプとはあまりに違っていた。背は一メートル七十五ぐらいだが、ウエストは五十八センチにも満たないほどスリムで華奢《きゃしゃ》。地中海の水のようなブルーの瞳と後ろに束ねたジェットブラックの髪、そして彫りの深い顔立ち。こんなところにいるよりもパリやミラノのファッション ショーでモデルをしていたほうがよっぽど似合っている。迷彩服さえ彼女が着るとファッションになる。

「きみは来る場所を間違ったんじゃないか」

思わず指揮官は言ってしまった。

「それをこれから教えてほしいのです」

ドライな口調で彼女が返した。

しかし彼はもっと驚くことになる。

最初のテストは格闘技だったが、これは室外のオープン フィールドで行われ、指揮官自らが審判となるポイント制で、受け以外は寸止め。一対一の勝ち抜きだが、三人倒した場合はその負けた三人が同時に勝者と戦う。

　レイチェルの最初の相手は上背が百八十五センチほどでウェイトリフターのような体つきの男だった。男は相手が女なので気を抜いたのか、近付いていきなり右のストレートパンチを彼女の顔面めがけて放った。彼女が右の外受けでそれを払った。男がちょっと顔を歪《ゆが》めた。ストレートが伸びきっているとき、それを外受けで払われると肘《ひじ》に電気が走る。

　彼女が一歩ステップバックすると同時にその長い足が宙を舞った。次の瞬間、足の甲がぴたりと男のこめかみのところで止まった。勝負あった。

　あまりのスピードに指揮官も言葉につまった。しかしスピードだけではなかった。指揮官が気を惹かれていたのは彼女の目だった。さきほどまで美しさをたたえていたその目は獲物を狙《ねら》うジャガーの獰猛《どうもう》さと冷たさをおびていた。

　ふたり目、三人目も五秒ともたなかった。そして一対三の勝負。男たちは見ていても哀れになるほど焦っていた。相手は女である。一発手刀を首に入れればへし折れるし、捕まえてベアーハッグにもっていけば背骨は確実に折れるような華奢な体だ。しかし彼らが焦れば焦るほどその動きは鈍くなった。対照的に彼女の動きはさらにスピードを増した。

　それはまるでバレリーナのような優雅さを漂わせていた。まさにダンス　オブ　デス《―死の踊り―》という言葉がぴったりの動きだった。

彼女の突きや蹴《け》りはことごとく相手の急所を衝《つ》いていた。負けた連中は不服そうだった。その内のひとりが寸止めではなくフルコンタクトが許されるなら負けないと指揮官に言った。

指揮官がにやっと笑って、

「そのチャンスは第二ステージでものにできる。必ず彼女と戦わせてやる」

格闘技の第二ステージテストは寸止めではなくフル　コンタクト。これには理由がある。この戦いは格闘技練習場の道場で、光や明かりを完全にシャットアウトした真っ暗な中で行われる。真っ暗闇《くらやみ》の中では寸止めなどできるわけがない。戦闘で目をやられたと同じ状況下に置かれるわけだ。

テストはごく簡単。一度に十人がその暗闇の中に入れられて、バトル　ロワイアルを展開する。時間は十分間。ワン　ウイナー　システムで勝者はひとりだけ。自分以外は全部敵であり、実戦と同じレヴェルでどこを打っても蹴ってもまた絞めてもいい。何でもありのフリー　フォー　オール。もちろん審判はいない。十分たって明かりがつけられて初めて勝者がわかる。

実戦と同じだから負傷者は続出する。蹴りで腎臓や肝臓をいためる者もいれば、頭に拳鎚《けんつい》を撃ち込まれて気絶する者も出る。

また絞めで落とされる者もいる。ときには死者も出る。

この戦いには技術もさることながら、その個人が持って生まれた勘が試される。その勘をバックアップするのは本物の闘争本能と集中力だけ。

レイチェルは最初の組で戦うことになった。十人がそれぞれのポジションに立った。みなアドヴァンテージのある壁沿いや隅に陣取った。だがレイチェルだけは違った。彼女は最も不利ともいえる中央に立った。

電気が消されて指揮官のゴーの言葉が聞こえた。皆が一斉に動き出すのが空気を通して伝わってくる。いろいろな音が聞こえてくる。パシッ、ズブッ、パキッなどの音とともにあちこちからうめき声が聞こえる。

突然すべてが止まったように何の音も声も聞こえなくなった。

「終わりました、指揮官殿」

レイチェルの声だった。

指揮官がストップウォッチを止めて明かりのスイッチを入れた。

その光景に彼は一瞬啞然《あぜん》とした。九人の男たちが床の上に散らばっている。ある者は顔を両手で覆ってしゃがみこみ、ある者は歪んだ表情でだらりとぶらさがった腕をもう一方の手で押さえている。大の字になってぶざまにのびているのもいる。床の中央部が血で染まっている。

その中にひとりレイチェルだけが立っていた。顔に浴びた返り血が気になるのか、迷彩服のポケットから小さな鏡を取り出して拭《ふ》いていた。指揮官はあわててストップウォッチに目をやった。五十七秒で止まっていた。

彼が男たちを見下ろした。

にっこり笑って細くかん高い声で、

「あらぁー、お嬢様がた、これは失礼。お休み中だったのね?」

次の瞬間、その顔がもとの鬼面に変わった。男たちを見る目は侮蔑《ぶべつ》に満ちていた。

「規定どおりにジャッジすれば貴様たちは全員落第だ。しかし今日のおれは機嫌がいい。貴様たちのような奴でも叩けば少しは強くなるというごく小さな可能性に賭ける。腕を折った者、気を失って気絶した者だけ落第とする」

そしてレイチェルに向かって、

「きみは今日は上がりだ。寮に帰ってシャワーでも浴びなさい」

この日が終わったとき、二百二十人いた候補生はその約半分になっていた。

二日目は射撃テストが行われた。レイチェルの最も得意とする分野である。銃の扱い方はモサドに入ったとき一番重点的に特訓を受けたのだが、以来彼女は銃に魅了され、それを自分の体の一部と感じていた。冷たい肌触り、感情はいっさいなし、余計な口も利かない。それが話すときは彼女が引き金を引くときだけ。その言葉は標的への死のメッセージ。だが確実に死のメッセージを発するか否かは彼女の指先にかかっている。その指先には体中の神経が集中されている。陶酔の極致とも感じられる瞬間……。ライフル、マシーンガン、サブマシーンガン、あらゆる種類のピストルなどを分解して元どおりに組み立てたり、一発の弾でふたりを倒す撃ち方、不利な体勢からの射撃術、速射とその命中率などが右手と左手両方でテストされた。これらの分野でもレイチェルはすべて満点でパスした。彼女に限っては右も左も関係なかった。両手が利き手だったのだ。

その日のテストが終わったとき指揮官が彼女に言った。

「ワイズマン、きみの手を見せてくれ」

彼女は黙って両手を指揮官の前に広げた。白魚のような繊細な指だった。

「やっぱり。どのくらいピアノを弾いてたんだ?」

「小学生のときからです」

指揮官がうなずきながら、

「銃の引き金を引くには理想的感度を持っている。しかしそのような手でよく大男を倒せるな」

「スピードでしょう。小さな棒切れでも時速二百キロの風に乗ったら大木に突き刺さる。それと同じじゃないでしょうか」

「プラス自信だな。きみは相手と対したとき、すでに心の中で相手を殺している。そうだろう?」

「でないとこっちが殺されますから」

三日目はナイフやアイスピック、カギなどの非オーソドックスな武器を使用した技のテストが行われたが、これもレイチェルは難なくこなした。モサドの訓練ではペン一本で人を殺し、名刺一枚で首や手首をかき切る方法など、ずっと細かく広範囲の武器が使用されたものだ。

三日目が終わったとき指揮官が彼女に言った。

「ワイズマン、モサドはいったいどんな訓練をしてるんだ?」

「一言で言うなら〝徹底〟でしょうね」

「徹底か。ぜひ一度トレーニング現場を見てみたいものだ」

とは言ったものの、彼はまだ完全にレイチェルの能力を信じるに至ったわけではなかった。多分世界最強の特殊部隊の現場指揮官として受け入れ難かったのだろう。〝無敵集団〟がか弱い女性にあらゆる分野で劣るなどとは信じたくはなかったのだ。

この時点でテスト生の七十パーセントが落第していた。レイチェルの存在はテスト生たちの中でいやがおうでも目立った。いつしか彼らは彼女を〝ワンダー レディ〟と呼んでいた。だがそれは嫌みや皮肉ではなく一種の畏敬《いけい》をこめたニックネームだった。

四日目は敵地潜入テクニック。これにはパラシュートランディングやビルの屋上からロープを使って、どのぐらいのスピードで着地できるかなどがテストされる。

しかし最もタフなのは、地雷や敵の銃弾が飛び交う中をどれだけの速さでターゲットに辿《たど》り着けるかを試すアソールト《―攻撃―》テクニックのテストだ。ターゲットは三百メートル先にある小屋で、それを手榴弾で爆破するのだが、それ自体はさほど難しいことではない。問題は手榴弾を投げる距離まで到達することにある。

ターゲットの左右にはそれぞれ五基のサブマシーンガンが据え付けられている。それらのサブマシーンガンはリモコンで操作されるのだが、銃床の後ろに直径二十センチの円形の的がある。これを撃ち抜けばサブマシーンガンは自動的に倒れる仕組みになっている。攻撃用に各自が与えられたのは装弾数二十発のM－21ライフル。

サブマシーンガンから発射されるのはラバーブレット《―ゴム弾―》だが、これはイスラエル警察が暴動鎮圧用に使う弾で、目や首などのソフトな部分に当たった場合は死に直結する可能性もある。ラバーブレットには白い塗料が塗られているため、当たった者は迷彩服やヘルメットにマークが残り、それが失格の印となる。

またターゲットまでの三百メートルのスペースには無数の地雷が埋まっている。これらは模擬地雷だが、至近距離で爆発したら、体は一メートル以上宙に飛ばされ地面に叩きつけられる。

最初の百メートル以内には身を隠せるものは何もない。しかし百メートルの地点からは三十メートルおきに人ひとりが隠れることができるぐらいの土嚢《どのう》が置かれている。それもたいした数ではない。

テスト開始前に指揮官が言った。

「よく聞け！　ターゲット爆破までのタイムリミットは六十秒。ということは百を二十秒で進めばパスだ。お前たちはみな百を十二秒から十三秒で走れる。だからといって簡単に思うな。私が見たいのはお前たちがどれだけ速くターゲットに到達するかじゃない。お前たちのうち何人が生き残れるかを見たいんだ」

指揮官の号令一下、六十七人がいっせいにターゲットを目指して動きだした。五十メートルぐらいまでは何もなかった。それまで注意深く動いていたテスト生たちは急に歩を速めた。途端に前方からサブマシーンガンが火を噴き始めた。

ラバーブレットが唸《うな》りをあげて飛んでくる。あちこちで地雷が爆発する。何人かの男が空中に浮く。

後方から双眼鏡で見ている指揮官の視点はレイチェルに集中していた。彼には信じられない光景だった。男たちがあわてふためいて右往左往している中、彼女だけがすでに百メートル地点に近付いていたのだ。その動きはつかみようのない蝶《ちょう》の舞いにも似ていた。

百メートル地点にある最初の土嚢に辿り着いた彼女は、片膝《かたひざ》をついてM−21を構えた。標的は二百メートル先だ。距離から見て、まさか当たるわけがないと指揮官は思った。

彼女が引き金を引いた。サブマシーンガンのひとつが倒れた。間髪を容れずもう一挺、そしてまた一挺。全部のサブマシーンガンが完全に消えた。その間わずか五秒。

レイチェルは立ち上がって一気にターゲットを目指した。まるで体の中に地雷探知機をそなえているようなスムースさと大胆さだ。

ターゲットに二十メートルほどまで近付いたところで手榴弾のピンを抜いた。次の瞬間、小屋が木っ端みじんに吹っ飛んだ。

指揮官はストップウォッチを見た。四十八秒！ これまでの最高記録は五十五秒だったから、七秒も縮めたことになる。これがいかにすごいものか指揮官はよく知っていた。十年前、五十五秒の記録を作ったのはほかならぬ彼自身だったからだ。

このテストで六十七人の中から三十人が落ちた。

いよいよ次の日は最終段階である死の行進である。

指揮官にはすでに結果はわかっていた。これ以上彼女がテストに加わってもあまり意味はない。

その夜、レイチェルは指揮官のオフィスに呼ばれた。

「ワイズマン、きみには脱帽したよ」

指揮官の言葉には真実味がこもっていた。

「きみほどのテスト生は初めてだ。きみはこれまでのあらゆる記録を塗り替えた。サエレト・マトカルの現場指揮官として言うのもおかしいが、きみのようなテスト生を持って誇りに思う」

レイチェルは何の反応も見せずにただ指揮官を見つめていた。

「そこできみに相談なのだが、どうだろう？　明日からのマサダへの行進は辞退したほうがよいと思うのだが？」

「なぜです？」

無表情のままでレイチェルが訊いた。

「きみはもう自分の能力を証明したじゃないか。これ以上何を証明する必要があるんだ」

レイチェルの深いブルーの瞳が何かを探るように指揮官の目を見据えた。指揮官は思わず目をそらした。

しばしの沈黙のあとレイチェルが口を開いた。

「もし私が一番でマサダの砦に到着したら、男性テスト生にショックを与えるからですか」

「そんなことじゃない。もうきみは彼らに大いにショックを与えている。私が言ってるのは、これ以上きみの体力や能力を無駄にする必要はないということだ」

レイチェルが小さく首を振った。

「辞退はしません」

「なぜだ？　きみが必ずパスすることは、この私がわかっているのだ」

レイチェルが立ち上がった。

「私はマサダの砦に立ちたい。そしてイスラエル国歌を歌いたいのです」

翌日からテストに生き残った三十七人が十四の軍用犬とともに、マサダの砦に向かって百五十キロの行進を始めた。背嚢《はいのう》、毛布を背に負い、体に巻き付けたロープには二本のタイヤ、肩からM－21を吊るしたフル装備。

朝出発したときは三十八度と比較的涼しかったが、太陽が昇るにつれて温度はぐんぐん上がった。十二時の時点では五十度に達した。あまりの暑さに空には鳥さえ飛んでいない。しかしいかに暑くとも迷彩服を脱ぐことは許されない。テスト生たちはタイヤを引っ張りながら黙々と行進を続けた。

五十キロのチェックポイントを間近にして最初の脱落者が出た。倒れたその兵士を、ジャーマンシェパードがズボンに咬《か》み付いて行軍に遅れないように引きずって行く。しかし犬ももたない。その犬は突然兵士のとなりに横になって舌を出したまま激しく痙《けい》攣《れん》し始めた。後ろから来た救援ジープがその犬を拾っていく。しかし倒れたテスト生はその場に残される。もしリカヴァーした場合は、皆の後を追って行進を続けることができるが、そのまま気を失った場合は、夕方助けが来るまで待つか、または脱水症状で死ぬしかない。

「犬になりたいよ」

誰かが言った。

「少なくとも犬は助けてもらえる」

「われわれより犬のほうが大切というわけだ」

「それにしてもワンダーレディを見てみろよ」

レイチェルは隊列から三十メートルぐらい離れて歩いていた。その歩行のリズムは出発したときとまったく変わっていなかった。多少の汗はかいているものの、表情はいつものとおりのクールさを保っている。

「まるで公園を散歩してるみたいだぜ」

ジープの中から指揮官はレイチェルを見ていた。彼はもう驚きはしなかった。

「ワイズマン！　調子がよさそうだな⁉」

指揮官が叫んだ。

レイチェルがちらっと彼を見て、にこりともせず右手の親指を突き上げた。

一日目の行程八十キロを終えたとき脱落者は五人、倒れた犬は七匹だった。これまでにくらべてそれほど悪くはない数字だ。

その夜は野営だったが、テントなどはもちろんない。夕食は背嚢に入っている缶詰。砂漠の夜の寒さから守ってくれるのは一枚の毛布だけ。

翌朝、まだ陽が昇る前にテスト生たちは銃声で目を覚ました。出発までの二十分間で缶詰の朝食をとり、準備をすませた。そして一行は再びマサダを目指して行進を始めた。

しかしやはり死の行進、ドロップアウトする者は出た。出発してから十二時間後、マサダの砦のふもとに着いたときは五人が消えていた。これで残ったのは二十七人。しかしまだ彼らが成功したわけではない。最後の難関が残っている。

ここからは背嚢やロープをはずし、銃だけを持つよう命じられた。二十七人は海抜二百メートルの頂上目指してスタートした。

ひとつの集団でスタートしたのが次第に帯状になり、先頭と最後尾の差が見る見る広がった。ここでも先頭を切っていたのはレイチェルだった。

結局頂上まで登りつめたのは二十七人中二十三人。

頂上には指揮官と陸軍吹奏楽団が待っていた。指揮官が二十三人に横一列に整列するよう命じた。レイチェルは遠慮して隊から離れた。しかし指揮官が彼女に列に加わるよううながした。

「きみの精神はサエレト・マトカルそのものだ」
ひとりひとりの頭にイスラエル軍最強のシンボルである青いベレーがかぶせられた。これがテスト終了と同時にサエレト・マトカルの入隊式である。
指揮官の表情からは、これまで見せていた残酷とも言える厳しさは消えていた。
「きみたちの精神と肉体の強靭さに、心から尊敬の念を表したい。サエレト・マトカルは誇りをもってきみたちを迎える。そしてイスラエル国家はきみたちを信じている。きみたちはすでに英雄だ。きみたちはイスラエル国家を信じている。紀元七三年ローマ軍はこの砦を攻めた。われわれの祖先はここにたてこもって三年間戦った。しかし最後は刀折れ矢つきて全員自害した。捕虜になるより名誉の死を選んだのだ。だがわれわれは自害はしない。ここに誓おう。二度とマサダは失うまい、と」
ダヴィデの星の国旗が揚げられ、国歌〝希望《ハティクヴァ》〟が吹奏され始めた。皆が一斉に国旗に向かって敬礼した。
〝われらの胸にユダヤの魂が脈うつ限り
われらの目が東の彼方シオンに注がれる限り
二千年われらがはぐくみ続けた
希望を失うことはない
シオンとエルサレムの地で自由の民として生きる希望を〟

レイチェルはダヴィデの星を食い入るように見上げていた。ユダヤ民族の勇気と誇りのシンボル。しかしそれは同時に迫害と苦難のシンボルでもある。

この国旗とシオンの地を信じて父と母はイスラエルへの移住を決意したのだ。彼女にとって父母の存在こそマサダの砦だった。しかしその父母はテロリストによって殺された。

ダヴィデの星に父母の顔がオーヴァーラップして映った。レイチェルの目から涙があふれ出た。

「パパ、ママ、私は約束する。命をかけてマサダを守り抜くことを」

ささやくように彼女が言った。

第五章　ザ ミッション

レイチェルはシャワーを終えて、ジーパンとTシャツ姿でダイニング ルームへと降りた。

サブラックがひとりペリエのグラスを前に、さきほどレヴァインから受け取ったレイチェルに関する報告書を読み返していた。

何度読んでも興味はつきなかった。彼女の暗殺テクニックや肉体的な強靭《きょうじん》さはすでに証明されている。それはそれでいいのだが、問題は心理面チェックの結果だった。この点についてサブラックは強い心配を抱いていた。強さとも言えるが、見方によっては異常なのだ。

モサドはそのエージェントの肉体的強靭さは当然のことだが、それ以上に心理的強さを重視する。敵の手に落ちたとき、尋問や拷問《ごうもん》にどれだけ耐えられるか。敵と味方を見分ける能力をどれだけ持っているか。感情のぶれはどれほどか。物質欲は。精神的な偽装がどれだけできるかなどがチェックされる。それもモサドに入るときだけではなくメンバーとなったあとも、ここキブッツサムソンを訪れるたびに行われる。人間の心理というものは生き物であるから必ず変化する。その変化を的確にキャッチできれば、ときにはひとりのエージェントによる裏切りによって起こるかもしれない国家的破滅を事前に食い止めることができる。

ほとんどのエージェントはこの心理チェックを受けるたびに、ネガティヴというほどのものではないにしても、何らかの変化を見せる。

しかしレイチェルに限っては、新人のときから全然変わっていないのである。たとえば拷問に耐え得る度合いは百。ということは限界まで耐えて、その後は死を選ぶということ。敵と味方を見分ける能力も百。これはいったん任務についたら自分以外を信じてはならないというモサドの教えどおり。感情のぶれについても百。これすなわち感情ゼロということ。精神的な偽装の分野でもやはり突出している。これは〝精神の整形手術〟ともいうべきものでポリグラフ《—ウソ発見器—》や声紋探知機にどれだけ対処できるかが試される。本当の自分をどれだけ隠せるか。そのためには性格を変える必要性にも迫られる。〝精神の整形手術〟と言われる所以《ゆえん》だ。レイチェルの場合はこれも百。ということは完璧に機械を騙《だま》すことができるのである。

たとえばポリグラフの場合、心理担当官がいろいろな質問をする。あなたの名前は？

職業は？　年齢は？　趣味は？　結婚歴は？　子供は？　犯罪歴は？　これらの質問に対してレイチェルが答える。名前はゴルダ・メイアー、職業は銀行員、年齢は五十歳、趣味はアイス ダンス、結婚歴は十回、子供は十人、犯罪歴は前科十犯。

質問はもっとプライヴェートな部分にもおよぶが、レイチェルの答えはでたらめだらけ。しかしポリグラフの線はストレートのままでわずかのぶれもない。ポリグラフを騙しているのである。どんなに神経がずぶとい人間でも、五十の質問のいくつかにはいかに微妙でも無意識のうちにある種のプレッシャーを感じ、心臓や脳がわずかでも反応を示す。しかしレイチェルにはそれがない。心理担当官たちにとっては前代未聞のことだった。

声紋チェックも同じで、彼女は自分の声を五種類に使い分けることができる。それによって機械は正確なデータが取れない。心理担当官たちはいつしか彼女に〝機械を負かす女〟という称号を与えた。この一面だけでもモサドにとって彼女は理想的なエージェントである。彼女のようなエージェントがあと五人いたらとレヴァインなどはため息まじりによく言っている。

しかしジェイソン・サブラックはそうは思わなかった。というより思えなかったのだ。

確かに仕事面からいえば彼女は最も理想的なエージェントだ。しかしモサドの副長官としては、仕事の効率だけでエージェントを見ることはできない。彼らはロボットではない。国家のために命を捧げている人間である。その彼らの人生に対しても副長官としては責任がある。

かつてヨナタン・ワイズマン中将が言った言葉が思いだされる。まだレイチェルがモサドの要員ではなかったときのことだ。スポッターの強力な推薦で彼女をスカウトするために、サブラックはレイチェルの保護者であった中将に会ってその旨を申し出た。

そのとき中将は言った。

「きみたちのことだから彼女のことはすべて調べていると思う。頭の切れはおそらく同世代のイスラエル人の中で一番だし、肉体的な強靭さも群を抜いている。しかし彼女は幸せではない。両親を亡くしてから幸せとは無関係な人間になってしまった。これは彼女の心の問題なのだが、そこのところをよく考慮してもらいたい。もしきみがCIAの代表だったら、私は決してレイチェルを渡さないだろう。彼らは人を使うだけ使って、用無しになるとダンプする。エージェントは機械としてしか扱われない。だがモサドは違う。敵地で殺されたひとりのエージェントの遺体を取り戻すために、モサドは数百人の敵の戦争捕虜と交換するようなたびたびわれわれ軍部に要請してきた。われわれはそのたびにその要請を受けた。モサドの人間性に打たれると同時に、ユダヤ人として誇りに思ったからだ。エージェントを人間として扱う情報機関は私が知る限りほかにはない。今回もそれを信じて私はレイチェルをきみに託す。もちろんレイチェルがモサドに入る意志があることが前提だがね」

レイチェルの心理チェックの結果がモサドに入って四年たった今でも変わっていないことに、サブラックはある種の戸惑いと自責の念を抱いていた。このままではワイズマン中将に申し訳がたたない。かと言ってサブラック自身どうしてよいものか暗中模索の状態にあった。

「お待たせしました」

レイチェルの声にサブラックはあわてて報告書を閉じた。立ち上がって彼女を迎えた。彼女の目がテーブルの上に置かれた報告書をとらえた。

「私に関するチェック結果ですね？」

「さきほどレヴァインから受け取ったんだ。体調は相変わらず万全なようだね。まあかけなさい」

レイチェルが背筋をピンとのばした姿勢ですわった。

「先にディナーにするかね？」

「ディナーは後回しで結構です。それより今回のミッションについて報告したいのですが」

サブラックがうなずいた。彼にはすでに結果はわかっていた。

「簡単に頼む」

今回はトリプル ミッションだった。場所はロンドン、ベルリン、そしてイスタンブール。

「ロンドンではターゲットがマイケル・ヒューズ卿でした」

レイチェルがほとんど無表情で話し始めた。

ヒューズ卿はイギリスの貴族院の長老メンバーとして君臨してきた。貴族院は政治的にはほとんど力はない。だがヒューズ卿自身はかつて国連大使や数々の国際機関の役員を務めてきたおかげで、社会的にかなりの影響力を持っていた。

しかしそれはあくまで彼の表の顔である。裏の顔はＰＬＯの議長ヤセル・アラファトの親友であり、ハマスの精神的指導者だったヤシンやヒズボラの幹部たちとも親しく交流してきた。それ自体は彼の自由なのだが、最近になってイスラエルにとって彼の危険性が明るみに出た。

それはイスラエル海軍がガザに近付こうとしたある貨物船をインターセプト《―緊急停止―》させたことから始まった。積み荷の点検を行ったところ、出てきたのはなんとロシア製地対空ミサイル、中国製地対地ミサイル。船長や乗組員を尋問した結果、その船をチャーターしたのはＰＬＯで、荷主もＰＬＯということがわかった。過去にもこういった事件はあった。たとえばＰＬＯがチャーターした船がイランから武器を買ってガザに運ぼうとしたところをイスラエル海軍がストップした。しかし積み荷はカチューシャ・ロケットや爆薬、ＡＫなどの類《たぐ》いにすぎなかった。それが今回はミサイルにエスカレートしたわけである。ＰＬＯの資金力ではそれらのミサイルを買い付けるのは無理だとイスラエル側は判断した。さらに尋問や調査を続けた結果、大きな絵が浮かび上がった。

その貨物船はパナマ船籍になってはいるが、持ち主はイギリスのパラマウント・シッピング社で、そのオーナーはマイケル・ヒューズ卿。ミサイルの出所はイランで、支払いはパラマウント社によってすでになされていたこともわかった。

こうなるとモサドの出番である。

海軍から連絡を受けたサブラックは、幹部を集めて緊急会議を開いた。もしヒューズをこのまま生かしておいたら同じことを繰り返すであろうというのが大半の意見だった。結果としてヒューズを除去する決定がなされた。この後はモサド対外特別工作部に任された。

しかし、やさしそうで難しいヒットだった。ヒューズ卿はイギリス社会で名の知れた名士である。その彼が銃弾で倒れたとなるとマスコミは騒ぎだす。だから普通のヒットではまずい。このアサインメント《任務》のためにサブラック副長官下にあるモサド対外特別工作部はレイチェルを選んだ。そしてサブラックは彼女に銃や爆弾を使わないでヒューズ卿を除去するよう命じた。

対外課報部の記録課は、マイケル・ヒューズ卿に関する情報をレイチェルに与えた。

それによるとヒューズ卿の最大の弱点は、七十五歳になった今でも美しい女には目がないということだった。

レイチェルはロンドンに飛んだ。彼女のカヴァーはフランスの通信社AFPの契約記者。このカヴァーはごく自然だった。CIAやほかの情報機関も、世界中の通信社にエージェントを潜り込ませているのは常識である。あとはモサドの偽造エキスパートが、パスポートや身分証明書を作ればよかった。

ロンドンに着いた彼女は、すぐにヒューズ卿の事務所に電話を入れてインタヴューを申し込んだ。インタヴューの内容は彼の中東和平についての見解。世界的な通信社とあってヒューズはすぐにオーケーした。

指定された日時に彼女はヒューズのオフィスを訪ねた。

「対外諜報部の情報はどんぴしゃり当たっていました」

レイチェルがサブラックに言った。

「インタヴューが終わったとき、彼は私をディナーに誘ったのです。もちろん私に異存はなく、その晩彼とディナーをともにしました。そのあとは筋書きどおり彼とホテルに行ってラヴメイキングです。噂《うわさ》にたがわずセックスに関してはなかなかタフな老人でした。でもやはり年なのか終わったときは息もきれぎれ。そこにF－1が作用して心臓が麻痺《まひ》。〝眠り〟に落ちたときはちょっとグロテスクな顔付きでした」

それについてはすでにサブラックはロンドン・タイムズの死亡欄で読んでいたし、現地のサポート エージェントからの報告も受けていた。ロンドン・タイムズの死亡欄はヒューズ卿が心臓麻痺で死亡したと報じていた。

モサドの薬物研究室はありとあらゆる薬を創り出す。この点についてはCIAやMI6（英国対外情報局）と変わりはない。

F-1は水や酒に一滴たらして飲んだだけで、それが体中の筋肉を収縮させる。当然心臓も締め付けるが、すぐ溶けてその痕跡が完璧に消えてしまう。どんな名医が検死をしても自然に起きた心臓麻痺としか結論付けられない。

「F-1は水に溶かして与えたのかね。それともほかの方法で？」

「水に溶かすには時間がかかります。セックスの前に自分の唇に塗って彼に口移しで与えました。十分に濃厚なキスでしたので効果はかなり早めでした」

事務的かつ簡潔。まるで明日の天気について話しているような彼女の口調だった。

自分の唇に塗るなど危険極まりないことだ。ひとつ間違えたら自分も死ぬのだ。しかしレイチェルにそれを言っても素直に聞き入れはしないだろう。

ベルリンでのターゲットはギュンター・ヴォルターズというビジネスマンだが、若いころ彼は西ドイツ赤軍派バーダー・マインホフに属していた。そのビジネスはイランやシリアなどに化学兵器の原料となる物資を密かに輸出することで成り立っていた。

ヴォルターズの自宅はフランクフルトにあるが、仕事の関係で一週間の半分はベルリンのマンションに住んでいた。ある夜そこにレイチェルが訪れて鍵を開け、ベッドで寝ていた彼に当て身を食らわせて十三階から放り投げた。

「警察は自殺と判断しました。国際的なニュースにはならなかったと思います。小物ですから。イスタンブールでのミッションは少将もご覧になっていましたので説明の必要はないでしょう」

「いつもながらきれいなものだ。これまで何度も言ったが、きみの仕事ぶりは絶賛に値する」

レイチェルは無表情のままごく当然というようにうなずいただけだった。

サブラックが少し間を置いて、

「ひとつ訊《き》きたいのだが、ヒューズ卿の件で何か心の中で抵抗を感じなかったかね?」

「と言いますと?」

「きみは彼とセックスをしたわけだ。仕事のためとはいえ、女の大切なものを妥協してしまった。それについて何か心に引っ掛かるものがあったはずだ」

レイチェルがゆっくりとかぶりを振った。

「自分がやってることはすべてイスラエル国家のためです。何を躊躇《ちゅうちょ》する必要がありますか? 国家のためならどんな汚いことでも自分はやります。これほど名誉なことはありません」

サブラックはしばし考え込んでしまった。国家を愛する彼女の気持ちは素晴らしい。これまでのすべてのミッションで彼女はそれを証明した。しかし彼女はまだ二十二歳だ。

「きみは今、幸せかね？」

サブラックが思いきって切り込んだ。

レイチェルが怪訝《けげん》な表情で彼を見据えた。

「レイチェル・アザリアスというひとりの人間として、幸せを感じているかと訊いているのだ」

「さあ、そういう小市民的なメンタリティで人生を考えたことはありませんから」

「きみは自分自身を完全な人間だと思うかね？」

「完全な人間などこの世にはいません」

「そのとおりだ。皆不完全なんだ。だが、その不完全さゆえに人間は魂を満たす何かを求める。違うかね？」

「おっしゃることはわかりますが、そんなことを考えるのは今の自分には余計なことです。それより少将、人生論を語るためにわざわざここで会っているわけではないでしょう。そろそろ次のミッションについてのブリーフィングをしていただけませんか？」

「よかろう。それについて説明する前に、今度のミッションに限っては、きみにイエスかノーかの選択権がある。もしやりたくないときみが決めればそれで話は終わる。実はこれはうちの仕事ではない。CIAの仕事なのだ。CIAがうちのベストエージェントをリースしてくれと言ってきてるんだ」

「イスラエルにとってのメリットは何なのですか？」

「昨年アメリカ政府がわが国への援助金のカットをしたことはきみも知ってるだろう。それをもとに戻すことを条件として出したのだが、CIAの責任者はそれを呑んだ」

「それじゃ問題はないでしょう。私の答えはイエスです」

「ちょっと待て。そう早まるな。まずは話を聞きなさい」

と言って一息入れてから、

「今度はプロの殺し屋集団が相手なんだ」

サブラックが説明を始めた。

それによるとアメリカのCIAは東西冷戦中ずっとプロの殺し屋を多数抱えていた。彼らは西ヨーロッパはもとよりアフリカ、南アメリカ、東欧、アジアなどで活動していた。アメリカや西側にとって都合の悪い政治家やビジネスマン、軍人などが次々と彼らのターゲットとなり、消されていった。しかしこれはCIAだけに限ったことではなかった。ソ連KGBも同じように殺しのプロを抱えていた。

これらの殺し屋たちの民族や国籍、バックグラウンドはさまざまだった。ロシア人、グルジア人、インド人、イタリア人、中国人など、殺しのテクニックさえ持っていればどちらかにスカウトされた。

　しかし冷戦が終結したとき、それらのヒット マンはもはや必要なくなった。彼らは平和時には邪魔な存在であり、両機関の秘密も多数握っている。ソ連邦崩壊とともにＫＧＢは消えた。その後継機関としてロシアにＳＶＲ（対外情報庁）が誕生した。

九二年の年末、ＣＩＡと新生ＳＶＲはアイスランドのレイキャビックで極秘ミーティングを持ち、ある合意に達した。それは過去に行われたようなヒット マンの活動をこれからはいっさい停止すること。そしてＣＩＡとＫＧＢが抱えていたヒット マンの動きを止める。そのためには彼らとの間に交わされていたコントラクト《契約》をまず破棄する。

　しかし破棄したからといって、彼らが素直に従うとは限らない。彼らの大部分はフリーエージェントとなってその道を進むだろうし、過去に知った米ソ両国情報機関の秘密を第三国の情報機関に売り付けることもできる。アラブ諸国の情報機関など喜んで飛び付くだろう。

　もうひとつ、特にＣＩＡが危険と感じたのは、それらのヒット マンの多くが世界中に散っているＣＩＡの支局長やサポート エージェントの面を知っている点にあった。もし彼らが新しい雇い主の指令に従ってＣＩＡをターゲットとした場合、それらの支局長や現場のエージェントは格好の標的となる。これはCIAにしてみれば機関の存続がかかっている問題と言ってもよかった。

そこでレイキャビックでCIAとSVRが達した結論は、それらのヒットマンをひとり残らず抹殺《まっさつ》すること。そのために両機関は生え抜きの破壊工作員を動員した。しかし彼らはサボタージュ《―破壊工作―》は得意だが、ヒットとなると素人だった。何人かの殺し屋を機能停止させることには成功したが、大半は九〇年代中ごろから姿を消した。

そして二〇〇一年の後半、彼らは国際的なフリーランスの殺し屋集団としてカムバックした。

「もとCIAとKGBのために働いていた殺し屋たちがパートナーになったのだ。総勢五十人。そして金のためなら誰のためにでも働くし、誰でも殺す。昨年アメリカ上院のアブランソン議員が自宅のプールで溺死《できし》したが、あれは奴らの仕業だったのだ。そのほかにもアメリカやヨーロッパでのビジネスマンや官僚、政治家などのミステリアスな死はあとをたたない。それだけならまだCIAが黙認できる範囲内だった。だが事態は急変した」

サブラックが一呼吸置いた。その目はストレートにレイチェルを見据えた。

「奴らはアブ・サレフ・アル・ドバイエというテロリストリーダーと手を組んだのだ。殺し屋と破壊者が一緒になった。これほど脅威的な組み合わせはない。マーダー&デストラクションInc. と奴ら自身は吹聴《ふいちょう》してるらしい。テロリストは殺し屋集団に守られる。殺し屋たちはテロリストをスポンサーする組織からたんまり金をもらう。その組織は大金持ちのビジネスマンたちの集まりで大部分はアラブ人。ヒューズ卿のような西側のビジネスマンもいるらしい。だからテロリストは金に困らない。ビン・ラディンはサウディアラビアの王家を脅したり、偽のチャリティ組織を作って金を集めたりしていた。金を払わなければテロのターゲットにすると脅して資金を作っていた。だがアル・ドバイエはそんなことをする必要はない。大スポンサーがすでにいるのだから」

「アブ・サレフ・アル・ドバイエなんて名前、聞いたこともありませんが」

「もっともだ。彼はテロの世界では新顔で、かつてはオサマ・ビン・ラディンの下にいた。だがビン・ラディンのやり方が中途半端なので、たもとを分かった。ビン・ラディンと同じワッハーブ派のイスラム教徒だが、彼にくらべればビン・ラディンは穏健派とさえ言える。彼はこれから部下三十人を従えて国際テロ舞台にデビューする。超ド派手なことを計画しているというのがCIAの考えだ」

「ということは、アル・ドバイエはまだまったくテロを起こしてはいないということですね」

「そういうことになるね。われわれが知らないところで起こしているなら別だが」

「うちの対外諜報部はアル・ドバイエについて何か情報を握っているのですか？」

「まだ決め手となる情報はないが、CIA以上のハードインテリジェンスを集めているところだ」

「アル・ドバイエのスポンサーたちのアイデンティティはつかんでいるのですか」

「何人かはわかっている。エジプト人やサウディ人、ヨルダン人などだが、彼らはファロワーであってリーダーじゃない。リーダーが誰かはまだわかっていない。だがそれがわかるのも時間の問題だと思う」

「アメリカ政府がエジプトやサウディに圧力をかけて、事前にストップさせればいいじゃないですか?」

「そんなことはもうやったさ。だがそれらの政府は知らぬ存ぜぬを貫き通している。彼らはアメリカやイギリスが武力攻撃に出ないとたかをくくっているのだ。去年のイラク侵攻で両国は辛酸をなめさせられたので、武力攻撃については弱気になっているのは確かだからね」

「でもそこまでわかっていて、CIAやMI6がただ事態を傍観していたとは考えられませんね」

「もちろん彼らは静観していたわけじゃない。奴らをストップするために手を打とうとした。マフィアのヒットマンを何人か雇ったが、皆返り討ちにあった。ただCIA直属のヒットマンでなかなか腕がたつのがいると友人は言っていた。そのヒットマンはすでに三十人を消しているらしい」

「大物をですか？」

「さあ大物と言えるかどうか。それについては少し前ニューヨーク・タイムズに載っていたんだが」

「中国人とロシア人殺害の件ですか？　確か六人だったと思いますが」

「それだ。だがその前にモスクワで七人、パリで六人、上海で十一人殺《や》ったとのことだ。殺られた連中は昔KGBのヒット　マンとしてかなりの記録を残したらしい。もちろんタイムズにはそんなことは書かれてなかったがね」

「アメリカ人ですか、その男は？」

「わからん。CIAの友人は何も言ってなかったし、こっちが訊いても言うわけないからね。いずれにしても二週間で六人は悪くない。ソロの仕事しかしないらしいが、その点はきみに似ているよ」

「現在彼のようなCIA直属のヒット　マンは何人ぐらいいるんです？」

「それがお寒い限りなのだが彼だけとのことだ。ジミー・カーターという大統領がCIAをリストラしたとき、最初にカットされたのがキャリア　ヒット　マンだった。その後CIAは外部のコントラクト　キラー《——契約暗殺人——》に仕事をふった。それが今の状況につながってるんだ」

ないなんて」

「信じ難いですね。CIAともあろう機関が、頼りになるヒットマンがひとりしかい
「だがそれが現実なんだ」

　そのときダイニングルームのドアーが開いて、レヴァインが顔をのぞかせた。

「少将、テルアヴィヴから電話です」

「ここにまわしてくれ」

「〝赤〟ですのでまわせません」

　赤とはトップシークレットかつ緊急を意味する。特別なボックスがあり、本部が指名してきた人間以外はノータッチ。また話しているとき、そばには誰もいてはならない。

「ちょっと失礼」

　サブラックが立ち上がって急ぎ足で部屋を出て行った。

　ものの二分もしないうちに彼が戻ってきて、黙ったままもとの席に腰を下ろした。

「噂をすればなんとかとやらだ」

「……？」

「新しい情報が入った。さっききみにこれはうちの仕事じゃないと言った。アル・サレフ・アル・ドバイエはまだテロを起こしていないとも言った。だがそれらの言葉を取り消さねばならないようだ」

「…………」

「昨年イスタンブールでふたつのシナゴーグ《――ユダヤ教会――》が爆破された事件があったろう。三日前、トルコ情報部は新しい容疑者を捕らえた。そいつはかつて情報部に籍を置いていたのだが、テロ組織に浸透するアンダーカヴァー《――潜入課報員――》の役目をやっていた。だが本当にテロ組織の一員になってしまったらしい。彼をぶっ叩いたら、あのシナゴーグ爆破のリーダーの名を吐いたと言うんだ」

「アル・サレフ・アル・ドバイエ」

「そのとおり。生まれはビン・ラディンと同じイエーメンだ」

「情報は確かなんですね？」

サブラックが自信ありげにうなずいた。

「イスタンブール支局がちゃんと確認してる」

「でもアル・ドバイエのデビューにしてはスケールがいまいちでしたね」

「あれはただの手始めだった。まだまだすごいのが準備されていると容疑者はげろったそうだ」

レイチェルがちょっと考えて、

「こうなるとCIAは自分を使う条件を変えてくるでしょうね。援助のカット分をもとに戻すなんてとんでもないと言ってくるかもしれないし……」

「それはない。きみの価値を下げるようなばかなことはしないよ。まずシナゴーグ爆破の情報については、CIAにはいっさい伝えない」

「しかしトルコ情報部が教えるでしょう」

サブラックが首を振った。

「そこのところは抜かりはない。われわれの隠し球にちゃんとトルコ情報部にクギを刺すよう指示を出した。今ごろはCIAにイニシアティヴをとられるよりもトルコ情報部の手柄にしたほうがいいと彼らを説得してるところだろう」

「トルコ側はその説得を受け入れるでしょうか」

「まず百パーセント間違いない。ドーヴィルは説得の名人だ」

意外だった。

「あのドーヴィルはダブル エージェントとして動いていたんですか?」

「トルコ情報部の貴重なエージェント兼顧問だ。必要にせまられればダブルにもトリプルにもなる。それがわが組織の対外課報部員の優秀さだ」

サブラックによるとドーヴィルは何年もかけてトルコ情報部に浸透した。レストランで彼らにただメシを食わしたり、客に関するどうでもいいような情報を与えてきた。その上、経済的に裕福だから金は受け取らない。情報部にとっては非常にありがたい人物である。今ではトルコ情報部幹部たちは絶対的に彼を信頼しているという。

レイチェルにはにわかに信じ難い話だった。イスタンブールでの仕事のため彼の事務所に立ち寄ったとき初めて会ったのだが、モサドの支局長にしてはあまりさえないただのおじさんという印象しか受けなかった。

それを言うとサブラックが笑いながら、

「そういう印象を与えて警戒心を起こさせないのが重要なんだ。きみとは分野が違うが、彼は彼の分野でエキスパートだ。われわれは彼をフランス系トルコ人としてイスタンブールに植え込んだ。今から十五年前だった。その価値は十分にあったよ」

「見直しました、ムッシュー・ドーヴィルを」

サブラックが皮肉な笑いを浮かべて、

「彼としては見直されちゃ困るんだよ。今までどおりノー天気なおやじでいいんだ」

CIAのこちらに対する条件が変わらないというサブラックの言葉を聞いて、レイチェルは安心した。とにかく今、イスラエル国家には金が必要なのだ。

レイチェルの思いを察したようにサブラックが言った。

「CIAにとってはきみの価値はさらに上がった。条件をアップできる可能性も出てきた」

レイチェルがわからないといった表情で首を振った。

「例の容疑者が吐いたきたるべきテロの内容は、マグニチュード8以上のインパクトがあるらしい。今、対外課報部に確認をとらせているところだ」

「9・11を見た世界の人々はめったなことには驚かないですよ」

「だがアル・ドバイエはあれがかすむようなスケールを考えてるらしい。まあそれについてはきみは知らないほうがいいだろう。余計なことを知ってしまえば、それだけきみのデリケートさにプレッシャーがかかる。CIAとの条件闘争は私にまかせておけばいい。それよりきみのミッションだが……」

そこまで言ったときドアーが再び開いた。レヴァインだった。申し訳なさそうな口調で、

「また〝赤〟です」

サブラックが素早く立ち上がってドアーに向かった。

今度は一分もしないうちに戻ってきた。

「いい知らせだ」

彼にしては珍しく声がはずんでいた。

「対外課報部がアル・ドバイエのスポンサーの親玉を捜し当てたよ。その男の名はアブドゥラ・エル・シャフェイ、エジプト人で五十歳、ドゥバイのカンダーラ・ホテルをベースにしている。奴の持ってるホテルだ。ビジネスはタンカーのリース、エアーライン、金融と幅広い。パリやロンドンではホテルやデパートも持っている。サウディやクウェ

ートのプリンスたちに割り当てられたオイルも扱ってるとのことだ」

レイチェルはサブラックの言ったことをすべて頭の中でメモしていた。ペンやメモ用紙は決して使わないのが、モサドの掟《おきて》のひとつだ。ペンを使うのは殺しの武器としてであって書くためではない。

「さて、さきほどの話の続きだが、今回ＣＩＡが依頼してきたきみのミッションは三人のターゲットだった。だがアブドゥラ・エル・シャフェイの存在がわかったので四人になった。まずアブ・サレフ・アル・ドバイエとアブドゥラ・エル・シャフェイ。アル・ドバイエにはダブルがいる可能性が高いから気をつけろ。あとのふたりは殺し屋集団のリーダーで、ひとりは元ＫＧＢのコントラクト キラーだったセルゲイ・イワノヴィッチ・グリシェンコ。もうひとりはクリス・スパーン、こいつはＣＩＡとコントラクトを結んでいた。ふたりはいくつもの名前を持ってるが、顔は個性的だから一度見たら忘れられない。テルアヴィヴに帰ったら三人の写真をじっくり見ればいい」

「三人……ですか？」

「グリシェンコとスパーンについては、ＣＩＡから送ってきたのがデータベースに入っている。エル・シャフェイのは、現地にいるエージェントから今日中に送ってくることになっている」

「アル・ドバイエの写真はないんですね」

「残念ながらCIAは持っていない。イエーメン政府にかけあったらしいが、何の記録もないと言われたそうだ。だがわれわれのエージェントが手に入れると思う。イエーメンには強いコネクションがあるからね」

レイチェルがうなずいた。サブラックの言う強いコネクションが、イエーメン系のユダヤ人社会であることを彼女は知っていた。

「グリシェンコとスパーンはニューヨークをベースとしているとのことだ。アル・ドバイエの居場所はサンフランシスコかロスアンジェルスの公算が大きい。というのはさっき言ったトルコ情報部が捕らえた容疑者が、奴はアメリカの西海岸から指令を出すと言ったそうだ。もちろん奴のようなのはあっちこっち動き回るから単純に決めつけられないがね。いずれにしてもきみが捜す必要はない。それはCIAやうちの対外諜報部の仕事だ」

レイチェルがちょっと間を置いてから、

「質問があるのですが?」

「……?」

「さきほどおっしゃったCIAのただひとりのヒットマンと自分がバッティングする可能性はありますか?」

「それはない。きみのターゲットは今言った四人だけだ。そのほかは彼が受け持つ」

「でもすごい人数でしょう。スパーンとグリシェンコの部下だけでもまだ十五人、アル・ドバイエの部下は三十人。いかに彼が腕利きでも全部を殺るのは不可能です」

「だからきみが重要なのだ。指導者さえ消せばあとの連中は機能できなくなる。このケースでは四人だ。全部殺る必要はない」

「もうひとつ。CIAはアル・ドバイエのグループにアンダーカヴァー エージェントを潜り込ませていますか?」

サブラックがちょっと首をかしげた。

「アル・ドバイエに関するCIAの情報の薄さからして、その可能性はあまりないのじゃないかな。むしろスパーンやグリシェンコたちの集団に潜り込ませている可能性のほうが大きいと思う。なぜだね?」

「今回の仕事は、今までとは違うグレードに感じます。ターゲットは二重、三重にガードされていてペネトレーション《侵入》に難があると思います。ですからボディガードも片付けねばならない状況も考えておく必要があります。そのボディガードの中にCIAのエージェントがいたらお互いに不幸ですから」

「一理あるね。チェックしておこう。それとターゲットに関するドーズィエ《調査書類》は本部に用意してあるから、明日帰り次第目を通しておくこと」

「わかりました」

「ああそれから、この仕事が終わったらきみは一年間の休暇をとる。いいな?」

「なぜです?」

「理由はふたつ。まずこの仕事は心身ともに極限までのプッシュが要求される。きみは持てるすべてを使い果たす。休暇は絶対に必要となる。第二の理由はきみのプロテクションのためだ。この仕事が成功裏に終わったら、アル・ドバイエの配下やスパーンの部下たちで生き残った奴らは必ずボスのリヴェンジのために何かをやらかす。まず考えられるのはボスを殺した相手を捜し出して抹殺することだ。われわれはきみのアイデンティティを隠すためにベストをつくしている。だが敵だって必死だ。奴らがターゲットをCIAかモサドに絞るのは、ほぼ確実と考えねばならない。モサドはともかく、CIAの対外作戦部の誰かをキッドナップ《誘拐》してきみの存在を聞き出すことだって考えられないことではない。ワイズマンご夫妻と一緒に世界を旅行するのもいいし、なんでもやりたいことをやればいい。もちろんその間のサラリーは出す。いいね」

レイチェルが笑い出した。

「何がおかしい?」

「おっしゃったことにはまるで説得力がないからです。そんな前例があったなんて聞いたこともありません」

「じゃあ、今回きみのケースで前例が作られるわけだ。なにしろ今言ったことは命令だ。

いいな」

レイチェルの顔から笑いが消えた。

「今集中すべきは何がなんでもミッションを成功させることです。成功して自分が生きて帰って来たら、今おっしゃったことをもう一度聞かせてください」

「必ず成功すると信じているから前もって言ってるんだ」

レイチェルが黙ったまま肩をすくめた。

「それじゃ食事にしよう」

サブラックがテーブルの下についているベルを押した。


夕食を終えてレイチェルは寮の自室に戻ったが、サブラックはダイニングルームから〝赤〟の電話ボックスに入った。まず本部の対外課報部の責任者ミーシャ・ケラーを呼び出した。

「イスタンブールからの正式な確認報告は入っているか」

「はい、今しがた入ってきたところです。さきほどの報告に間違いはありません。容疑者はアル・ドバイエに非常に近かった人物で、彼が語っていた情報は本物であるとトルコ情報部も自信を持っているとのことです」

「〝語っていた〟とはどういうことだ？」

「自殺したのです。あれだけ吐いてしまったら、どのみちアル・ドバイエに殺されると絶望したのではないでしょうか」

「ニューヨークのほうで何か進展はあるか」

「例の中国人とロシア人殺しの件でＦＢＩが動き始めたようです。それから、あの事件を担当していたＮＹＰＤの刑事が上司と衝突して退職しましたが、ＦＢＩが彼を雇い入れたそうです」

「ＦＢＩが？」

「ホモサイド《殺し》に関してはその刑事はなかなかの腕利きらしいんです」

「しかしいかに腕利きとはいえ、ＦＢＩが市警の刑事を雇うなんておかしいんじゃないか」

「私もそう思います。市警とＦＢＩが取引をしたことは考えられます」

「その線だな。だがなぜ彼を、という疑問は残る。それをクリアーするようにニューヨークに指令してくれ。それからスパーンとグリシェンコはニューヨークにまだいるんだな」

「さきほどまでの情報ではマンハッタンから離れていません」

「よし、彼らの監視を徹底してくれ。カリプソが動き出すことになった」

いったん切ってから再び受話器をとって、今度は本部のオペレーターを呼び出しサイモン・ドラッガーの電話番号を伝えた。〝赤〟電話だけでもスクランブル装置は十分に機能するのだが、本部の回線を通すと完璧なフェイルセイフの状態になる。こちらの話はどんな盗聴器でもキャッチできない。ドラッガーの電話はＮＳＡでも盗聴不可能なスクランブル装置を備えているから、ふたりの話はまず外に漏れることはない。

ドラッガーが出た。

「サイモン、話はついた。カリプソは受けたよ」

「ありがたい。約束の条件は必ず守る」

「それについてだが、条件が変わったんだ」

「……？」

「新しい条件を言うからよく聞いてくれ。援助のカットはなかったものとする。ということは、今年の初めにさかのぼって従来の約束どおり援助金を出すこと。プラス三十億ドルのクレジット《借款》を供与する」

「カム　アゲイン?!!」

「援助金はフルに戻し、クレジット供与三十億ドル分だ」

「ホワット　ザ　ファック　アー　ユー　トーキング　アバウト？」

「聞こえたろう。これが新しい条件だ」

「アー　ユー　ファッキング　ナット、ジェイソン？」

「クール イット、サイモン。状況が変わったんだ。あんたがたにリースするカリプソの価値は十倍にはねあがった。だから条件を変える必要があるんだ」

ドラッガーが切れた。

「ドント ファック ウイズ ミー! アイ キャント ファッキング ビリーヴ イット! ユー マザー ファッキング サンノブ ア ビッチ! ドゥ ユー ノウ ホワット ザ ファック ユー アー セイング!? ユー アー スティッキング ジ アンブレラ アップ マイ ファッキング アス! ユー ファッキング プリック……」

サブラックが受話器でテーブルを叩いた。

「アー ユー ファッキング ダン イェット?」

「ハウ ザ ファック ドゥ アイ ゲット ファッキング スリービリオン ドラーズ!?」

「あくまでクレジット供与だ。現金とは言ってない」

「こっちにとっちゃ同じだ」

「冷静になったらかけ直してくれ。いいな」

「おれは冷静だ。ただちょっと驚いてるだけだ。あんたともあろう男が前言をひるがえすなんて」

「もう一度説明しようか」

「金の説明はいい。なぜこれだけ条件が変わったのかの説明をしろ。正直にだ」

「あんたたちが知らない超ド級の情報を入手したんだ」

「なるほど。だが情報料としてはちょっと高すぎるんじゃないか。ちょっとどころじゃない。グロテスクなほど高い」

「それは内容を聞いてから言え。エリント《電子情報収集活動》やコミント《通信傍受活動》に頼っているあんたがたには到底集められない情報だ」

「ヒューミント《スパイ諜報活動》にだって力は入れてる」

「じゃ、なぜアル・ドバイエがやろうとしていることの具体的情報をこっちに知らせないんだ」

「それは……」

ドラッガーが言葉につまった。

「知らせられるわけがないよな。あんたがた自身知らないんだから」

「ちょっと待て、ジェイソン！　まさかあんたがそれを知ってると⁉」

「ユーアー ダッム ライト。うちの連中はピクニックをしてるわけじゃない。アル・ドバイエの計画をつかんでいるし、奴のスポンサーたちのリーダーの名前もつかんだ」

「誰なんだ、そいつは？」

「アブドゥラ・エル・シャフェイ。聞いたことあるだろう。たしかフォーチュン誌で世界の金持ちトップ ハンドレッドに入ってるエジプト人だ」

「あの野郎か」

「その情報だけでも価値はあるだろう」

「もちろんだ。だが三十億の価値はない」

「奴を消すというのはあんたとの話にはなかったが、どうかね?」

「それは当然カリプソにやってもらわねば」

「じゃ、こっちの条件を呑むんだな?」

「まだ肝心なことをあんたは言ってない。アル・ドバイエはいったい何を計画してるんだ?」

「聞いたらあんた腰を抜かすよ」

「合衆国大統領の暗殺ぐらいなら驚かないぜ」

サブラックがふんと鼻を鳴らした。

「アル・ドバイエはそんな単純なメンタリティの持ち主じゃないらしい。シンボリックな暗殺よりも実利を追うタイプとのことだ」

「そうじらさないで早く言えよ」

「奴が計画していることはふたつある。まずひとつは細菌戦争を仕掛けることだ。これは配下の者たちに天然痘の菌を打って、彼らを天然痘のキャリアーとする。あとは簡単だ。天然痘は空気感染するから、キャリアーが人ごみの中を歩くだけで十分。アル・ドバイエはこれをロンドン、パリ、フランクフルト、ローマ、マドリッドなどの大都市でやろうとしている」

「ジーザズ　エイチ　クライスト!!」

「まだ驚くのは早い。もうひとつ奴が計画してるのは自爆テロだ。ただし爆弾を抱えて目標に突っ込むようなスケールじゃない」

そこまで言ってサブラックは一呼吸置いた。

「飛行機での自爆でもしようってのか?」

「そんなのはビン・ラディンがすでにやってる。アル・ドバイエはほかのテロリストがやったことを真似るのは好きじゃないらしいんだ」

「じゃ、いったい……?」

「核だよ、サイモン。核爆弾を抱えての自爆テロだ」

「……!!!」

「あんたがたもこういうときが来るのは予測していたはずだ。そうだろう?」

ドラッガーはまだ絶句していた。おそらく彼の頭の中は真っ白なのだろう。サブラックは彼の言葉を待った。

「イッツ　ファッキング　インポッシブル!」

ほとんど聞こえないほどの低いトーンがショックの大きさを物語っていた。

「現代の世界には不可能なことなどないんだ。それはあんたが一番よく知ってるはずだ」

「………」

「噂は前からあったじゃないか」

ドラッガーはまだ催眠状態にあるのか、反応しなかった。

「あとでもう一度かけ直すよ」

サブラックが言って、電話を切ろうとした。

「待った！」

ドラッガーの声はほとんど怒鳴り声に近かった。催眠からやっと覚めたようだ。

「確かにテロリストと核爆弾についての噂はあった。しかしそれはあくまで噂にすぎなかった。テロリストたちに核が渡ったという事実はなかったし、今でもない」

「あんたがどう考えようが自由だ。しかしわれわれの得た情報ではアル・ドバイエは確実に核爆弾を持っている。それも一発ではなく複数だ」

「それこそ不可能というものだ。ビン・ラディンでさえ買えなかったと言われているのに」

「ビン・ラディンはアル・ドバイエのスポンサーにくらべればただの小金持ちにすぎない。それにあいつはアラブ エスタブリッシュメントから嫌われている。過去に随分と彼らを脅して金を巻き上げたからだ。だがアル・ドバイエは違う。彼のアセット《―美点―》はただひとつ。西側文明と民主主義に対する底知れぬ憎しみだけ。そこがスポンサーたちに好かれている点なんだ」

「買い手が奴としても、いったい誰が売ったんだ。パキスタンのカーン博士だったなんて言うんじゃないだろうね」

「あの博士はただ核の技術をヨーロッパから盗んだだけだ。しかも出来上がった爆弾はひどく時代遅れのものだった。アル・ドバイエが得たのはそんなものじゃない。最新の小型戦術核爆弾なんだ」

「ということはニュークリアー クラブ《―核クラブ―》の国から出たということになるな」

「初めてまともなことを言ったな。出所は旧ソ連邦だ。それらの核爆弾はソ連が崩壊したとき、グルジアやアゼルバイジャン、カザフスタンなどのＫＧＢ倉庫から盗み出された。あんたも知ってるとおり、ソ連のシステムでは核や危険物資などの保管はＫＧＢに任せられていた。最も信頼できる番犬だったからだ。だが国家崩壊とともにＫＧＢメンバーの多くは、ロシアン マフィアと組んで金儲けに走った。彼らから得た核爆弾をマフィアは国際的なテロリスト組織を相手にオークションに出した。ちなみにそれらの核爆弾は持ち運びできる小型に限られた。戦略核などは大きすぎてテロリストには使えないからだ。かといって、ならず者国家に売ったらすぐに足がつく。マフィアとＫＧＢの懸命な売り込みにもかかわらず、当時は一発も売れなかった。値段が高すぎたからだ。だがここにきて大金持ちをスポンサーにしたテロリスト、しかも大量殺戮《さつりく》を屁とも思わない究極のサディストが現れた。一基一億ドルもする核爆弾をキャンディを買うように何基でも買える顧客だ。そいつをうちのカリプソが消すんだ。三十億のクレジット供与なんて大したことはないと思うがね」

どちらも沈黙に陥った。サブラックに聞こえるのはドラッガーの荒っぽい息遣いだけ。最初に口を開いたのはドラッガーだった。

「その情報源を教えてくれと頼んでも無駄だろうね?」

サブラックがせせら笑った。

「あんたらしくない言葉だな。私がかつてお宅の情報源について訊いたことなんてあったかい? だが事が事だけにこれだけは確言しておく。情報源はトリプルAだ」

「あんたがそう言うんなら信じるほかないな。クレジット供与の件は早速ラングレーに伝えよう。結果は約束できないが」

「サイモン、よくそんな悠長なことを言ってられるな。今アル・ドバイエを止めなければ、二〇〇一年の9・11がガーデン・パーティに見えるほどの事態が起きるかもしれないんだ。アメリカだけじゃなく、西ヨーロッパやアジアの都市でも同時に起きる可能性が大なんだ。それをストップするために、うちはベストのエージェントを提供する。三十億のクレジットなんて安いもんじゃないか」

「わかった、わかった。あんたの条件を満たすためにこっちもベストをつくすよ」

「ああ、それからカリプソが知りたがっているんだが、お宅はアル・ドバイエの組織にアンダーカヴァー エージェントを送り込んでるかね」

「彼女がなぜそんなことを訊くんだ？」

「アル・ドバイエや殺し屋の親分たちの周囲の者も消さねばならない場合を考えてるんだ」

ドラッガーがちょっとためらってから、

「組織は今のところアンタッチャブルで、近付くことはできない。だから誰も潜り込んではいない。しかし殺し屋集団にはひとり入り込んでいた。アル・ドバイエについての情報は彼から得ていたんだ。連絡が途絶えてからかなりたつ。われわれとしては彼は機能停止になったと考えている」

サブラックの顔に苦笑いが浮かんだ。ＣＩＡらしい言葉だ。機能停止イコール死んだということである。命を失ったエージェントは、もはや彼らにとっては何のプラスにもならないのだ。

「今はひとりもいないんだな？」

「そこまで答えさせるな」

「ついでに訊きたいのだが、あんたのコード ネームは?」

普通CIAのキャリア組は皆名前が知られていて、誰でも写真さえ手に入れることができる。しかしドラッガーの所属する対外作戦部だけは別だ。そこに籍を置く者はトップから末端まで、その存在自体がトップシークレットとなっている。

ニューヨーク・タイムズやワシントン・ポストなどにときどきアメリカ情報機関の話が載る。CIAやNSAの機構図が描かれる場合、長官や局長、部長などは名前と顔写真入りだが、対外作戦部の責任者の部分だけは名前も写真も載らないで黒となっているのはそのためである。だからコード ネームも必要となってくる。

「リチャードでいい」

ドラッガーが疲れた声で言った。

第六章　ザ キラーズ キラー

ジョッシュ・パーカーが運転するビューイックは、パーク・アヴェニューをアッパー・イーストサイドに向かって走っていた。エンジンの音も軽快でスムースな走りだ。これもFBIとNYPDの違いだ。NYPDで使っていたのはくたびれたシヴォレーだった。日曜日のせいか普段は渋滞するパーク・アヴェニューも信号どおりに走れる。

助手席にすわっているラリー・デピエールが胸のホルスターから拳銃を抜いた。

「車の中でやばい真似はやめろ」

「弾がちゃんとこめられているかチェックしてるんです。大丈夫、セイフティはオンにしてありますから」

「人を撃ったことはあるのか?」

ラリーがかぶりを振った。

「銃を撃ったのはクワンティコでの研修のときだけです」

クワンティコが首都ワシントン郊外にあるFBIの訓練所であることぐらいはジョッシュも知っていた。

「三年間FBIにいて、一度も銃を使う必要に迫られなかったとは信じがたいよ。自分自身をラッキーと思ったほうがいい」

「二年間はワシントンの本部でデスクワークでしたから」

「われわれはポリスアカデミーで銃を抜いたら撃つ、撃つときは殺すと習ってきたが、FBIも同じかね」

「こちらの身が危険と判断した場合はシュートトゥキルです。しかし過剰防衛は禁止されています」

ジョッシュが皮肉っぽく笑いながら、

「さすが法の守護神、正義の味方FBI。ところでお訊きいたしますが、過剰防衛と自分の身の危険を一秒以下の間でどう判断するんでしょうか?」

ちゃかした質問なのにラリーはごく真面目な表情で、

「さあ、自分はまだその状況に置かれたことがありませんから」

「その状況に置かれてからではもう遅いんだ。きみはパートナーだからひとつだけ忠告しよう。命が惜しかったらクワンティコで習ったことは忘れろ。テキストブックどおりにやってたら、命はいくつあっても足りなくなる」

「しかし従わねばならぬルールというものがあります。法を守る人間がルールを守らないという矛盾は誰をも納得させることはできません」

「おれのゴールデン ルールは殺されないことだけだ」

「あなたは犯人や容疑者を撃ったことはありますか?」

ジョッシュがラリーに一瞥《いちべつ》をくれた。不思議なものを見るような彼の目付きだった。

「私が今日まで生きてこられたのはなぜだと思う?」

「運だけではなさそうですね」

「S&Wのおかげさ。相手よりも速く、そして正確に撃てたからだ。そうじゃなかったら百回以上死んでたよ」

「ずいぶんと殺したんでしょうね」

「ゴミや変態野郎ばかりだったが、れっきとした正当防衛だった。間違って関係ない人間を殺《や》ったことは一度もなかった」

「生きた人間に鉛の弾をぶち込むって、どういう感じです?」

「若いころはある種のスリルを感じたもんだった。わざと相手に先に撃たせる。はずしたら一歩近付いてもう一度チャンスをやる。それでもはずしたら、今度はこっちが一発で仕留める。しかし近ごろはそんな遊び心は通用しない。サブマシーンガンでのスプレー攻撃や、手榴弾などをところかまわず投げてくる。おもしろくなったのは確かだ」

車は東六十五番通りとパーク・アヴェニューが交差する角で止まった。

ジョッシュはその角の歩道に沿って車を停めた。駐車禁止ゾーンだが、ＦＢＩの車は警察といえどもノータッチだ。

ふたりは車を降りてそばのビルを見上げた。それほど高くないが横に広く、外の壁にはフロアーの区切りに細かい彫刻が施されている。重々しく威厳のある建物だ。前世紀の初めのヨーロッパの建物をそのまま分解して持ってきたものだろう。

正面玄関はパーク・アヴェニュー側にあった。入ったところがロビーのようになっている。床は大理石で天井は高く、ルイ王朝風の豪華なシャンデリアがにぶい光を放っている。奥にカウンターがあるが、これも大理石。制服を着たふたりのガードマンが退屈そうにカウンターの向こうにすわっていた。

ジョッシュが小声で、

「これはおれにやらせてくれ。いっぺんやってみたかったんだ」

カウンターに近付いてジョッシュが内ポケットから手帳を出して開いた。

「ＦＢＩです」

ガードマンの表情に緊張が走った。

「八階のミスター　フジオカは在宅中でしょうか？」

「彼なら三十分ほど前に出かけましたよ」

「それじゃ彼の部屋で待たせてもらおう」

ジョッシュとラリーがエレヴェーターに向かった。

ガードマンのひとりがあわてて、

「それは困ります。お待ちになるならこのロビーでお願いします」

ジョッシュが一枚の紙をちらつかせた。かなり離れているのでふたりのガードマンには何が書かれているかはっきりとは見えない。

「捜査令状だ。それとも捜査妨害しようってのかい」

ふたりがうろたえた。

「捜査妨害なんてとんでもない。どうぞ一番向こう側のエレヴェーターをお使いになってください」

エレヴェーターはそれぞれの階専用になっていた。ふたりは言われたとおり隅のエレヴェーターに乗り込んだ。

「こりゃきみの言うとおり普通のサラリーじゃ住めないドヤだな」

「アパートメントひとつでも一千万ドルはします」

「住んでるのはどんな連中なんだろうか」

「ビリオネアー《―億万長者―》ばかりでしょうね。胃潰瘍《いかいよう》と肩凝りと頭痛の持ち主たちです。それより今の捜査令状はまずいですよ。ＦＢＩはそんなことしたことはありません。問題になったらわれわれはこれです」

親指でノドを切るジェスチャーを見せた。

「大丈夫。ＮＹＰＤではしょっちゅうやってたことだ。犯罪者は必ずわれわれより一歩先に行こうとする。こっちが何でも合法的にやってたのでは奴らに勝てるわけがないよ」

エレヴェーターが止まってドアーが開いた。そこは入り口の内側にある待合室のようなところだった。

「エレヴェーターで直接部屋まで来られるとはたまげたね」

「ここらへんではこれが普通ですよ。ワンフロアーで一戸ですから」

ふたりは居間へと進んだ。馬鹿でかいスペースだった。

「この居間だけで私の家が二軒すっぽり入っちまう」

ふたりはひととおりフロアー全体を見て回った。マスターベッドルームともうふたつのベッドルーム、五つのバスルーム、居間よりちょっと大きなパーティルーム、書斎、バトラー《執事》用の部屋、トランクルーム、そしてレストラン顔負けの巨大なキッチンなど、すべてジョッシュにとっては規格外だった。

ふたりは居間のソファに腰を下ろした。

入ってきてからすでに二十分がたっていた。

ラリーが腕の時計を見て、

「帰って来そうもないですね。出直しましょうか」

ジョッシュが笑いながら、

「何でそうナーヴァスになってるんだ?」

「わかってるでしょうけど、もし彼が帰って来たら、彼にはわれわれを不法侵入という理由で撃ち殺す権利があるんですよ」

「わかってるさ。だがあの男はそんなことをするほどばかじゃないし、度胸は人一倍すわっている」

「なぜわかるんです?」

「ガット フィーリングさ」

「そのとおりですよ」

ジョッシュとラリーが声のした方向を同時に振り返った。

居間の入り口に男が立っていた。顔は笑ってはいるが、目は刺すような鋭さでふたりを見据えていた。ふたりがゆっくりと立ち上がった。

「留守中失礼とは思ったが、待たせてもらったよ」

「退屈だったでしょう。そこのカウンターバーをお使いになればよかったのに」

「残念ながら勤務中なんでね」

「確かパーカー刑事でしたね?」

ジョッシュが手帳を出して、FBIバッジを見せた。

「今は刑事じゃなくてFBIスペシャル エージェントだ。こちらはパートナーのデピエール スペシャル エージェント」

ラリーが手帳を開いて見せた。

「NYPDからFBIですか。出世と考えていいんでしょうね」

「見方によるね。私にしてみれば、こうしてあんたと話せるチャンスを待っていた。NYPDではできなかった。FBIにいればこそだ。だから出世したと考えている」

「高く評価されたものですね。感謝しますよ」

ラリーが周囲を見回しながら、

「すごいペントハウスですね、ミスター フジオカ。年俸八万ドルじゃ一カ月の家賃にもならないでしょう」

「当然です。ここはうちの社の会長であるデヴィッド・ベンジャミン氏の所有なんです。私にただで貸してくれてるのです」

「いつからです?」

「私がこの国に来てからずっとです」

「ということは一九九二年から?」

「ええ、もう十二年になりますかね」

「十二年間あなたはここにただで住んでいた。ただということはギフトになりますね?」

「そのとおりです。でもベンジャミン氏はちゃんとギフト タックス《贈与税》を払っていますよ。あなたがたのことだから、もうIRS(国税庁)にチェックしてるんじゃないですか」

藤岡が皮肉っぽい笑いを見せた。

「フェラーリもやはりベンジャミン氏からのギフトですか?」

「あれは三年前に買ったんです。まだローンが残ってますがね」

「一九九二年、あなたはこの国に着いたとき、すでにグリーン カードを持っていましたね。普通なら着いた後、何年かたってからもらうもののはずでしょう」

「スペシャル スキルを持ち、保証人がいれば別です。私の場合はデヴィッド・ベンジャミン氏が保証人でした」

「あなたのスペシャル スキルとは?」

「もちろん相場と証券関係です」

「それはおかしい。われわれが調べたところでは、一九九二年当時は相場と証券はグリーン カードの範囲内には入っていなかった。その分野では優秀なアメリカ人が沢山いた。外国人を雇用するということはアメリカ人の職を取り上げてしまうと考えられていたんですがね」

「それはケース　バイ　ケースだったんでしょう。私の場合はベンジャミン氏という影響力のある保証人がいましたから。ラッキーだったんですよ。もしお疑いになるならベンジャミン氏に訊いてみてください」

ふたりが話している間、ずっとジョッシュは藤岡を見つめていた。なめらかかつ冷静で眉《まゆ》ひとつ動かさない。ジョッシュのガット　フィーリングが熱く燃え始めた。

「問題はその一点につきるね」

ジョッシュが藤岡に向かって言った。

「あんたとベンジャミンはいったいどういう関係にあるんだ。こんな豪勢なドヤを彼はただで提供している。しかも十二年間もだ。まさかあんたはベンジャミンの愛人じゃあるまい。おれにはあんたも彼も、そっちのほうの趣味があるようには見えないんだがね」

藤岡が氷のような冷たい笑いを見せた。

「この退廃した街に住んではいるが、まだその趣味にまでは至ってませんよ」

「質問に答えてないな」

「答えようがないでしょう」

「じゃ、おれが代わって答えよう」

ジョッシュが全身のエネルギーをその目に集中させて藤岡を見据えた。

「あんたには確かにスキルがある。それは人を殺すスキルだ。それをこの国の誰かがほしがった。多分ベンジャミンではないかもしれない。彼にはその必要性があるとは思えない」

ブラッフであることは彼自身わかっていた。同時に真実につながるブラッフであることに自信があった。

しかし藤岡の表情はまったく変わらなかった。それがなおさらジョッシュの内から燃え盛るガット フィーリングに油を注いだ。

「まるでフランツ・カフカの〝審判〟の主人公になった気分ですよ。だが白昼夢を見ているのは私ではなくあなたのほうだ。あなたがFBIエージェントでなかったら、救急車を呼んでるところです」

そう言ってエレヴェーターの方向を指した。

「グッデイ、ジェントルメン」

ジョッシュがラリーにうなずいた。

ふたりはエレヴェーターに向かって歩き始めた。ラリーが振り返った。

「ミスター フジオカ、実は今トーキョー支局にあなたのことを問い合わせ中なんです」

「ほう、それで？」

「もう一週間もたつのですが、まだ調査中という返事なんです」

「それはご苦労なことで。でも無駄ですよ」

「それが無駄じゃないらしいんですよ。これだけ時間をかけているということは、かなりの量のデータが集まっているということですから。楽しみに待っててください」

ラリーにしては精一杯のブラッフだった。しかしそれはペイしたとジョッシュは感じた。藤岡の氷のような表情にかすかな変化を見てとったからだ。

ふたりがエレヴェーターに消えた直後、藤岡は電話に手をのばした。

「リチャード、ちょっとやっかいなことになりましたよ」

「シュート」

サイモン・ドラッガーが言った。

「FBIがここを訪ねてきたんです。一応は追っ払いましたが、ちょっとしつこそうな連中なんです。ひとりはNYPDを辞めてFBIに拾われた男です。もうひとりはまだ若いエージェントでした」

「デヴィッド・ベンジャミンに話したかね？」

「いや、ベンジャミン氏も相手がFBIじゃちょっとてこずるんじゃないかと思いまして」

「わかった。すぐ手を打つから心配無用。ところで次のヒットはサンフランシスコだったな？　いつ決行するんだ？」

「あなたがＦＢＩを追っ払ってくれたら、いつでも」

「じゃ、明日にもフリスコに発ってくれ。ＦＢＩのほうは引っ込んだと思っていい」

「わかりました。そしたら私は辞めていいんですね？　ところで確認したいのですが、フリスコで五人消したら三十五人になります。そしたら私は辞めていいんですね？」

「それが約束だ。きみの仕事は終わる」

受話器をもとに戻して藤岡はソファに深々と身を沈めた。

いよいよあと五人でこの世界からおさらばできる。血と硝煙で汚れ切ってしまった人生。だが、もうすぐまっとうに生きるチャンスをこの手でつかむことができるかもしれない。

狂ってしまった人生は元には戻らない。しかしそれはリチャードやＣＩＡの責任ではない。ＣＩＡは自分を助けてくれたのだ。

もしあの一件が起こらなかったら、自分は今ごろ大門勇人《だいもんはやと》として平凡だがまともな道を歩いていただろう。しかし人生の出発点に立つ前から歯車が狂った。あのとき日本で殺人を犯していなかったら、今の泥沼のような人生を歩むことはなかった。

しかし自分は決して後悔してはいない。後悔などしたら死んだ父親と姉に申し訳ない。

大門の瞼《まぶた》の奥に、無念の死を遂げた父親と姉の裕子《ゆうこ》の顔が映った。

あれは大門が十七歳のときだった。母は彼が小学校に入学したてのとき、急性白血病でこの世を去った。以来父親の手で姉弟は育てられた。

当時の日本はちょうどバブル景気がはじける直前にあり、企業はリストラを開始していた。もともと体が弱く病院通いの多かった父は、真っ先にリストラの対象になった。そして入院した。

医師は裕子と大門に、父が胃ガンの末期症状であると宣告した。大門より二歳年上の姉裕子は、大学に入ったばかりだったが、家計を助けるために夜は新宿のクラブでホステスとして働き始めた。知的で明るい性格の裕子は客の間で人気者となり、すぐに売上トップの座を得た。

しかし裕子が知らなかったのは、そのクラブが周辺一帯を支配するヤクザの持ち物であるということだった。そのヤクザの息子が裕子に目をつけた。ある夜その男は送っていくと言って、いやがる彼女を無理やり車に乗せた。そしてクロロフォルムをたっぷり含んだ布を彼女の口と鼻に押し付けた。

行為が終わったあと、彼女は自宅のアパート近くに半裸体で置き去りにされた。

翌朝、彼女は入院中の父親に付き添われて警察に行った。担当者に強姦は親告罪と言われ、そのヤクザの息子を告訴することにした。

しかし裁判も所詮《しょせん》は金の勝負である。相手は名の通った弁護士事務所から三人の弁護士をたててきた。それに対して原告側は官選弁護士に頼らざるを得なかった。

法廷ではどっちが被告かわからないほど、裕子は恥辱を受けた。相手はまず彼女がクラブのホステスであることを指摘し、彼女の人格面を衝《つ》いた。ついで証拠物件として犯行のあった日に彼女が身につけていたパンティを出すよう要求した。普通ならこの段階で原告は屈辱に耐えられず訴えを取り下げてしまう。しかし裕子はそれを出した。

裕子側は彼女の人格を裏付ける証人として、同僚のホステスや数人の客に証言を頼んだが、ヤクザの報復を恐れてか、誰も証言台に立とうとはしなかった。

逆に被告側の証人は多かった。証人たちは口々にその息子がいかに紳士であるかをえんえんと証言した。決定的だったのは犯行の夜に車を運転していた子分と、もうひとり助手席に乗っていた子分の証言だった。彼らは裕子がためらう被告を甘い言葉と態度でたくみに誘ったと断言した。現場にいた証人としての彼らの証言には重みがあった。六法全書を杓子《しゃくし》定規にしか解釈できないナイーヴな裁判官は、ふたりの証言を主な理由に被告に無罪の判決を下した。

判決の翌日、父親は病院の屋上から身を投げて自殺した。その遺書には自分のいたらなさのために姉弟に苦労をかけたことがめんめんと綴《つづ》られていた。最後をこう結んでいた。〝情けない父を許してください。私のような者を父親に持ったきみたちは本当に不幸だった。だが私はもうこれ以上生きられません。あの世で母さんに謝ります〟。

その一カ月後、父の死と裁判に負けたショックからノイローゼ気味だった裕子が、自宅で首を吊《つ》って死んだ。

一年後、大門は高校を卒業すると自衛隊に入った。もともと体が強靭《きょうじん》でスポーツ万能だった大門は、習志野の第一空挺師団に入隊が許された。第一空挺師団といえば日本のレンジャーの草分けである。そこでは肉弾戦から対ゲリラ戦、山岳戦、対テロリスト戦、狙撃テクニック、さらにはパラトルーパー《―空挺降下隊員―》としてのサヴァイヴァル テクニックなどあらゆる分野の戦い方がたたき込まれる。一言で言えば、日本が持ち得るザ ベスト アンド タフエストである。

　入隊してからも大門は、父と姉が辿《たど》った最期を片時も忘れなかった。二年後、十分な技術を身につけた彼はリヴェンジのためのアクションを開始した。

　毎夕、寮を抜け出し彼は新宿に向かった。最初の獲物はヤクザの息子だった。下調べをしてわかったのは、その息子はどこへ行くにも必ず子分ふたりと一緒ということだった。そのふたりは裁判で被告側に立ってデタラメな証言をした男たちだ。

　ある夜、大門は物陰に隠れてそのドラ息子が行きつけのクラブから出てくるのを待った。そのクラブの前にキャデラックが停まった。そろそろ出てくるころだと感じた大門は、車のそばを通り過ぎながら中を見た。中には運転手と助手席にもうひとりがいた。ネオンのライトにふたりの顔が映し出された。姉を死に追いやった決定的証言をしたふたりだ。

大門はその車が向かう方向の五十メートルほど離れたところに立った。待つことしばらく、ドラ息子が店から出てきた。運転手が車から出てバックドアーを開けた。ドラ息子がふらふらしながら後部座席に乗り込んだ。

車が発車した。そばまで来たとき、大門が道路に飛び出した。道路の真ん中に立って両手を上げて振った。車が急停止した。

助手席の男が窓を開けて、ドスの利いた声で、

「われいったい何のつもりや！」

「業務だ！」

大門が身分証明書を開いて見せた。麻薬取締官の手帳だった。自分で作ったものだが、夜の薄明かりの中なら十分に本物として通用する。

「わしらヤクなんてやってませんぜ」

「後ろのドアーを開けろ」

ドラ息子が手をのばしてドアーを開けた。大門が乗り込んだ。

「われこんなことして無事すむと思うとるんか！」

ドラ息子がどなった。

大門が運転手に霞が関に向かうよう命じた。

「オレの親父は昇竜会の会長やで。厚生省や警察には顔なんや。あとでなきべそかきとうなかったら、おとなしく降りたほうがええで」

「さあどうかな。おい運転手、もっと速く走らんか！」

大門が運転手のシートを後ろから蹴《け》った。車は高速に乗って霞が関方向に向かった。

「次の外苑出口で降りろ」

「まだカスミは先だがのう」

「かまわん。降りろ」

出口を出て車は絵画館を後ろ正面に見る参道に入った。車はまったく通行していない。乗ってきたオートバイは太いポプラの木の後ろに隠してある。

「ようし、そこで停まれ」

「何でこんなとこで停まるんじゃ！」

それには答えず、大門はジャンパーで隠したホルスターから拳銃を取り出した。ベレッタ１９５９だった。ポケットからサイレンサーを出して、それをベレッタの銃身の先につけた。自家製のサイレンサーで今日初めて使うものだ。サイレンサーはピッタリと銃口に収まった。三人の顔色が変わっていた。

「おいわれ、どうしようっちゅんじゃい！」

ドラ息子がわめいた。

「おれがこれから言うことをよく聞くんだ。お前たち、大門裕子という女を知ってるな」

「女ならいくらでも知っとるがな」

「貴様らによって自殺に追いやられた女性だ」

「ああ、そんなのいたっけな。裁判でパンティ見せるよう言われて、べそかきおった」

助手席の男が言った。次の瞬間、大門が手にしたベレッタを彼の頭にピタリとつけて引き金を引いた。頭から血しぶきがあがると同時に、その体全体が前方に吹っ飛んだ。

次に大門は運転手のこめかみに銃をつけた。運転手もドラ息子同様、歯をかちかちさせて体をぶるぶると震わせている。

「どうだ、運転手、あの裁判では今死んだこいつとお前の証言が決定的になったんだ。親分からほめられたろう」

運転手は何か言おうとするのだが、恐怖のためか言葉が出てこない。

「あの裁判に勝ててよかったと今でも思ってるか」

「じ、じぶんはた、た、た、頼まれてやったんです。悪いとし、し、しってたけ、けど命令さ、さ、されたんす」

「しかしお前もウソの証言をした。口は災いのもととはよく言ったもんだ。なあ、そうだろう」

引き金を引いた。運転手の頭は熟し切ったハニーデュー・メロンのように壊れ、サイドウインドウに叩きつけられた。そのインパクトでガラスが破れた。

大門がドラ息子に向き直った。

「お前があの女性を強姦した本人だな」

「裁判では無罪になっとるんじゃ」

ドラ息子は半分泣いていた。

「お前が強姦して死に追いやったのは、おれの姉だったんだ」

「やりはしたが、殺しはせんだった」

「おまえが殺したと同じだ」

「金ならいくらでも出す！　ほしいだけ言ってくれ！」

「それをあの裁判中に言えば、お前は殺されることはなかった。しかしお前は所詮貧乏人など強姦かいじめの対象にしかしてなかった。だからこれからお前に人間の道を教えてやる。人を卑劣な手段で死に追いやる者に生きる資格はないんだ」

銃を向けた。

「後ろを向け。お前を一発でやるのは惜しいからな」

大門がポケットから両端に握りがついた一本のピアノ線を取り出した。それを後ろからドラ息子の首に巻き付けた。両手でギュッと引っ張った。泣き声とも悲鳴ともつかぬ奇妙な音が彼の口から出た。ゆっくりと力を入れた。

「どうだ苦しいか。もっと苦しめ。おれの父と姉はもっと苦しんだんだ。姉はお前に哀願したろう。病気の父がいます。高校へ行ってる弟がいます。どうかやめてください、と」

ピアノ線が首に食い込み始めた。両手で線をつかもうとするがすでに食い込みすぎてしまっていた。両足をばたばたさせている。おおきく開けた口から舌がだらりと出ている。目玉も飛び出している。

二分ほど十分に苦しませた後、左右の手を思い切り反対方向に引っ張った。ドラ息子の首がぽろりと落ちた。

翌日からマスメディアはお祭り騒ぎだった。首が切断されていることから、猟奇殺人の線も浮かび上がった。ドラ息子の親父の昇竜会会長は、息子を殺した犯人にいきつく情報提供者には一千万円の賞金を出すと発表した。

一週間後、大門は再び新宿に現れた。大久保に近いところにある昇竜会の事務所の向かい側に潜んだ。しかし会長はなかなか姿を見せなかった。二、三日通ったが、それでも会長は出てこない。

会長のほうは一時あきらめて、大門はターゲットを弁護士に切り替えた。三人の弁護士は自分たちは関係ないと思ったのか、まったく無防備な状態だった。彼らを殺《や》るのはごく簡単だった。ひとりは朝自宅を出たとき、車の外から頭めがけて一発発射すればよかった。二人目は銀座の事務所に出勤してきたとき、ロングレンジライフルにサイレンサーと照準器をつけて二百メートル離れたビルの屋上から撃って仕留めた。三人目は銀座のクラブでしこたま飲んで酩酊《めいてい》していたところを友人を装ってかつぎ出し、首の骨を折って近くのゴミ箱に頭を突っ込んでおいた。

この見事な連続殺人の進行は、昇竜会の会長を心底震え上がらせるに十分だった。彼はもよりの警察に出頭して、保護留置をしてくれるよう頼んだ。普段は警察をばかにしているのにしまらない話である。結局、保護留置は原則としてやらないということで、昇竜会の会長は大久保の自宅で子分に囲まれて脅えた日々を過ごすしかなかった。もう死んだも同然だった。

このころ、この事件を別の角度と思惑で見ているふたりの男がいた。ひとりは警視庁捜査第一課の三枝実雄《さえぐさじつお》警視正、もうひとりは当時仕事でアメリカ大使館政治局（CIA）を訪れていたサイモン・ドラッガーという男だった。三枝は長い間刑事をやるかたわら、CIA東京支局のサポート エージェントとして働いてきた。

三枝は一連の殺された人間たちの相互関係に注目した。最初に浮かんできたのは最も残酷な殺され方をしたドラ息子のことだった。彼の記録を調べていくうちに、二年前の裁判の記録が出てきた。それだけで三枝の記憶を蘇《よみがえ》らせるに足りた。今回標的となった者は皆、あの裁判に関係していた。しかも被告側の人間ばかり。ということは殺したのは原告か、それとも原告に近い人間。

しかしあの裁判のあと、確か原告は自殺したはずだった。その一ヵ月前、父親も自殺している。この連続自殺は〝法を守る人間による殺人〟として世間の同情を買った。結果的に大門の長男・勇人が容疑者として浮かんだ。三枝は密かに大門勇人についての捜査を始めた。

そんなある日、CIA東京支局長が三枝を銀座の喫茶店に呼び出した。三枝が会ったこともない男が一緒だった。支局長は彼をリチャードと紹介した。

「捜査のほうはどのくらい進んでるんだ?」

支局長が訊いた。

「もうすぐズィエンドになるんじゃないかな。新宿署や築地署もホシを割り出したようだから、あさってごろにも逮捕となるだろう」

「それにしても見事な殺しの連続だったな。どんなバックグラウンドを持った奴なんだ?」

「習志野の第一空挺部隊の隊員なんだ。レンジャーとデルタをミックスしたような日本最強の部隊だ。昇竜会は愚かにもその一員を怒らしちまった」

「そっちは逮捕状を請求したのか？」

「いや、この件は地元の管轄として各署に任せているんだ。だが皆逮捕にはあまり気乗りしないらしいよ。大門が殺ったのはウジムシのような連中ばかりだったし、日本の裁判制度にも一石を投じたからね」

それまで黙っていたリチャードという男が口を開いた。

「ミスター　サエグサ、あんたに頼みがあるんだが」

「……？」

「その大門という男を私に会わせてくれないか」

「会ってどうするんです？」

「うちに引き抜きたいんだ」

「なんですと⁉」

「どうせ彼は日本にいたら刑務所行きだろう。あれだけの腕を持ってるのに塀の向こうでこれから何年も過ごさせるなんてもったいない。それより私のところに来れば、世界のためにあの腕を使えるのだ。刑事としてのあんたにではなく、有能なサポート　エージェントとしてのあんたに頼んでいるんだ。礼ははずむ。どうだろうか？」

その夜、三枝は習志野にある第一空挺師団の寮を訪れた。警察手帳を見せられた大門は予期していたのか、あわてるそぶりはまったく見せなかった。

三枝はそのまま彼を赤坂のアメリカ大使館に連れて行った。地下の政治局事務所にはリチャードが待っていた。

「率直に言おう。私はCIA要員だ。きみはこのままでは逮捕され、ぶち込まれる。だがそれをさける道はある。われわれのために働けばこれまでどおり自由だ。日本の官憲はきみにタッチできない。それはCIAが保証する。条件はきみがアメリカに来ること。新しいアイデンティティもきみのために用意している」

大門にとっては地獄に仏だった。彼は躊躇《ちゅうちょ》なくリチャードのオファーを受け入れた。

リチャードがパスポートを彼に渡した。

「そうと決まったら善は急げだ。今晩発つことにする」

その夜、大門はリチャードとともに横田の基地からCIAの専用ジェット機でアメリカへと発った。CIAお抱えのヒット　マン藤岡毅の誕生であった。

第七章　ズィアンダーカヴァー

藤岡のペントハウスを出て車に戻ったジョッシュとラリーは支局へと向かった。

「どう思います?」

「何を?」

「フジオカですよ」

「予想どおりタフな野郎だよ。だけど時間をかければ絶対にシッポを出す」

「そうでしょうか?」

自信なげにラリーが言った。

「きみが最後にかませたブラッフは効き目があった。奴の目付きと顔の筋肉にわずかながらテンションが走った」

「そうでしたか。気がつきませんでした」

「われわれのガットフィーリングは絶対に正しい」

「でもあんな男は初めて見ましたよ。全身から感じられるあの冷たさ、表情はないけどクーガーのような獣性を秘めたあの目付き。一対一では会いたくない男です」

「しかし奴だって所詮《しょせん》は人間だ。正しいボタンさえ押せばそれなりに反応する。そのボタンがどれかを探し当てるのが一苦労だろうがね」

「いずれにしても今日はいい経験をさせてもらいました。そのお礼と言ってはなんですが、晩飯をおごらせてください」

「無理するなよ」

「いや、本当におごりたいんです」

「ちなみにどんな料理だ?」

「グランド・セントラルの中です」

「オイスター・バーかね?」

「いいえ」

「スシバーだったらごめんだぜ」

「違います。あそこには素晴らしいホットドッグを食べさせるスタンドがあるんです」

「ホットドッグ!?」

ジョッシュはラリーがふざけているのだと思った。

「あんなホットドッグはほかでは食べられません」

真面目な口調だった。

「ホットドッグは嫌いじゃないが……」

「あれはアメリカ最大の発明です。最もアメリカ的で、あれほど美味しいものはありません。子供のころから毎日のように食べていました」

「きみの家庭は随分と庶民的だったんだな」

「家庭はなかったんです」

「なかった？」

「孤児院で育てられたので」

ジョッシュがハンドルを握りながら、ちらっとラリーに目をやった。

「そんな冗談を言わなくても、ホットドッグには付き合うよ」

「こんなことで冗談言って何になります」

さびしげに笑いながらラリーが言った。

「本当なんです。今ではいい思い出ですが」

「すまない。だが私は、てっきりきみがボストンの上流階級育ちと思っていた。ばかなおじさんのばかな先入観と思って許してくれ」

「謝ることなんてありませんよ。確かに私はある意味では名門といわれる家に生まれたのです。デピエール・セイヴィングズという銀行を聞いたことはありませんか」

ジョッシュが首をひねった。

「そうでしょうね。ボストン郊外にあった小さな地方銀行ですから」

その銀行は南北戦争以前にデピエール一世が設立して以来、代々受け継がれてきた。こつぶながらも伝統と格式を重んずる銀行として、地元では信頼を得ていた。ラリーの父親セドリック・デピエールはその銀行の六代目のオーナー兼頭取だった。

一九七九年ラリーがまだ五歳のとき、銀行が破産した。昔から取引していた地域最大の自動車部品工場への融資が焦げ付いてしまったのだった。セドリック・デピエールはその会社と従業員、さらには地域全体の経済を救おうとして融資したのだが、それが巨額な不良債権となった。持っていた全私有財産を投げ出したが、焼け石に水。裁判で彼は回収の見込みのない融資をしたとして特別背任罪で有罪となって、連邦刑務所送りとなった。

それを苦にして母は自殺した。その時点で親戚《しんせき》も身内もいなくなったラリーは、ボストンの孤児院に預けられた。

もともと体が弱かった父親にとって、刑務所暮らしはきつかった。刑務所に入ってから一年後の冬、風邪がもとで急性肺炎となり帰らぬ人となった。以来高校を出るまでラリーはその孤児院で過ごした。

淡々と話すラリーの言葉を聞いて、人なんて第一印象では到底わからないものだとジヨッシュは思った。人に言えない苦労をしてきたろうし、母や父のいないハンディキャップをいやと言うほど感じさせられることもあっただろう。にもかかわらずラリーは明るく人見知りせず、世間を斜めに見るような態度はおくびにも見せない。

「きみのご両親の血だな」

「何がです?」

「きみの性格さ。明るく、前向き、人をそしらない。それでいてアイヴィーリーグの大学と大学院を出てる」

「孤児院からだってアイヴィーリーグには行けますよ。要は自分の才能を開花させる努力をさせてくれる環境でしょうね。その点私は恵まれていましたから。というのは学校から帰ってきても孤児院の規則でアルバイトはできない。料理の手伝いはプロがいる。掃除は清掃のおじさんやおばさんがいる。われわれには勉強しかすることがなかったのですよ」

「きみは何でもポズィティヴにとるんだな。ますます気に入ったよ。今度うちへ食事に来てくれ。最高のイタリア料理をごちそうするよ」

「奥さんはイタリア系なんですか?」

「半分イタリアで半分ドイツ系だ。ケリーと言うんだが、同棲してもう十五年にもなる。おれが言うのもなんだが、いい女だよ」

グランド・セントラルの西側に路上パークして、ふたりは一階にあるホットドッグスタンドに行った。

「よお、デピエールの旦那。あれ？　パーカーの旦那も一緒でござんすか。しばらくでやんす」

エプロンをかけ白いコック帽を被った黒人の男がふたりに声をかけた。強烈なブルックリンなまりだ。年のころは三十代の後半か。鼻髭《ひげ》をたくわえた人のよさそうな男だ。

「やあフライ、こんなところで働いてるのか。今度はどんな詐欺を考えてるんだ？」

「嫌みでござんすね。あちきはボーン アゲイン クリスチャン《生まれ変わったキリスト教徒》になったんでやんす」

「お前がボーン アゲイン クリスチャンなら、おれはマザー テレサの息子だよ」

「本当の真実でやんすよ。ある朝ベッドにいたら、突然神様からモーニング コールを受けたんでござんす」

「お前のことだからマスでもかいてたんだろう」

「恥ずかしながらそのとおりでやんす。神は雷のような声でこうおっしゃったでやんす。〝フライ、フライよ！　この愚か者めが！　自分の年を考えろ！　地獄の炎で焼かれたくなかったら、金輪際マスかきをやめよ！〟。強烈なメッセージでやんした。ここだけの話ですが」

フライがちょっと声を落とした。

「神様は黒人でござんした」

「そりゃすごい発見じゃないか」

「そんなわけであちきは、今、主の御心《みこころ》のままに動いておりやす」

ジョッシュはからっきし信じてはいなかった。

「夜は主の偉大さに感謝しながら、ハーレムやブロンクスの信者集会で説教をしてるんでござんす」

「今度は宗教詐欺か」

「とんでもござんせん。あちきは」

「まあいい。おれは今じゃFBIだ。お前のような小物には手をつけないから安心しろ」

「ブッシュを知ってたんですか」

ラリーが言った。

「ブッシュ？　こいつの本名はナニー・サック。通称フライ。身が軽いからつけられたのか、それとも不潔で汚いからか、そこのところはよくわからんがね。過去に何度かぱくったんだ。ピンプ《ボン引き》、置き引き、スリ、盗み、小切手詐欺などちんけなことばっかりだがね」

「旦那、久しぶりに会ったのにその言い方はないでござんしょ」

「まだ仮釈放の身と聞いていたが？　ちゃんとパロール《仮釈放》事務局には出頭してるんだろうな？」

「もちろん毎週行ってるでやんす。ボーン　アゲイン　クリスチャンになったと言ったら、事務局の連中は皆感激のきわみ。なかには泣いて喜んだのもいましたでやんす。主の偉大さに感謝感激！　プレイズ　ザ　ロード！」

「連中はサンタクローズのようなのばかりだからな。お前にとっちゃ赤子の手をひねるよりやさしいだろう」

「それは過去のあちきでござんす。今は〝アメーズィング　グレース〟の世界に浸っておりやす！」

ラリーがホットドッグを注文した。彼が代金を払おうとすると、ジョッシュが制して、

「こいつには随分と貸しがあるんだ。そうだな、フライ？」

「何の話でござんしょうか？」

ジョッシュがラリーに向かって、

「何年か前、こいつを地下鉄の中でぱくったことがあった。老婆が席に置いたバッグをかっぱらおうとしたんだが、その瞬間おれはこいつにブレスレットをはめた。そのときこいつどうしたと思う？」

ラリーがにやにやしながら首を振った。

「おれの財布をスリやがったんだ。なかに二百ドル入ってたんだが、そのときおれは気づかなかった。しょっぴいてすぐに簡易裁判所の判事の前に立たせた。判事は罰金を二百ドルとした。それをこいつはおれからスッた金で払いやがったんだ」

ラリーが声を上げて笑った。

「まだ先があるんだ」

とジョッシュ。

「それから数日後、こいつはおれを署に訪ねてきておれの財布を返した。そのときの言い草がいい。グランド・セントラルの構内に落ちてたのを拾ったと言うんだ。一日何十万人という人が歩くところで、こいつが拾ったというんだから奇跡の確率だ。中身は運転免許とクレジットカードはあったが、入れていた二百ドルの現金はなかった。そのときおれはこいつにすられたと初めて気づいた。そこでぶち込もうとしたとき、こいつはうそぶきやがった。判事の判決はすでに言い渡され、自分は罰金も払った。それがなされる前にスリ行為は行われた。だから自分をぱくることはできない。ぱくればダブル《二重》 ジェパディ《の懲罰》となる、と。だがダブル ジェパディは普通、殺人や強盗に適用される。スリや置き引きに適用されるなんて聞いたこともなかった。そこで地方検事局に問い合わせると、確かにこいつの言うとおりだった。殺人に限らずスリにも同じように適用されると言う。大体こいつの口からダブル ジェパディなどという言葉が出てくるとは思わなかった。おかしな話だが、ある意味で尊敬しちまったよ」

　フライが胸を張った。

「今でもブルックリンの知性と呼ばれておりやす」

「つけあがるんじゃない。あのときの二百ドルはまだ返してもらっていないんだぞ」

「わかりやした。主はホットドッグで返せとおっしゃっておりやす。今日は主とあちきのおごりでやんす。プレイズ ザ ロード」

「ところでフライ、主に仕えるかたわらほかに誰に仕えているんだ。このスタンドで働いてるだけじゃ、お前のライフスタイルは保てまい？」

「主はおっしゃってやんす。汝の神はわれのみ。汝はほかの神に仕えてはならぬ。神はひとりなりでござんす。あちきはもうこの世のライフスタイルに未練はないんでやんす」

「だがお前の神はこの世を捨てろとは言ってないだろう？」

「どういう意味でござんしょうか？」

「この世は神が創りたもうた。それを美しく住みよいところにするのがクリスチャンの義務だ。そうだろう？」

「そのとおりでやんす」

「ならばおれたちに協力すべきだ」

「協力と言っても、今のあちきにはできるわけはござんせん」

「だが昔の友達とはまだ付き合いはあるだろう。お前は顔が広いし、おれたちよりずっと多くの人間を知ってる。すごいコネクションも持ってるじゃないか」

「そこには多少の真実があるでござんす」

「そこでだ。最近妙な話や噂を聞いてないかね?」

「と言いやすと?」

「たとえばお前はヤクや武器に手を染めている人間を知ってる。彼らから何かおかしなことを聞いてないか? ただの噂でもいい」

「さあ、あちきはボーン アゲイン クリスチャンになったがゆえに、そういう話には縁がなくなりやしたでござんす」

ジョッシュがちょっと考えてから、

「そりゃ残念だな。もし何か知ってるんなら、ここにいる旦那がお前に二百ドル払うと言ってるんだが。それだけのお布施をもらったら教会は大喜びだろうな。教会でのお前の地位もぐんと上がる。クレディビリティも増す。そうなれば詐欺もやりやすくなると思うぜ」

フライの顔に笑みがこぼれた。

「主はおっしゃっておられるでやんす。もらえるものはもらうべし」

と言って、ラリーに片手を差し出した。

その手をジョッシュが軽く叩いた。

「まずは話を聞いてからだ」

「わかりやした。旦那はダスティ・クロウというあちきのダチ公を覚えてやんすか」

ジョッシュがうなずいた。

「盗品売買と武器売買の元締めだな」

実は中国人外交官殺害の数日後、ジョッシュは相棒だったダニーとともにダスティ・クロウを訪ねて尋問した。だが彼は事件についてはまったく知らないと言った。うそをついているようには見えなかった。

「ダスティとおとといブロードウエイで会ったんでやんすが、奴は困ったと言ってやしたんでござんす。近ごろ武器の商売のほうは上向きで注文がどんと入っているんだが、ある筋から、もし売ったら命はないと脅されていると言ってやした」

「それで？」

「そのときあちきはニューヨーク・タイムズに出ていた記事を思い出したんでやんす」

ジョッシュは思わず笑ってしまった。ニューヨーク・タイムズとフライがどうしても頭の中で合致しなかった。

「何かおかしいことでも言ったでござんしょうか？」

「いや、さすがブルックリンの代表的知性と感心してるんだ。ニューヨーク・タイムズを読むとはね」

「聖書とタイムズは毎日読んでいるんでやんす。そもそも活字の素晴らしさというものは……」

「カットザブルシット！　タイムズのどの記事を言ってるんだ?」

「確か、なんとかシューマーという記者が書いた記事でござんした」

「ジョージ・シューマー」

　フライがうなずいて、

「そこであちきはダスティに言ってやったんでござんす。商売がうまくいっても殺されたら何にもならない、と。主いわく〝たとえ全世界を得ようともおのれの命を失ったらなんの得があろうか〟」

「そのある筋とはいったい何なんだ?」

「それについてははっきりとは言ってなかったでやんすが、別れ際にあきらめの口調で〝アンクルサムとは戦っても無駄だろうな〟と言ってやんした。あちきには何の意味かわからんでやんした。だってアンクルサムとは合衆国政府のことでござんしょ。ダスティがなぜ政府と戦わなきゃならんのでやんしょうか」

　ジョッシュがラリーを見た。ふたりの間に沈黙のテンションが走った。

ラリーがフライに二百ドルを手渡した。

「お前の主によろしく伝えてくれ」

ふたりが彼に背を向けて歩きだした。

「旦那がた！」

フライの声にふたりが振り返った。手にした二百ドル札を振りながら、

「これから主に電話して、あんたがたを祝福するよう頼んでおくでやんす。ゴッド ブレッスユー。ハレルヤ！」

ジョッシュがにやりと笑って、

「やりすぎなんだよ、お前は。教会を売り飛ばすぐらいのことを考えてるのだろうが、腹をくくってかかれ。今度捕まったら確実に十五年は食らうからな。今のままの宗教フリークでいたほうがいい」


月曜日の朝、ジョッシュとラリーは支局長のヘンリー・サリヴァンに呼ばれた。

「グッド モーニング、ジェントルメン」

その声にはいつもの覇気がなかった。かなり深刻な表情をしている。

「単刀直入に言おう。事態は急変した。昨夜ワシントンの長官から連絡があって、今回のフジオカの件に関してわれわれＦＢＩは手を引くことにした」

「手を引くですって⁉」

ラリーがオウム返しに訊いた。

「言ったとおり長官の命令だ」

「ヘンリー、それはないぜ」

とジョッシュ。

「この件はもう少し時間をかければ必ず解けるんだ。連続殺人のホシは奴に決まってる。私とラリーが必ず解いてみせる」

「エージェント・パーカーの言うとおりです。今日明日にもトーキョー支局から奴に関する情報が入ってきますし」

「それは今朝もうきてるよ。私が読んだ」

「……？」

「奴はタケル・フジオカじゃない。本物は何年か前に死んでいる。だがその情報はお蔵入りとした」

「なぜです⁉　すぐにでも奴をしょっぴけるのに？」

サリヴァンが首を振りながら、

「フジオカは今までどおり自由の身にしておかねばならないんだ」

「なんだって⁉!」

さすがのジョッシュも驚きを隠さなかった。サリヴァンが心地悪そうに咳《せき》払いをした。

「これから話すことは絶対に口外してはならない。いいな?」

サリヴァンがもう一度咳払いした。

「実はフジオカはアンタッチャブルな存在なんだ」

「……!?」

「彼を雇っているのはアメリカ政府なんだ」

「CIAか?」

サリヴァンがうなずいた。

「きのう、あんたとラリーはフジオカに会いに行ったそうだな。多分そのあとフジオカはCIAの責任者に連絡したのだろう。その責任者が昨晩、うちの長官に電話をしてきた。かなり荒っぽい話し方をする男だったらしい。名前をリチャードとしか言わなかった。あとで長官がラングレーの長官に照会したところ、対外作戦部の責任者のコードネームが確かにリチャードだと言ったそうだ」

「ちょっと待てよ、ヘンリー。CIAがフジオカを使ってアメリカ国内で殺しをやらせている。それについてそのリチャードとかいう男が認めたと言うのか?」

「まあ、そういうことになるね」

「しかしターフ《縄張り》が違うだろうが。CIAは対外の活動をして、国内はFBIの管轄に入るはずだ。それは法律でもきちっと定められている。CIAはそれを破っているだけでなく、あろうことか殺しをやってる。いったいどうなってんだ！」

「そうですよ」

とラリー。

「アメリカ国内の活動はFBIが全権を持っているんです。それに殺しはどんな事情があるにせよ犯罪です。その罪を犯した者はたとえ誰であろうとしょっぴかねばなりません」

「そんなこと私がわからないとでも思ってるのか。だがこの際仕方ないんだ。わけを聞いたらきみもジョッシュも納得するはずだ」

「そりゃぜひ聞きたいもんだ」

挑戦的な口調でジョッシュが言った。

「話は冷戦時代に戻るんだが……」

サリヴァンが説明を始めた。

アメリカCIAとソ連KGBが雇ったコントラクト キラーのこと、冷戦終結後、それらのキラーをCIAとKGBが抹殺しようとしたこと、何人かは消せたが大部分は地下に潜った。だが九〇年代後半に彼らはひとつのグループとして浮上し、フリーランスで殺しを始めた。そして現在彼らはあるテロリストと組んでいる。そのテロリストはとんでもないことを企んでいる。その彼らを消しているのがフジオカである。もし現状のままで事態が進めば、アメリカだけでなく西ヨーロッパやアジアは大変な目に遭う。サリヴァンの話がジョッシュとラリーに与えたインパクトは、彼らの反応が物語っていた。ジョッシュは腕組みをして空を見つめていた。ラリーの顔色は青く変わっていた。

説明を終えたサリヴァンが言った。

「そういうわけで、フジオカは合衆国と世界のために殺しをやってるんだ。だからアンタッチャブルなんだ」

ジョッシュが大きなため息をついて、

「こりゃリーグが違うな。おれの分野じゃない。短い期間だったが楽しかったよ」

「どういうことだ？」

「どうもこうもない。あんたはフジオカを逮捕するためにおれを雇った。だがフジオカはアンタッチャブル。あんたの説明で納得した。もはやおれの出番はない」

サリヴァンが笑いながら、

「そう早まるな。あんたの出番はこれからだと私は思っているんだ」

「……？」

「これは長官とも話し合ってクリアーされていることだ。このままＣＩＡの言うままに引き下がってはＦＢＩの面目にかかわる。われわれの裏庭でテロが行われようとしているんだ。それを黙って見過ごすわけにはいかない。そうだろう?」

「そりゃそうですよ」

ラリーが意気込んだ。

「このままだったら、われわれFBIの存在価値はなくなります」

「そこでだ。この件に限ってわれわれはCIAとパートナーシップを組むことになった」

ジョッシュがわからないといった表情で首を振った。

「アンダーカヴァー―潜入捜査―だよ、ジョッシュ。あんたはNYPD時代、経験してるだろう」

「それはそうだが、今回はターゲットが違う。ちんけな強盗団やロシアン マフィアじゃない。おれの能力基準をはるかに超えた奴らかもしれない」

「あんたにしては随分と弱気だな」

「弱気じゃない。現実的に考えてるだけだ」

サリヴァンがちょっと間を置いてから、

「さっき私は奴らがとんでもないことを企てていると言ったが、その内容を説明しよう。ひとつはニューヨークのような大都市で細菌をばらまくこと。今のところは天然痘を考えているらしい。第二に戦術核爆弾を使ったテロだ。奴らはリモコンで起爆させるなんて考えていない。核を使ったテロは歴史上初めてとあって、志願者は何人もいるらしい。

これこそ究極の自爆テロだ」

　さすがのジョッシュも唖然とした。ラリーも口を開けたまま茫然《ぼうぜん》自失となっていた。

「奴らを何としても止めねばならない。これこそFBIの存在価値が試されているケースなんだ。あんたとラリーがアンダーカヴァーとして活動してくれれば、われわれは万全なバックアップ態勢を敷く。どうだろうか？　やってくれるか？」

「待ってくれ、ヘンリー。あんたはこのラリーもアンダーカヴァーになれと言ってるのか？」

　サリヴァンがうなずいて、

「そうすればお互いサポートしあえるだろう」

「そりゃまずい。おれひとりでも難しいのに、ラリーが一緒だったら奴らに殺してくれと頼んでるようなものだ。第一、ラリーのカヴァーはどうする？　奴らのことだからFBIのメンバーの名前や顔写真は持ってると思わねば」

「その点は大丈夫だ。スペシャルエージェントの名前は本部のリストには載っていない。奴らが知るわけがないんだ」

「いや、危険すぎる。おれたち刑事でもフェズ《——FBI——》を十メートル離れても見分けることができた。奴らの嗅覚《きゅうかく》はおれたち以上に鋭いと思ったほうがいい」

　サリヴァンがしばらく考えた。

「わかった。こうしよう。ラリーはあんたと私のリアゾン《つなぎ役》として使う。それならいいだろう？」

しかしジョッシュは慎重だった。アンダーカヴァーは楽な仕事ではない。少しのミスをしても命を取られる。

「当然ＣＩＡもアンダーカヴァーを潜入させてるんだろう？」

「それは過去の話だ。今はいない」

「ということは殺されたんだな」

サリヴァンがうなずいて、

「だからこそわれわれのほうが上手《うわて》だと証明するチャンスなんだ。どうだ、やってくれないか？」

ジョッシュはすでに頭の中でシナリオを描いていた。

「オーケー。だがこっちも命をかけるんだ。だからおれのシナリオどおりにやりたい。それが条件だ」

「待ってください」

ラリーが口をはさんだ。

「あなたは私の身分がばれると言ったけど、あなた自身はどうなんです？　ＮＹＰＤの刑事だったころから随分と名前も顔写真も新聞やテレビに出ちまってるじゃないですか？」

「逆にそれがいいんだよ、ラリー」

と言って、サリヴァンに向かって、

「どうだ、ヘンリー。オーケーするかね？」

「命を張るのはあんたなんだ。自分で百パーセント納得がいくシナリオを作ってくれ」

「私は反対します。別の方法があるはずです。第一……」

ジョッシュが片手を挙げてラリーを制した。

「大丈夫だよ、ラリー。おれだってまだ死にたくはない。それよりきみは撃たれて死ぬ練習をしといたほうがいい。奴らに対するおれのクレディビリティは、きみが奴らの前でいかに上手に死ねるかにかかってるんだ」

「ということはラリーの面が割れて、その後はリアゾンとして使えないわけか？」

「クッションを置けばいいんだ。そして変装してクッションに近付く。どうせ一件落着までラリーは変装して外を歩かなきゃならなくなるんだから」

「そのクッションを誰にするかだな？」

ジョッシュとラリーが顔を見合わせた。

「ひょっとしてきみは私が考えているのと同じ人物を？」

ラリーがにやりと笑った。

「ホットドッグ　マン」

「ハレルヤ、ベイビー！」

ふたりがハイタッチを交わした。


翌朝久しぶりにジョッシュは八時近くまでベッドにいた。顔を洗ってキッチンに行くと、すでにケリーは朝食を作っていた。

「ハウ　イズ　マイ　ガール　ディス　モーニング？」

彼女の頬《ほお》にキスをした。

「あまりよくないわ」

「また寝られなかったのかい？」

「寝られはしたけど」

ケリーがテーブルをあごで指した。

「あれを読んだら、あなただっておもしろくなくなることよ」

テーブルの上にニューヨーク・タイムズが置かれていた。

「読まないほうがいいと思うわよ。あなたを酒浸りのアル中なんて書いてるわ。それに私が言ったこともないコメントも載ってるのよ」

ジョッシュが笑いながら、

「タイムズにしちゃ珍しくユーモアのセンスがあるじゃないか」

テーブルに着いてタイムズを開いた。その記事は三面のトップに載っていた。書き手はジョージ・シューマーだった。

ヘッドラインは〝NYPDはなぜベストの刑事を馘《くび》にしたのか？〟。そして小見出しは〝栄光は過去のもの？〟。

『過去に本部長賞八回、長官賞五回の栄誉に与《あずか》ったジョッシュ・パーカー刑事は今、リトル・イタリー街で酒に浸る毎日を送っている。二週間前、彼はNYPDを馘になったのである。その少し前、当記者は中国人外交官殺害について報道したが、パーカー刑事はその最前線に立って捜査を行っていた。推察するに、彼は捜査方法を巡って上司との意見対立があったと思われる。この件についてNYPDに問い合わせたがノー コメントとの答えしか得られなかった。パーカー刑事にも何度か連絡したが、留守とのことだった。ただ彼の妻は〝どうせどこかのバーでやけ酒でもあおってるんでしょ〟と半ば投げやりの口調で語った。

パーカー刑事はいろいろな意味で古い刑事の典型であった。その捜査手法はときに荒っぽすぎて上司や同僚の批判の的だった。しかし常に結果を出したことは誰も否定し得ない』

あとはジョッシュが過去に担当したケースのいくつかが紹介されていた。そして記事の最後はシューマーらしい皮肉で結ばれていた。

『パーカー刑事の射撃やハイスピードチェイスのスキルは右に出る者がいないほど卓越していた。確かにその捜査手法ははめを外していたかもしれないが、NYPDは最高の人材を手放したと言っても過言ではない。極言すれば、パーカー刑事はあまりに仕事熱心だった。その熱心さは何事も適当にこなすという現在の警察機構には合わなかったのかもしれない』

読み終わってジョッシュはにやにやと笑っていた。さすがシューマー。ちゃんと言ったとおりのことを書いてくれた。

「その記者はあなたの友人じゃなかったの」

ケリーはまだ怒っていた。

「まだ友人さ。彼だっておれを友人と思ってるはずだ。だがこれは仕事なんだ」

「それなら今はNYPDよりプレスティージのあるFBIで働いていることをなぜ書かないの?」

「それを書いたら記事がおもしろくなくなるからだろう。今は待遇もいいし、給料もいい。浮かれた気分で働いているなんて書いたら記事の迫力がなくなっちまう」

ケリーがコーヒーをジョッシュの前に置いて腰を下ろした。

「ジョッシュ」

彼を真正面から見据えた。

「ねえ、正直に言って」

「……？」

「あなた、私に何か隠していない？」

「何だ、やぶからぼうに。おれが何を隠さなきゃならないんだ」

「感じるのよ。あなたが危険なことに手を染めてるんじゃないかと」

「今さら何を言うんだ。NYPDにいたときは毎日がやばいことばっかりだったじゃないか」

「でも今はFBI。もっと危険なんじゃないの？」

ジョッシュが笑って打ち消した。

「一番危険なのはチンピラ相手だよ。すぐに撃ってくるからな。だがFBIはそういうのは相手にしない。大物だけだ。大物はそう簡単にキレないから逆に安心なんだ」

ケリーはまだ不安そうだった。

「カモン、ベイビー。スナップ アウト オブ イット。きみを心配させるようなことをすると思うかい。一緒に年をとって黄金の老後時代を一緒に過ごすのがおれの夢なんだ」

「だけど私たち、正式に結婚さえしていないじゃない」

そう言われればそうだとジョッシュは思った。彼女と同棲を始めたのは十五年前、自分が三十五歳で彼女はまだ二十五歳だった。一度結婚に失敗した自分は二度と結婚はすまいと心に決めていた。ケリーもそれはわかっていた。だが何となく始めた同棲生活だったが、もう十五年もたってしまった。その間ケリーは結婚については一言も口にしたことはなかった。ケリーのためにも、そして何よりも自分のためにもそろそろけじめをつけるときかもしれない。

「ひとつだけ覚えておいて。私にはあなたしかいないのよ。あなたがいなくなったらと思うとすごく怖いの。もう私は人生をやりなおせないのだもの」

「きみらしくないな。火の玉ケリーのスピリットはどこにいっちまったんだ」

彼女の顔に笑みが戻った。

「そうね。今日の私ってちょっと変ね」

こういう素直さが好きだった。

「ああそうだ。隠してたわけじゃないんだが、明日からおれはちょっと家を離れることになった。クワンティコに行かなければならないんだ」

「クワンティコ?」

「FBIの訓練所だ。一応受けておいたほうがいいと支局長のサリヴァンに言われたんだ」

「どのくらい行ってるの？」

「せいぜい一ヵ月かそこいらだろう」

「じゃ、一ヵ月間は安全ね」

「安全どころか窮屈でしょうがないだろう。訓練中は一歩も基地から出られないんだから。外との連絡はいっさいしてはならないらしいから、きみに電話もできないかもしれない。でもきみが家を守っていてくれれば安心できる。帰ってきたら正式に結婚しよう」

ケリーがまじまじとジョッシュを見た。

「本気で言ってるの？」

「当たり前じゃないか。ぐずぐずしてたらきみに逃げられちまう。きみのような素晴らしい女を逃がしちまったらおれの男がすたる」

彼女が立ち上がって彼に近付き、その膝の上にすわった。両手を彼の首に回した。

「改めてプロポーズしたい。これからの人生の舞台でずっとおれの相手役をやってくれるか？」

ケリーがいたずらっぽい口調で、

「さあ、どうしようかな。ちょっと考えさせてもらうわ」

しかしすぐに真剣な表情になって、彼を力いっぱい抱きしめた。

「答えはもちろんイエスよ。イエス、イエス、イエス、イエス」

翌日からジョッシュはリトル・イタリーにあるバーを回り始めた。不精髭《ぶしょうひげ》によれよれの背広はホームレス一歩手前といった姿だった。〝ヴィトズ〟、〝カーロズ〟、〝ブルー・エンジェル〟など主だったバーに入り浸った。

最初の四日間は何もなかった。カウンターにすわっているのは皆ジョッシュ同様アルコール依存症で、人生の敗北者という感じのする男や女ばかりだった。

五日目に変化が起きた。朝八時から〝バー・コンテッサ〟のカウンターにすわってバーテンダー相手に人生を呪《のろ》い、NYPDについて悪態をついていた。毎日同じ話を繰り返す彼にバーテンダーは辟易《へきえき》していた。朝早いせいか、客はほとんどいなかった。

ふたりの男が入ってきてジョッシュを挟んですわった。ふたりとも背広は着ているが、きつい人相をしている。

「あんたミスター　パーカーだろう？」

ひとりが訊いた。

「それがどうしたってんだ！」

ほとんど巻き舌でジョッシュが言った。

「NYPDを辞めたっていうのは本当かね？」

「気安く話しかけるんじゃねえ！　おめえらいったい誰なんだ？」

「これは失礼。私はジョー、そっちの男はジムと言うんだ」

　ジョッシュがげらげらと笑った。

「見え透いたうそをつくんじゃねえよ。本名を言わないところを見ると、おめえらフェズだな。奴らのコード ネームは大体ジョー、ジム、リチャードと決まってるからな」

「いや、われわれは決してフェズなんかじゃない」

「じゃ、何なんだ？」

「ただのビジネスマンさ」

「ビジネスマンがこんな朝っぱらからこんな場末のバーで飲んでていいのか？」

「息抜きさ。たまには必要なんだ」

「ところでディテクティヴ パーカー」

　ジムが初めて口を開いた。

「ニューヨーク・タイムズに出ていた記事は事実なのかね？」

　ジョッシュがジムに向き直った。

「今何て言った？」

「ニューヨーク・タイムズの記事について訊いたのだが」

「その前に言った言葉だ。もういっぺん言ってみろ！　おれを何と呼んだ、ええ⁉」

「ディテクティヴ　パーカーと」

「馬鹿野郎！　おれはもうデカじゃねえんだ。ゴミ野郎！」

ジムとジョーが渋い表情で顔を見合わせた。酒癖の悪い奴に会ってしまったといった感じだ。

「三十年間真面目にお勤めをしてきたおれが、なんで馘にならなきゃならんのだ、ええ⁉　だけどあんなクソみてえなところはこっちからごめんだ。今じゃせいせいしてるんだ」

「しかし惜しいね。あんたほどのデカが」

「そう思うか？　だったら一杯おごれ！」

「ヘイ、バーテンダー」

ジョーが隅にいるバーテンダーに声をかけた。

「〝ヘイ、バーテンダー〟とはなんだ？」

ジョッシュがぎらついた目でジョーをにらんだ。

「ミスターをちゃんとつけろ。それが礼儀というもんだろうが！」

「ミスター　バーテンダー、この人に同じものをもう一杯頼む」

「そうだよ。それでいいんだ。ちゃんとできるじゃねえか」

バーテンが注いだバーボンをジョッシュが一気に飲み干した。グラスを叩きつけるよ

うに置いて、

「もう一杯おごってくれるか？」

「それはかまわないが、もう十分飲んでるんじゃないか」

「おれが酔っ払ってるとでも言うのか⁉」

「そうは言ってないが」

「いや、おめえはそう思ってる。だがおれは酔っ払ってなんかいねえ。六十フィート離れたところからでもおめえらの心臓をぶち抜くことぐらい簡単にできるんだ」

「それはわかってる。あんたは射撃の名手らしいからな」

「らしい？　そりゃどういう意味だ。おれの腕を疑ってんのか、ええ⁉　じゃ見せてやろうじゃねえか」

ジョッシュが止まり木から降りた。腰の後ろに手を回して銃を引き抜いた。S&W45口径が鈍い光を放った。ふたりの顔色が変わった。ジョッシュが向きを変えて奥の壁を銃で指した。壁までの距離は優に二十メートル以上はある。

「あのダーツの標的が見えるか？」

ふたりがうなずいた。

「あのど真ん中がおめえらの心臓と思え」

ジョッシュが標的に銃を向けると同時に引き金を引いた。乾いた爆発音が起きた。一発、二発、三発……。

「見てこい」

ジョッシュがジムに命じた。ジムが足早に標的に向かった。

「すごい！」

ジムの声は上ずっていた。

「全部真ん中に命中してる！　何という腕だ！」

遠くからその光景を見ていたバーテンダーが、カウンターの上にある電話に手をのばした。

「ミスター　バーテンダー！」

ジョッシュの銃口が彼に向けられた。

「サツを呼ぼうなんてやぼなことはやめたほうがいいぜ」

ジョーがあわてて財布を取り出した。百ドル札を五枚カウンターの上に置いた。

「ミスター　バーテンダー、これで壁の修理をしてくれ」

「おめえ気前がいいんだな。気に入ったぜ」

「どうだろう？　場所を変えて飲み直さないか」

「今何時だ」

「八時三十五分だ」

「もう行かなきゃ」

「何処《どこ》へ？」

「ヴィレッジのドヤに帰るんだ。昨日から寝てねえんだ」

「三十分でいいから付き合わないか。ちょっと話があるんだ」

「どんな話だ？」

「あんたの腕とNYPDにいた経験が役にたつ仕事があるんだ」

「仕事？　興味ないね」

「実はわれわれは警備会社をやってるんだが、あんたのような男を捜してたんだ」

「なあんだ、警備会社か。なおさら興味ないね」

「給料はあんたのほしいだけ払う」

ジョッシュが笑いながら、

「年俸五十万ドルでどうだい？」

「いいだろう」

「冗談、冗談。やっぱりやだね。おれはもうお堅いところでの仕事なんて真っ平なんだ。サンクス フォー ザ ドリンクス」

言い残して、ジョッシュはふらふらとした足取りでバーから出て行った。

その姿を見ながらジムがジョーの耳元でささやいた。

「尾《つ》けるべきかな？」

ジョーがかぶりを振った。

「その必要はない。奴のアドレスはわかってるんだし、もし尾けてることを見破られたら何をされるかわかったもんじゃない。奴はまるで獣だ。本物のアル中だよ」

「だがハジキの腕はすごい。あんなのはめったにいないよ」

「自信を持って推薦できる。早速帰ってスパーン氏とグリシェンコ氏に報告しよう」


翌日の昼近くにジョッシュはグリニッチ・ヴィレッジの古びたアパートを出て、リトル・イタリーへと向かった。ウエスト・ヒューストン・ストリートからバワリー・ストリートに曲がったとき後ろから声をかけられた。ふたりの男が近付いてきた。

「ミスター・パーカー！　ちょっと付き合ってくれないかね？」

「失礼だが、あんたがたは？」

ふたりが顔を怪訝《けげん》な表情で見合わせた。

「昨日リトル・イタリーで会ったばかりじゃないか。私はジョーで彼はジム。まさか忘れられたんじゃあるまいね」

ジョッシュが首を振った。

「悪いがまったく覚えてないんだ。酒を飲めば思い出すかもしれんが」

「本当に覚えてないのかい？」

「あんたがたに対して何か失礼なことでもしたんなら謝る」

「いやいや、失礼なことなんてとんでもない。われわれを覚えてないほど酔っていて、あれだけの腕を見せてもらったんだ。お礼を言わせてもらうよ。ところで何処へ？」

「リトル・イタリーで朝飯でも食べようと思ってね」

「じゃ、一緒にどうだね。おごらせてもらいたいんだが」

「しかしおれの朝飯はあんたがたのとは違うんだ」

「わかってる。こっちのほうだろう？」

ジョーが親指を口に突っ込むジェスチャーを見せた。

「だが少しの間だけでいい。われわれに付き合ってくれないか」

「何か話でもあるのか？」

「昨日私が言った仕事の話についてだ」

「仕事の話？」

「それも覚えてないのか。それならなおさらのこと、話を聞いてもらいたい。あんたが素面《しらふ》のうちにね」

「仕事なんておれには興味ないよ」

「話だけでも聞いてくれ。頼む」

ジョッシュが肩をすくめた。

「わかったよ。でも何の約束もしないぜ」

三人は近くのダイナーに入った。ハードスタッフ《強い酒》がないのでジョッシュはビールをオーダーした。

ジョーが周囲に目をやって低い声で、

「昨日ちょっと仕事について話したのだが、本当に覚えてないのか？」

ジョッシュがかぶりを振り振り、

「恥ずかしながら全然」

「あんたは年俸五十万ドルほしいと言った。それをこっちはオッケーした」

ジョッシュが口笛を吹いた。

「本当かね！　それでおれは何と言ったんだ？」

「興味なしと言ったよ」

「まさか！」

「本当だよ。それで改めて訊きたいんだが、どうだね？」

そのとき入り口のドアーが開いて、ふたりの男がダイナーに入ってきた。ひとりは肩幅が広くがっちりとした体格で、もうひとりは長身でやせ形。両方とも五十代の終わりに見えた。ふたりとも耳に小さなワイアレスのイヤーフォンをつけているのをジョッシュは見逃さなかった。ふたりはジョッシュたちから十メートルほど離れたブースにすわった。

ジョッシュがジョーをジーッと見据えた。

「ワイアーをつけてるな?」

「……?」

ジョッシュが突然立ち上がってテーブル越しに両手をのばした。ジョーの両襟をつかんで思いっきり彼を引っ張り上げた。素早く彼のボディチェックをした。一本のワイアーと小さなマイクロフォンを彼のシャツの下から引きずり出した。ジョーのとなりにすわったジムが内ポケットに手を入れた。

「やめとけ!」

ジョッシュが言った。

「おれが正確なのはハジキだけじゃない。あんたが抜く前に、その目玉をえぐり出してやってもいいんだぜ」

ジョッシュがジョーをシートに押し倒した。

「こりゃ何の真似だ? 何のためにおれとの会話を盗聴する必要があるんだ?」

「すまん。勘弁してくれ。意味はないんだ」

「意味がないだと? やっぱりフェズだな」

「それは違う！　誓ってもいい！」

「じゃ、なんでこんなおもちゃをつけてるんだ？」

「雇い主に頼まれたんだ」

さきほどダイナーに入ってきたふたりの男が近付いてきた。ふたりともすでにイヤーフォンを外していた。彼らを見てジョーとジムがあわてて立ち上がった。

「失せろ！」

長身の男がふたりに言った。ジョーもジムも顔面蒼白《そうはく》の表情でそそくさと出て行った。

「ミスター　パーカー、部下が大変失礼なことをして誠に申し訳ない」

と言って、ジョーたちがすわっていたシートを指して、

「ご一緒してもよろしいでしょうか？」

「どうぞ勝手に」

ふたりが腰を下ろした。

「私はクリスという者です。こちらはパートナーのイアン」

ふたりとも笑ってはいるが、笑顔がどうにも似合わない。

「あんたがたにはラスト　ネームというものがないのかね？」

とジョッシュ。

「ジョーとジム、今度はクリスとイアン。やばいことでもやってるんじゃないのか？」

「仕事上ラストネームはできるだけ使わないことにしているんです。用心のためです。もちろん親しくなった人間には言いますが」

「それで用件は？」

「あなたにうちで働いてほしいのです。確か年俸五十万ドルならオーケーと部下におっしゃったはずですが」

「そうらしいね。だけどそれだけ払う仕事っていったい何なんだ？」

「警備会社です。ＶＩＰのガードが主ですが、もっとセンスィティヴな仕事もあります」

「たとえば？」

「それについてはまだ言えません。ただ非常に世のため人のためになる仕事です」

「しかしこのおれに五十万ドルなんて信じられんな」

「あなたの実力とマッチする額だと思いますよ。ＮＹＰＤはあなたの能力をただ同然に使っていた。そしてあなたをお払い箱にした。ひどい仕打ちだとは思いませんか？」

「だがおれに何ができる。おれも所詮《しょせん》は巨大な官僚機構の駒にすぎなかったんだ」

「でも復讐《ふくしゅう》はできますよ」

「復讐？」

「ドンパチでやれなんて言ってません。警察機構に恥をかかしてやるんです。それだけで十分な復讐にはなりますよ」

ジョッシュが首を振った。

「あんたの言ってることがわからんよ。ただひとつだけ言えるのは、おれはまだあんたがたが誰なのかをつかめていない。フェズかもしれないとも思っている」

クリスの表情にフラストレーションがにじんだ。

「なぜそう思うんです?」

「エサが大きすぎる。初めて会ったおれに五十万ドルもくれるなんて、常識じゃ考えられないからね」

「ですから今も言ったように、あなたの能力はその価値があるんです」

「たとえばの話、もしおれがお宅で働くとなったらさしあたって何をするんだ? あくまでたとえばの話だが」

「そうですねぇ」

クリスがわきにすわったイアンを見た。

「あんたにはまずボディガードをやってもらう」

強いロシアなまりの英語だった。

「誰のボディガードだ?」

「われわれふたりのさ」

「あんたがた、そんなやばいポジションにいるのか?」

「もしもの場合にそなえての話だ」

「あんたはロシア人だな? なあるほど、そういうことか。ロシアン マフィアの内部抗争は厳しいからね。しかし」

と言ってクリスに目をやった。

「このロシアの御仁とあんたのような紳士がパートナーシップを組んでるなんて解せないねぇ」

「いろいろありますから」

クリスが笑った。

「今でもボディガードはいるんですが、あのジョーやジムと同じような連中でして、少々心もとないんです。だがあなたは違う。刑事として培った鋭い勘、実践で鍛えた射撃の腕。ニューヨーク・タイムズのお墨付きではないですか」

「なるほど。ギャング抗争か。おもしろそうだ。確かにあんたがたはVIPだろうしね」

「のってくれますか?」

ジョッシュがふたりの肩越しにちらっと目をやった。顔をしかめて舌打ちをした。

「ボディガードを待たしてるのか?」

「いや」

イアンが言って振り向こうとした。

「見るな！　そのままにしてろ！」

ジョッシュが低くシャープな口調で言った。

「誰かいるのか？」

「さっきからうろうろしてやがる」

「何人だ？」

「見えるのはひとりだ。あんたがた車で来たのかい？」

「ああ。ここのそばに停めてある」

イアンが言った。

「埠頭《ふとう》まで乗せていってくれないか」

「それはかまわないが、なぜだ？」

「説明はあとだ。さあ行こう」

三人は払いをすませて、店から数十ヤード離れたところに停まっているキャデラック・フリートウッドのリモ（リムジン）に乗り込んだ。

「第四十埠頭の近くまで行ってくれ」

ジョッシュが運転手に言った。

車が走りだしてからしばらくして、ジョッシュが後ろを振り返った。黒塗りのビューイックが三十メートルほど離れてついてくる。

「あんたがたの部下にこのリモを尾行するよう命じてるのか？」

「いや」

ジョッシュが再び運転手に声をかけた。

「次のブルーム・ストリートを右に曲がって真っすぐ行ってくれ」

後ろを見ると、まだビューイックがぴったりとついていた。

「あんたがたがフェズじゃないということがわかったよ。尾けてるのはＦＢＩの車だ。あんたがたを監視してるんだな。おれには用なんてないはずだ」

リモはソーホー地区を抜けて、ウエスト・ブロードウエイを突っ切ってヴァリック・ストリートを右に曲がって五百メートルほど先にあるクラークソン・ストリートで左に入った。

第四十埠頭は目と鼻の先にあった。

「ここで停めてくれ！」

リモが急停車した。ビューイックは五十メートルほど離れたところで停まった。

「埠頭まで付き合ってくれ」

ジョッシュがクリスとイアンに言った。

「何をしようってんだ?」

イアンが訊いた。

「あんたがたは、ただついてくりゃいいんだ」

三人が埠頭に向かって歩き始めた。

いつの間にかビューイックは消えていた。

クラークソン・ストリートとグリニッチ・ストリートの交差点を横切った。周囲には人っ子ひとりいない。車も走っていない。あるのは無数のコンテナと倉庫。

ジョッシュが歩きながら腰の後ろから銃を抜いた。

「どうするんだ?」

イアンが訊いた。

「あんたがたのために最初の仕事をしてやろうってんだ。後ろを振り向くなよ」

「殺すのではあるまいね」

イアンが心配げに訊いた。

「あそこの角を右に曲がって、そのままあんたたちは歩き続けてくれ。何か会話をしたほうがいい。黙って歩くと硬さが出るから、奴に警戒心を起こさせる。何か話せ! 天気のことでも株のことでも何でもいい」

三人が角を曲がった。ジョッシュがそばの倉庫の壁に貼《は》り付いた。

「さあ、ゆっくりと歩き続けてくれ。奴に聞こえるぐらいの声で話したほうがいい」

壁に背中をくっつけたままジョッシュは待った。足音が聞こえ始めた。急速に近付いてくる。息遣いも聞こえる。

彼が角を曲がった。その瞬間、ジョッシュが後ろからその背中に銃を突き付けた。三十メートルほど離れたところでクリスとイアンが立ち止まって後ろを見ている。

「ちゃんと準備はしてきたな」

ジョッシュがささやいた。

「ヴェスト《―防弾チョッキ―》は着てます。手帳とバッジは内ポケットです」

ラリーの声は緊張していた。これが演技ならたいしたものだとジョッシュは思った。

「落ちたらすぐに深くもぐって、埠頭の内側に潜んでいてくれ」

「お手やわらかに願いますよ。なにしろ初めてなんですから」

クリスとイアンに近付いた。

「やっぱりこいつはフェズだったよ」

ジョッシュがふたりに言った。

ラリーの内ポケットから抜きとったＦＢＩの手帳と中のバッジをふたりに見せた。

ラリーに銃を突き付けながらジョッシュがふたりに向かって、

「こいつを殺してもいいな？」

「ちょっと待て！」

イアンが言った。

「フェズをばらしちゃ、やばいんじゃないか」

「ほう、なぜだ？」

「奴らは仲間意識が強い。仲間を殺《や》られたら、どんなことをしてでも犯人を追いつめる。捕まえたら拷問《ごうもん》だってする」

「捕まらなければいいんだ。捕まる奴はばかなんだよ」

ジョッシュがラリーを埠頭の先端まで連れていった。

「やめたほうがいいと私は思うがね」

イアンはまだ言っていた。

ジョッシュがイアンを見据えた。

「あんたやっぱりフェズだな？」

「何をばかな！」

「だってさっきからこいつを助けようとしているじゃないか。いいか。よく聞けよ。あんたがたはおれを雇いたいと言った。だがいまいちおれはあんたがたを信用していない。こいつを殺すことに賛成か反対か。これはおれがあんたがたに課すテストなんだ。クリス、あんたはどうなんだ？」

「私はかまわないさ。FBIがひとり減るだけのことだ」

クリスは冷ややかに笑っていた。

「イアン、あんたは？」

イアンが自らを納得させるようにうなずいた。

「しょうがない。こいつの運が悪かったんだ」

ラリーが埠頭の縁に立った。ジョッシュが五メートルほど彼から離れた。

「私を殺っても何の意味もないぞ」

ラリーが胸を張って言った。

「おまえたちはすでにマークされてるんだ。連邦捜査官を殺したらどうなるかは知ってるだろう」

ジョッシュが鼻で笑った。

「さすがFBIだ。なかなか腹がすわってるね、坊や」

次の瞬間、ジョッシュが手にしたS&W45口径が火を噴いた。ラリーの体は二メートルほど後ろに吹っ飛ばされて、そのまま濁り切ったハドソン川のもくずと消えた。

クリスとイアンが埠頭の縁に走り寄って下を見た。

「心配するな。確実に奴は死んでるよ」

「残念なのはFBIを殺っても一銭の金にもならないことだ。だがあんたの度胸は認める」

イアンの言葉にはある種の尊敬がこもっていた。

「五十万ドルのオファーはまだ生きてるかね」

「条件つきでね」

クリスはもはや笑ってはいなかった。

「第一の条件はあんたが人を殺すときはわれわれの言うターゲットだけとすること。第二にむやみやたらと人と争わないこと。エネルギーの無駄だからだ。第三は酒はある程度まではいいがブレーキをかけること。第四にイアンと私の命令には絶対服従を誓うこと。そんなところだ」

「なるほど。じゃ、おれの条件も言おう。あんたの言った第一の条件は受け入れない。誰かが撃ってきたら、当然自衛のために撃ち返さねばならん。いちいちあんたがたにお伺いをたてるわけにはいかんからな。あとの条件に関してはオーケーだ」

クリスとイアンが顔を見合わせてうなずいた。

「よかろう。よろしく頼むよ」

クリスが言った。

「そうと決まったらアドヴァイスをしよう。まずリモには乗らないことだ。目立ちすぎる」

「あれは完全防弾になってるんだ」

「大統領のリモだって防弾装置はつけられている。しかし完全とは言えない」

「大丈夫だよ」

イアンが言った。

「これまであのリモを使って生き延びてきたんだ。車を替えるつもりはない」

ジョッシュが肩をすくめた。

「オーケー、どうせあんたがたの命なんだ」

第八章　見せしめ

ドゥバイ

テルアヴィヴを発ってからパリに一泊したあと、レイチェルはアンマン経由でドゥバイに入った。いつものように〝消毒〟は完璧だった。本部の記録部は三冊のパスポートを用意してくれた。テルアヴィヴとパリ間はフランスのパスポートを使い、フランス入国と同時にそれを処分した。パリ―ドゥバイ間はアラブ首長国連邦のパスポート。これもドゥバイに入ったあと焼き捨てた。残ったのはドゥバイ出国とアメリカ入国のためのイギリスのパスポート。

パリを発つとき、レイチェルは頭から足元まですっぽりと包む黒いブルカに着替えた。目の部分だけは開いているが、ブルーの瞳を黒に変えるためにコンタクトをつけた。歩き方や動作もアラブ女性になりきった。

ブルカはプラスティック銃を隠すのに最適だった。ドゥバイの税関は敬虔《けいけん》な女性イスラム教徒のボディチェックはしない。

税関を出ると空港内のレンタカー事務所に行って、一番馬力のあるランドクルーザーを借りた。車の中でブルカを脱ぎ、Tシャツとジーパンに着替えコンタクトも外した。ドゥバイの西洋スタイルのホテルは、家族や夫と一緒ではないアラブ人女性は泊めないことになっている。

バッグの中からジャーナリスト用のヴェストを取り出してひっかけた。

イギリス人女性フォトジャーナリスト、アイリーン・ヘネシーに変身した彼女は、市内にあるカンダーラ・ホテルへと向かった。

その日から彼女はドゥバイ市内や郊外の砂漠へ行って写真を撮りまくった。ホテルを出た途端に尾行されていることに気づいた。これは予想できた。アラブの国々では外国人、特に白人は警察や情報機関にマークされる。そして少しでも怪しげな行動をとったら、ただちにしょっぴかれる。ドゥバイも例外ではない。

こういった尾行はだいたい二日か三日で終わる。それ以上はマンパワーの不足で続けられないからだ。

レイチェルに対する尾行は三日目の夕方でやんだ。仕事を終えるのは一週間以内の予定だったので、まだ時間は十分にある。

四日目の朝、一階のレストランで朝食を終えてロビーの見通しのいい場所にすわった。

新聞を読みながら周囲を入念にチェックした。

エレヴェーターは五基あるが、それらと少し離れたところにも一基あり、その前に男が立っている。多分その一基が三十五階に直行するエル・シャフェイ専用のエレヴェーターだろう。

フロントのカウンターは十メートルほどの長さで、その後ろには五人の男がいる。カウンターの下にはおそらく散弾銃ぐらいは置いてあるはずだ。

ロビーのあちこちにイヤーフォンをつけたゴリラのような体格の男たちが立っている。背広姿より軍服のほうが似合いそうな男ばかりだ。

思ったとおり警備は厳しい。毒針を使ってもこの中で殺《や》るのはちょっと無理かもしれない。たとえ仕留めてもゲットアウェイに難がある。

三十五階に時限装置つきのプラスティック爆弾は仕掛けられるだろうが、そこに辿《たど》り着くまでに何人かのボディガードを片付けねばならないし、肝心なターゲットがそこにいる時間が定かではない。それに爆弾を使えばほかの階にいる泊まり客にも被害がおよぶ。できることならそれはさけたかった。

時計を見ると十時近かった。部屋に戻ろうと立ち上がったとき、さきほどからロビー内にいた私服のガードたちが一斉に玄関のほうを注視した。玄関の外にはベントレーとランドクルーザーが停まっていた。

ベントレーからふたり、ランドクルーザーから三人の男が降りてきて玄関を入った。

今日はついてる。まさに〝マイ デイ〟とレイチェルは心の中でほくそ笑んでいた。

五人の中のひとりはテルアヴィヴの本部で写真を見て頭にたたきこんだ顔、アブドゥラ・エル・シャフェイに間違いなかった。土色の皮膚とほとんど髪のない頭。ダブルの背広を着ているが、運動不足のせいかだいぶ腹が出ていて、五十より十歳は老けて見える。

ボディガードはエル・シャフェイの前にふたり、後ろにふたり。四人ともアラブ人ではなく、しかも民間人上がりでもないのは確かだ。ロビーを固めたガード同様、多分イギリスかアメリカからの傭兵《ようへい》だろう。

彼らの反応能力がどれほどのものかチェックしておくのもよいかもしれない。レイチェルはそばに置いておいたカメラを取り上げて、彼らに向かって歩き始めた。

五人はフロント カウンターの前を通り過ぎようとしていた。

「社長！」

カウンターの向こうから声がかかった。エル・シャフェイが歩を止めた。

「さきほどアブダビのプリンス アル・バンダーから連絡がありまして、ミーティングは明日の三時とのことです」

「例のカイロからの書類は届いてるか？」

「今コピーをとってるところです」

「でき次第三十五階に持ってきてくれ」

ボディガードとともにエレヴェーターへと歩き始めた。レイチェルが一行に近付いた。

「ミスター　エル・シャフェイ！」

彼女がカメラを向けた。

「ノー　カメラ！　ゲット　オフ！」

ボディガードのひとりが怒鳴った。

しかし彼女はすでにシャッターを押していた。首からぶらさげた記者証を見せて、

「すいません。ロイターのフォトグラファー、アイリーン・ヘネシーです」

彼女を怒鳴った男が、彼女の手からカメラを叩き落とそうとした。彼女がひらりとそれをかわした。

「待て、クリフ！」

今度はエル・シャフェイが怒鳴った。

「レディに対して乱暴はいかん！　しかもロイターじゃないか」

と言って、レイチェルに向かって、

「大丈夫かね、お嬢さん？」

「ありがとうございます。まさかここで世界的な大富豪にお会いできるとは思ってもお

りませんでしたので、つい興奮してシャッターを押してしまいました。無礼をお許しください」

「ロンドンから来たのかね？」

「はい、発展する湾岸諸国の特集を組んでるのです」

「ここの印象はどうだい？」

「素晴らしいの一語につきます。厳しい地形の砂漠とこのホテルに象徴される近代的大都会が不思議に溶け合って、ロマンとイマジネーションをかき立てます」

「このホテルは私のものなんだよ」

「本当ですか。ロンドンにもホテルをお持ちでしょう？」

エル・シャフェイが得意げに、

「ホテル・スフィンクスのほか二軒持ってる。デパート チェーンもある」

話しながらレイチェルは考えていた。

明日の午後三時はアブダビのプリンスとのミーティングがあることはさっき耳にした。問題はそのミーティングがここで行われるのか、それとも彼がアブダビに行くのかだ。もしアブダビに行くのならヘリを使うのか、それとも車なのか？　それらの答えによって作戦内容はずいぶんと違ってくる。

「インタヴューをお願いできませんか？　あなたが出てくださったら、特集にハクがつきます。ぜひお願いします」

「受けてやりたいが、なにせ時間がないんだ」

「明日の午後はいかがでしょう?」

「無理だね。三時までにアブダビに行かねばならないんでね」

「アブダビ行きの車の中でというわけにはいきませんか? もしそれができるなら、私はロンドンへの出発をのばしてもいいと思っているのですが」

エル・シャフェイが苦笑いしながら、

「強引だね。だが無理だ。車の中でも書類を読んだり、電話で配下の企業と連絡をとったりする仕事があるんだ。それに休養がとれるのは車の中ぐらいなものだからね。なにしろ体がいくつあっても足りないほど忙しい身なんだ」

「それは残念ですわ。でもひとつお願いをかなえていただけますか?」

「何だね?」

「ミーハーと思われるでしょうけど、一緒に写真を撮っていただきたいのです。ここで世界的大富豪とお会いできるなんて夢にも思いませんでした。一生の記念にしたいのです」

「いいだろう」

彼女がボディガードのひとりにカメラを渡した。

エル・シャフェイに寄り添って彼の腕に手をまわした。

「いつまでここに滞在するのかね？」

エル・シャフェイがカメラを見ながら訊《き》いた。

「あすの夕方の飛行機でロンドンに帰る予定です。でもまた来ますから、そのときぜひインタヴューをお願いします」

ボディガードが撮り終えてカメラを彼女に返した。彼女が大袈裟《おおげさ》な言葉でエル・シャフェイに礼を言った。

「ぜひまた会いたいもんだ。あんたのような美人さんならいつでも歓迎するよ」

言い残して、エル・シャフェイはボディガードたちとともに専用エレヴェーターに向かった。

その後ろ姿を見るレイチェルの口元に小さな笑いが浮かんだ。ばかな男だ。殺される方法と時間と場所を自分から指定したようなものだ。彼女は玄関を出て、そこに停まっている二台の車のライセンス ナンバーを確かめた。

その日の午後、レイチェルはランドクルーザーを駆ってドゥバイからアブダビへの道を詳細にチェックした。

両都市を結ぶ道は高速道路が一本だけ。アブダビまでは二百キロ弱。都市部から郊外までの道は整備されて高速道路と呼ぶにふさわしいが、いったんそこを離れると砂漠地帯となる。道路は細い二車線となって延々と砂漠を突っ切る。路肩は土と砂だけで緊急用の電話もない。行き来する車も非常に少ない。数カ所で彼女は車を停めて、周囲の地形や道路の滑り具合や曲がり具合、目撃者存在の可能性などを調べあげた。

夕方の六時近くにホテルに戻ると、自室でプラスティック銃を組み立てた。しかし考え直して、もう一度ばらばらにしてしまい込んだ。もしもの場合ということもある。ちょっと部屋を留守にした間、誰かが入って来て荷物や部屋の中をチェックする可能性はある。宿泊客が部屋にいてもチェックに来ることだってあるのがアラブの常識だ。最後の最後まで油断は禁物である。

新人のときよくサブラック少将に言われたものだった。〝刺客の最大の敵は油断だ。油断イコール自分の死と受け止めろ。気を緩《ゆる》めることができるのは、標的を仕留めて追っ手を振り切って、キブッツ サムソンに帰って来たときだけだ〟

翌日の朝食後、レイチェルは荷物をまとめてカンダーラ・ホテルをチェックアウトした。ドゥバイからアブダビまでの所要時間は二時間半から三時間と彼女は見ていた。とすると、エル・シャフェイはホテルを遅くとも十一時半には出発する。問題は昨日のように護衛の車がランドクルーザー一台なのか、それともベントレーの後方にもつくのかだ。

しかしそれをチェックしている時間はない。まずは二台が前後を固めると思って準備したほうがいい。

ホテルを出てアブダビへの高速道路に乗って、昨日まえもって決めていた地点へと向かった。

その地点に到着するまでの時間は一時間と十分。そこまでほぼ真っすぐだった道路が、そこからアブダビ側にかけて蛇行状態でカーヴしている。その区間が約二百メートル。周囲には遊牧民の姿もなければ、放し飼いのヤギさえいない。真っ青に澄んだ空には鳥も飛んでいない。灼熱《しゃくねつ》の中ですべての生き物が溶けてしまっているかのようだった。

路肩に車を停めて準備にとりかかった。

バッグの二重底から二本の信管を取り出した。それらの信管には電子回路が内蔵されている。次にレンガよりやや小さい長方形の粘土の固まりをふたつ取り出し、それらに信管を刺してそれぞれをティッシュペーパーの空き箱に入れた。

車を出てカーヴの少し前、道路の真ん中にひとつを置き、その地点から約五十メートル離れたところにもうひとつを置いた。どう見ても道路に落ちたゴミにしか見えない。

車に戻った彼女はプラスティック銃を組み立て、三十発入りの弾倉をはめ込んだ。

あとは待つだけだ。

エンジンをONにして冷房を入れても、砂漠の太陽は車内をオーヴンのように暑くしてしまう。しかし暑さには慣れている。そして待つことにも。

セットアップをしてから一時間たったが、通り過ぎたのはドゥバイ方向に向かったトラック一台だけだった。

一時間半を過ぎたころ、後方からかすかなエンジンの音が聞こえ始めた。レイチェルは双眼鏡をその方向に向けた。黒いランドクルーザーが一台、その後方にこれまた黒塗りのベントレーがついている。ライセンス ナンバーは昨日チェックしたのと同じ。ベントレーの後ろには何も見えない。

レイチェルは素早く頭の中で計算した。二台のスピードは大体時速百三十キロ。両者の間隔は約三十メートル。ということはランドクルーザーに狙いを定めて、ふたつの爆弾を同時に起爆させるのが最も効果的だ。先導車が破壊されれば、三十メートルという短い間隔では後続車はなすすべがなくハンドルを切り損なう。おまけに後ろからの爆発のインパクトも加わるから、どっちにしても逃げきることは不可能だ。

二台が次第に近付いてきた。レイチェルは左腕にはめたブレスレットの内側に内蔵された小さなスイッチに指先を当てた。

カーヴに近付いたためか、ランドクルーザーがちょっとスピードを落としながらひとつ目のティッシュ ボックスを通り越した。その車体がふたつ目のボックスに近付いた。次の瞬間レイチェルの指先がかすかに動いた。大音響とともにランドクルーザーは木っ端みじんに吹っ飛んだ。車体の残骸が宙に舞った。

後続のベントレーはもろにその場に突っ込んだ。ジグザグの状態でスローダウンはしているが、まだ動いている。

レイチェルは車のアクセルをいっぱいに踏んで、ベントレーを追った。ベントレーは必死にスピードを上げようとしているが、急カーヴのためか逆にジグザグ状態が増した。二十メートルほどに近付いたとき、彼女が左側の窓を開けた。右手でハンドルを握り、左手にしたプラスティック銃をベントレーのタイヤに向けて発射した。

ベントレーは大きく右にターンしながらそのまま路肩に突っ込んで横転し始めた。レイチェルが急ブレーキを踏んで車から飛び降りた。ベントレーは横転を重ねてやっと停まった。

レイチェルがベントレーに駆け寄って中をのぞいた。運転席と助手席にいた男たちは死んでいるのか動きが止まっていた。後部のドアーの片側が横転のとき受けたインパクトのためはずれていた。エル・シャフェイは床の上に横向きになって倒れていた。手足がばたばたと動いている。

「ヘイ、ミスタービッグショット《――お偉いさん――》」

エル・シャフェイが血だらけの顔でレイチェルを見上げた。

「モサドからよろしく」

エル・シャフェイの顔が恐怖でひきつった。眉間《みけん》に向けて引き金を引いた。彼の体がピクリと動いた。

レイチェルは車にとって返して、フル スピードでドゥバイに向かった。

その日の晩からドゥバイの街に一斉検問の網が張られた。外国人はかたっぱしから警察による尋問を受けた。

アブドゥラ・エル・シャフェイの死は、ドゥバイにとってメンツの失墜だった。億万長者ではあるが、エジプト人の彼は言ってみれば客人である。しかもドゥバイの発展に最も寄与した人物である。その彼をみすみす殺させてしまったのは、ドゥバイ警察と情報部の責任でもある。エル・シャフェイ殺害の犯人は何が何でも挙げねばならない。

しかし彼らの意気込みとは裏腹に、検問には何も引っ掛からなかった。真夜中の十二時を過ぎても犯人像さえも割り出せなかった。

そのころすでにレイチェルは、大西洋上空を飛ぶニューヨーク行きの飛行機の中で眠りに落ちていた。

テルアヴィヴ

その日の朝、ジェイソン・サブラックはいつもどおり六時に目を覚まし、一時間のジョッギングを終えシャワーを浴びて食堂に行った。

ここのところずっと彼は家には帰らず、モサド本部で寝起きしていた。レイチェルが今回のミッションを無事終えるまで、家には帰らないつもりだった。

朝食を終えて副長官室に入り、デスクの上に置かれた世界の主な新聞に目を通した。エジプトの準政府紙アル・アクバルの記事が彼の目を惹いた。記事はアブドゥラ・エル・シャフェイの死に関する社説だった。

『わがエジプトが生んだ世界的ビジネスマンで寛大な慈善家でもあったアブドゥラ・エル・シャフェイ氏が凶弾に倒れてから一週間がたったが、ドゥバイ官憲の懸命な努力にもかかわらず犯人は未だ逮捕されていない。この卑劣な犯罪の実行者は、もはやドゥバイにはいないというのが大方の見方である。

エル・シャフェイ氏はアラブ圏だけでなくヨーロッパ諸国でも偉大なビジネスマンとしてその名と信頼を確立していた。ヨーロッパにおける同氏の政治的、経済的影響力には強力なものがあった。その人脈はアラブ諸国のリーダーたちはもとより、フランスのシラク大統領やイギリスのブレアー首相、ドイツのシュレーダー首相、EUの経済人など実に幅広いものがあった。

また同氏はパレスチナの同胞やアフガニスタンの孤児たちなどに惜しみない援助を与えてきた。同氏の寛大な寄付によって活動を続けることができる慈善団体は優に百を超える。端的に言えば同氏は卓越したビジネスマンであると同時に、モラルのセンスをしっかりと持ったイスラム教徒の見本であった。同氏のような力と優しさを具えた人間は今日あまり見当たらない。

同氏を邪魔と考えて、ある力が同氏を殺害したことは容易に推測できる。この論旨に立って考えれば、そのような力はこの世界にふたつしかない。アメリカ帝国主義とシオニストによって支配されているイスラエルである。より具体的に言えば、アメリカCIAとイスラエルのモサドである。

わが国の情報機関関係者は匿名を条件に、あの殺害方法はその大胆さからしてモサドのやり方であると言明している。

いずれにしてもエル・シャフェイ氏殺害はなまのテロリズムのほか何物でもない。アメリカとイスラエルはテロリズムと戦っていると言う。しかしその彼ら自らがテロ行為を行ったのである。

考えてみれば彼らの政策や行動はこれまでダブル スタンダードに徹していた。故に今回のエル・シャフェイ氏殺害も不幸きわまりない出来事ではあったが、今さら驚くべきことではないかもしれない』

読み終えてサブラックは苦笑いせずにはいられなかった。アラブの新聞らしい。死んだボディガードたちについては一言も触れていない。ボディガードなどは彼らにとっては人間ではないのだ。それにエル・シャフェイのような貧者の味方がボディガードを飼っていたなどということが知られたらまずい。

しかしサブラックの興味を惹いたのは犯人を推察した部分だった。アラブ諸国のマスコミは何か事件が起きると必ずといっていいほど、CIAとモサドのせいにする。その考えの底辺には、CIAとモサドに対して彼らが抱く底知れぬ恐怖心がある。両者は彼らにとって万能であり恐怖と悪魔の象徴なのだ。

記事を書いた記者もこの狼少年的メンタリティの持ち主なのだろうが、今回に限っては正しい。しかしいかに正しいか、彼自身わかっていないだろう。

それにしてもアラブのマスコミは相変わらず時代遅れのレトリックを繰り返しているとサブラックは思った。政府の検閲とマスコミ取締法が厳しいから、それも仕方がないのかもしれない。

しかし少なくともアブドゥラ・エル・シャフェイの慈善事業の一環が、テロリストのアブ・サレフ・アル・ドバイエへの巨額の寄付であることをエジプト情報機関はつかんでいるし、それを何人かのエジプトのマスコミ人は知っている。これについては、カイロとアレキサンドリアに植え込んだモサドのエージェントも確認している。しかしそんなことを活字にしたら、書いた者は間違いなく刑務所行きか、大衆によってリンチされてしまう。

政府は検閲と懲罰でマスコミを脅す。マスコミはその圧力に屈して事実を書かない。そればかりか政府の要請を受けて記事をでっちあげることも多々ある。この腐り切った状況の中では真実など到底生まれてこない。

マスコミが自己保身のためにそういう態度をとり続ける限り、アラブに民主主義が根付く日はほど遠い。

ドアーがノックされて、対外諜報部《ちょうほうぶ》部長のミーシャ・ケラーが入って来た。

「おはようございます、少将。今これがニューヨークのカリプソから届きました」

大型の封筒をサブラックの前に置いた。

開けてみると写真が入っていた。思わずサブラックは笑ってしまった。レイチェルがエル・シャフェイと写っているのだ。片腕を彼の腕にまわし、もう一方の手でVサインを見せている。

「彼女もなかなかユーモアのセンスがありますね。これから手にかける奴と一緒に写真を撮るなんて」

「前代未聞だな」

「それにしても彼女こそプロ中のプロですね。ふたりといませんよ、あれほどの刺客は」

「ＫＧＢにも女性の刺客は大勢いただろう?」

「ええ、かつてはいました。でもカリプソのようなのはゼロでした。度胸があっても能力がいまいちとか、感情に走ってターゲットを見逃すとか、そういう類《たぐ》いが多かったですね。ですから私が責任者となってからは、V課に女性はひとりも入れませんでした」

ミーシャ・ケラーはモサド要員としては非常に珍しい存在だった。本名はミハエル・ケランスキー。旧ソ連邦のベラルーシに生まれ、モスクワ大学卒業後、KGBに入った。そのキャリアは、内部ではV課と呼ばれていたKGBの超秘密部門第十一課（暗殺および破壊工作）一筋に貫かれていた。

彼が四十五歳のときソ連邦が崩壊し、同時にKGBが解体された。そのとき彼はV課のナンバー2のポストにあった。ナンバー1は政治的任命であったから、ナンバー2は事実上最高責任者である。

元KGBでユダヤ系とあっては、当時のロシアやベラルーシでは新しい就職口は望めなかった。しかし彼は知らなかったが、KGB在職中からある組織が彼に目をつけていた。モサドである。

KGBが解体された直後、サブラックはモスクワに飛んでケラーに会ってポストをオファーした。

モサドが元KGBを引き抜くなど突拍子もない話だったが、ケラーにはその価値があるとサブラックは見た。何といってもKGBのV課のトップに上りつめた男である。そんじょそこいらの薄っぺらな官僚ではない。鉄の意志と人をコントロールする術《すべ》をあわせ持っていなければV課では生き残れない。

ケラーはサブラックのオファーを喜んで受け入れ、家族とともにイスラエルに移住した。

対外課報部の課長補佐として入ったのだが、そのポストは一年あまりでクリアーし、二階級特進して副部長となり、三年前、部長に昇進した。

ＫＧＢの暗殺、破壊工作に関しては、ケラーは生き字引きのような男だった。その知識と経験がモサドの対外特別工作部にもたらしたメリットは計りしれなかった。

「カリプソはリチャードにコンタクトをしたのか？」

サブラックが訊いた。

「さあ、こっちにはまだ何も。コンタクトがあったらリチャードが直接少将に言ってくることになってるはずでしょう」

「おかしいな。もう一週間にもなるのに」

「多分ニューヨークの雰囲気を楽しみながら、サックスやバーグドーフ・グッドマンでショッピングでもしてるんでしょう」

「そうだったらいいんだが」

その表情が妙に心配げにケラーには見えた。

「そうに決まってますよ、少将。カリプソだって女ですから」

「そのまえに刺客だ。一日でもいい。それを彼女が忘れてくれればと思う」

「……?」

ケラーの怪訝《けげん》なまなざしに気づいたサブラックが、

「ところでイエーメンのほうはどうなってる?　アル・ドバイエの写真は手に入ったのか」

「さきほど現地からのクーリア《密使》が持ってきました。身代わりをよく使うそうですが、奴にそっくりなダブルはいないということです」

ケラーがその写真を封筒から取り出してサブラックの前に置いた。

おやと思った。イエーメン人は一般的に言って肌の色が褐色である。ところが目の前にある写真のアル・ドバイエは白人の肌色をしている。顔のコンプレクションも鼻や目が平均的白人と変わらない。

「これならダブルは必要あるまい。服を替えて髭《ひげ》を剃《そ》れば、普通の白人で通っちまう。金髪にしてブルーのコンタクトを入れれば、デンマーク人としてでも通用するだろう。ラングレーには送ったのか」

「これから大使館のクーリアに渡すところです」

「変身、変装の可能性大と言っておいたほうがいい」

「コンピューターグラフィックスは彼らの得意ですから」

「ところでグランドデューク《―大公爵―》からの連絡は？」

　グランドデューク。モサドにとって最も大切なアメリカ人エージェントだ。あまりに貴重なのでそのようなコードネームがつけられたのである。

「そっちのほうはたんまり来てますよ。まずニューヨーク市警のパーカー刑事の件ですが」

「パーカー？」

「ジョッシュ・パーカー。先日お話ししたＮＹＰＤを辞めてＦＢＩに入った刑事です。グランドデュークによると、パーカーはＦＢＩのアンダーカヴァーになった可能性が大きいと言っています」

「確認は？」

「百パーセントではありませんが、グランドデュークは自信たっぷりな口調でした」

「リチャードがすでにＦＢＩに話したな」

「当然そう考えなければならないでしょう。あれだけ新聞やテレビで騒ぎ立てられたのですから、ＦＢＩとしては事件に手を染めねばならなかった。しかしそれをやられたらリチャードはたまらない。そこで捜査をストップするようＦＢＩ上層部に話をつけた。しかしＦＢＩに捜査をストップさせるためには相当の理由が必要です。おそらくリチャードは事の次第をぶちまけたと思います。それを聞いてさすがのFBIも手を引かざるを得なかった。だが彼らはCIA同様誇り高い組織です。メンツを非常に重んじます。CIAに言われたからといって、こそこそしっぽを巻いて引っ込むことはできない。国内は彼らの縄張りですからね。そこでFBIはほかの方法で参加することになった。それはテロリスト　グループの中にアンダーカヴァーを潜り込ませること。そして第一次情報を集める。しかしテロリスト　グループに潜入して情報収集をし、それらをFBIに送るということは大変なことです。潜り込むことができても、殺されるということを大前提に考えなければなりません。平均的なスペシャル　エージェントには到底任せられることではないし、それ以前に大事な要員をむざむざ死地に送り込むようなことはFBIとしてはできない。ならば能力と経験に長《た》けた捜査官を外部から求めたほうがいい。そこで彼らはニューヨーク市警を辞めた刑事に目をつけた。ひょっとすると事前にFBIとNYPDが話をつけていた可能性がある。こんなところでどうでしょうか?」

「さすがだ。いいところを衝《つ》いてるよ。NYPDの刑事がFBIに雇われるなんてことは、そうないからね。リチャードが連絡してきたら問いただしてみよう。ほかには?」

「三日前、サンフランシスコで五人の殺人があったそうです。殺されたのはチャイナタウンを牛耳るボスと彼の配下でした。地元紙はギャング　ウォーの一環と片付けましたが、グランド　デュークによると、彼ら五人はかつてCIAの下でコントラクト　キラーとして働いていた可能性があるとのことです。皆、頭か心臓を撃たれていましたが、決まって一発ずつしか使われてなかったと言っています」

「ということはヒットを決行したのは、ニューヨークのケースと同じヒットマンと考えられるな」

「おそらくそう考えて間違いないと思います。少将はそのヒットマンについてリチャードから聞いているのでしょう?」

サブラックがうなずいた。

「腕はかなりたつらしい。カリプソと同じようにソロで行動していると言ってた。もっとも現在CIAが信頼して使っているヒットマンは彼だけだから、ソロで動くしかないんだ。それ以外は何も言わなかった。だから彼のコードネームもこっちは知らないんだ」

「現場でカリプソとぶつかる可能性はないんですか?」

「ターゲットが違うから、その点は大丈夫だ」

「グランドデュークにカリプソのことを伝えておきましょうか。彼は事件記者だし、彼女のカヴァーはフォトジャーナリストですから、何かと都合がよいと思うのですが」

「それはやめたほうがいい。彼女の存在は今までどおり極秘だ。グランドデュークはわれわれのエージェントではあるが、ニューヨーク・タイムズという一流紙の記者でもある。今回は記者として思いっきり活動してもらいたいんだ」

「わかりました。報告は以上です」

第九章　出会い

ニューヨーク

その日もレイチェルはカメラを肩からぶらさげて、マンハッタンのグランド・セントラル付近を歩いていた。

レイチェルがニューヨークに着いてから七日がたった。彼女にとってニューヨークは初めてだった。着いた翌日から彼女はニューヨークの地理に慣れるため、マンハッタン、クイーンズ、ブロンクス、ブルックリン地区などをレンタカーと徒歩で動き回った。

ヨーロッパや中東の大都市を見てきた彼女にとって、ニューヨークは一種独特の雰囲気を持った街だった。ロンドンは男の街でパリは女の街だが、ニューヨークはそのように簡単にステレオタイプ化できないと感じた。あえて言えば、世界中の人々がその未来と過去を背負って混在して、形容しがたいエネルギーを発散させている街だ。

ニューヨークというとマンハッタンを思い浮かべるが、それが間違いであると彼女は思い知った。そこにはミドル・クラスと下層階級がミックスしたクイーンズ地区があり、ブロンクスがあり、ブルックリンがある。これらのどの地区も個性豊かでなまの人間の息吹が感じられる。

しかし彼女は観光客的な目でニューヨークを見ていたわけではない。仕事のためである。引き受けたからにはやり遂げる。そのためには仕事場となる街の地理を徹底的に頭に叩き込んでおかねばならない。六日間のうちに彼女はほぼ全体の地理をつかんだ。特にマンハッタンについては、あちこちにある小さな路地まで網羅した。

その間に仕事用の武器も調達した。この点アメリカは便利だった。使いたいタイプの銃はいくらでも手に入るし、C４（プラスティック爆弾）や爆弾の原料となる農薬なども簡単に手に入れることができる。地理は頭の中に登録したし、必要な武器も仕上がった。これでＣＩＡのリチャードに連絡できる。

グランド・セントラルの大時計は十二時近くを指していた。軽食堂のようなものがないか、近くを見回した。ホットドッグ・スタンドが目に入った。〝コーシャ・ホットドッグ〟と看板がかけられている。氷水の中に浮かんだトマトやセロリなどが実にフレッシュそうで食欲をそそる。ホットドッグがコーシャということは、ポークではなく牛肉で作られているということだ。さすがユダヤ人の多いニューヨークだ。

真っ白なコック帽をかぶり、これまた真っ白なエプロンを着けた黒人がスタンドを仕切っていた。

彼女は近付いてホットドッグとトマトを注文した。

「あんた、すっげえ美形だけどアメリカ人じゃねえでやんすね」

レイチェルがびっくりしたふりをして、

「どうしてわかったの？」

「そのなまりでやんす。アメリカ人はトマートとは言わねえんでござんす。あくまでトメイトーと言うでやんす。イギリスの人とお見受けしやすが」

「そうよ」

「イギリスがあんたみたいな美人を生産したとは奇跡でござんす。神様も粋なことをなさいやしたねえ」

「あら、イギリスにだって大勢美人はいるわよ」

「それは大きな疑問でやんす。あちきが今まで見たイギリスのチックは優良品として推奨できるような代物じゃござんせんでした。女というより、おっぱいをぶらさげただけの生き物でやんした。あちきが発明したジョークがあるんでやんす。世界で一番薄い本のタイトルは？　答えは〝イギリスの美女伝〟」

と言って大声で笑った。

「だがあんたに会っちまったから、このジョークはもう使えねえでやんす。あんたはひとりで一万人のミス　ワールドに匹敵するほど神々しい存在でござんすから」

「あらうれしい。じゃ、ビールもらっちゃおうかな」

「ビールは麦の小便。腹を膨らますだけの労働者の飲み物。あんたのような美人にはそぐわないでやんす」

と言って、フライがプラスティックのカップに赤ワインを注いだ。

「これはあちきのおごりでやんす。赤ワインは神の涙。あんたのような女神にぴったりの飲み物でやんす」

「ありがとう。だけどなまりと言えば、あなたもちょっとあるんじゃない。ブルックリン出身？」

「これは驚きでやんす。外国人のあんたがあちきの故郷を当てるとは。だがあちきが話してるのが本物のアメリカ英語でござんす。豊かな表現とヴォキャブラリーは深い知性に根ざしてるんでやんす」

彼女がカメラを向けた。

「こんな格好じゃ、まずいんじゃござんせんか？　せめて背広姿で」

「そのままのほうがいいのよ。いい男」

「よく言われるでやんす。この十年間ハリウッドから迎えがくるのを待ち続ける毎日でござんした。もう少し待ってみようと思っとるんでやんす」

そのときひとりの男が近寄ってきた。長い髪、黒縁のメガネをかけ口髭をはやしているが、レイチェルは一目でかつらと伊達《だて》眼鏡であることを見抜いた。中年に見せようとしているのだろうが、まだ二十代と見た。

彼を見て黒人が、

「よぉブラザー サニー！　集金に来たんでやんすか。でもあまり入ってねえでござんすよ。あちきの見てる前で献金をしていったのはたったひとり。FBIの旦那だけでやんしたから。今日もここに来てたでやんすよ」

「殊勝な方ですねえ。ゴッド ブレッス FBI」

フライがスタンドの隅に置いてあった箱をとって、ブラザー サニーに手渡した。

箱には〝ラヴ&ブラザーフッド協会、インヴェスト トゥ ラヴ《―愛に投資を―》〟と書かれている。キリスト教の慈善団体だろう。

「ブラザー フライ、まさか中を見たなんてことはしなかったでしょうね？」

「とんでもねえでやんす。あちきはあんたがたと同じクリスチャン。しかもボーン アゲインでやんす。あんたがたへの献金をなんで横取りしましょうや」

「もしそんなことをしたら、確実に地獄行きですからね。しかもあの世の地獄じゃなくて、この世の地獄ですよ」

「そんな恐ろしいこと言わんといてくだされ。二度ほど州立刑務所でお勤めをしやしたが、もう沢山でやんす」

「だけど私たちをごまかしたら、今度は州立刑務所がラスヴェガスに見えるようなところに送り込みますよ」

ブラザー　サニーと呼ばれた男の使っているオネエ言葉は本物ではないとレイチェルはわかっていた。声に無理があり、イントネーションの抑揚が激しすぎるのだ。変装といいオネエ言葉といい、到底パスする代物ではない。

フライが渡した箱と引き換えにブラザー　サニーが代わりの箱を渡した。

「ちょっと喉が渇いたのでビールでももらいましょうか」

フライが彼に缶ビールを手渡した。

「エクスキュゼ　モワ」

レイチェルがフランス語で男に話しかけた。

「パーレ　ヴー　フランセ?」

「ジュ　ヌ　パルル　パ　ビアン　フランセ」

「ボン。あなたの正体をこのフライという人はわかっているの?」

ブラザー　サニーが困惑した表情で首を振った。

「あなたの変装はまずすぎるわ。この人にはわからないかもしれないけど、ちょっと目のある人には丸見えよ」

「本当ですか?」

「言葉遣いにも無理があるわ」

「そんなにまずいでしょうか?」

「趣味でやってるならいいけど、真剣勝負でやってるなら変装と演技を磨いたほうがいいんじゃない」

ブラザー サニーがじーっと彼女を見つめた。

「いったいあなたは何者なんです?」

「通りすがりの旅行者。人を観察するのが好きなの」

ふたりの会話を目を丸くして聞いていたフライが、

「ご両人さん、いったい何を話してるんでやんしょうか。あちきにはこの惑星の言葉と
は思えないんでやんすが」

「それじゃブラザー フライ、また縁があったら会いましょうね。できればハリウッド
で」

「写真をぜひ送ってもらいたいんでござんすが。住所は〝ザ・ホッティスト・ホットド
ッグ Co., グランド・セントラル・ステーション、NYで届くはずでやんすから」

レイチェルがフライの言葉をまねて、

「あちきは必ず送るでやんす」

言い残してスタンドを後にした。

それからアップタウンを見てまわって、グリニッチ・ヴィレッジにあるエクセルという安宿に帰ってきたのは午後の三時過ぎだった。いったん荷物を部屋に置いて、電話をかけるために外に出た。ホテルの電話はオペレーターが盗み聞きしていると思わなければならない。

ホテルから一ブロック行った角に公衆電話のボックスがあった。公衆電話での短い会話なら逆探知も盗聴も心配ない。それにリチャードはスクランブラー装置をつけているはずだ。

リチャードはすぐに出た。

「カリプソ、やっと連絡をくれたな」

「準備に少々時間がかかりましたので」

「これから言うことをよく聞いてくれ。私は今夕ニューヨークに入る。きみと直接会って話をするためだ。今晩八時に東六十五番通りとパーク・アヴェニューの角にあるコンドミニアムに来てほしい。八階だ。タケル・フジオカの名前で登録されている」

「しかし上司からは電話連絡ですますよう言われてましたが」

「ジェイソンには私から話しておく」

「なぜ直接会わねばならないのです？」

「作戦が変わったんだ。電話では話せない。じゃ、あとで」

電話が切れた。

おかしい、とレイチェルは思った。リチャードが自分に会うかもしれないということなど、サブラックは一言も言ってなかった。それどころかサブラックはいつも外国の情報機関員とは決して会わぬよう命じてきた。会う相手がいつ敵にまわるかわからないし、そのとき面が割れていたら不利になる。

サブラック少将に電話で問いただしてみるべきか。だが彼に電話するのはのっぴきならぬときだけに限られている。

今自分はＣＩＡにリースされている身だ。ここは彼らのやり方に従ったほうがいいと彼女は判断した。

支局に戻ったラリー・デピエールはホットドッグ スタンドで回収した箱を開けて、ジョッシュからの連絡文を取り出した。

「FXLAX, MUK, K10FX」

ラリーはすぐにそれを持って、支局長のヘンリー・サリヴァンの部屋に行った。

「何だね、これは?」

「エージェントパーカーからの連絡です。ＦＸはアブ・サレフ・アル・ドバイエ、現在ロスアンジェルスにいる。Mはマッシュルーム、ということは核爆弾ですが、今のところどこにあるかわからず。K10FXは十人の殺し屋がアル・ドバイエを護衛に行ったと、まあそんなところです」

「アル・ドバイエがいる具体的な場所は書いてないのか」

「多分グリシェンコやスパーンたちの会話からロスアンジェルスということがわかったのでしょうが、エージェント・パーカーの立場上、まさかそれについて突っ込んだ質問をするわけにもいかないでしょう」

「このUKというのはイギリスのことじゃないのかね？」

「いいえ、それはアンノウンの略です。イギリスだったらGBとすると、まえもって打ち合わせてありますから」

そのときラリーの携帯電話が鳴った。

「デピエールの旦那でござんすか」

「フライじゃないか」

「久しぶりでやんす。近ごろスタンドに来ないので、どうにかしちまったんじゃないかと心配してたでやんす」

フライはやっぱり自分がブラザー・サニーとは気がついていなかった。

「どうしてこの番号がわかったんだ？」

「パーカー刑事からでやんす。あんたに大至急の伝言を頼まれたんでござんす。あちきには何がなんやらわからない言葉でやんすので、これから読みますでござんす」

「オッケー、読んでくれ」

「SBNY, RC, BNM それだけでやんす。馬券じゃなさそうだし、株の銘柄でやんすか?」

「まあそんなところだ。ありがとう、フライ。恩に着るよ」

「こんなことならいつでもお安い御用でござんす。近々スタンドに立ち寄っておくんなせい」

電話が切れた。

「今のは誰だね?」

サリヴァンが訊いた。

「グランド・セントラルでホットドッグ スタンドをやってる男です。そのスタンドをエージェント パーカーとのドロップ《連絡場所》に使ってるんです」

「やばいんじゃないのか?」

「大丈夫ですよ。彼は何も知りません。使われていることさえ知らないんですから。それよりちょっとやばくなってきましたよ」

と言って、ラリーがメモをサリヴァンの前に置いた。

「SBNYは自爆テロリストがニューヨークで動くと。RCはロックフェラー・センター、BNMはふたりのボス、ということはスパーンとグリシェンコですが、彼らはニューヨークにとどまっているということです」

「マイ ゴッド！ 核の自爆テロがここで行われようとしているわけか！」

「核ではありません。そうだったらSBでなくSNB、つまりスーイサイド ニュークリアー ボマーとなってるはずですから。それにスパーンとグリシェンコはマンハッタンから離れていないと言ってますが、これは爆弾が核ではないと言ってるわけです。核なら奴らが真っ先に逃げ出してるでしょうから。ですからニューヨークでの自爆テロは陽動作戦と見るべきです。国中の注目をここに集めておいて、ほかの街で最終兵器を使う」

「ジョッシュはいつということは言ってないんだな？」

ラリーが首を振った。

「どっちにしてもアラート《—警戒—》態勢を敷かねばなるまい。しかしあまり騒ぎ立てると逆効果になる恐れもあるし」

「この際ロックフェラー・センターのまわりにSWAT《—狙撃隊—》を配置したらどうでしょう。あとはスペシャル エージェントを投入すればいいのでは？」

「きみらしいな。テキストブックどおりだ。だが正しいかもしれん。時間はないと思わねば。すぐに動こう」

ラリーが出て行ったあと、サリヴァンはラングレーの対外作戦部に電話を入れた。

「リチャードか？　FBIニューヨーク支局のサリヴァンという者だが、至急知らせたいことがあって電話したんだ」

「何だ？」

「アル・ドバイエはロスアンジェルスにいる。正確な場所は不明。核爆弾の所在はまだつかめていない。スパーンとグリシェンコの部下十人がアル・ドバイエの護衛のためロスアンジェルスに向かった。奴らには尾行がつけてある」

「現地のFBIもアル・ドバイエを捜し始めたよ。尾行に気づかれないことだな」

「もちろん。もうすぐアル・ドバイエの正確な居所がわかるはずだ」

「わかったらうちの対外課報部に知らせてやってくれ。ドン・クックマンというのが責任者だ」

「あんたには知らせなくていいのか？」

「その必要はないよ」

「スパーンとグリシェンコはニューヨークに残ってるんだが」

「ぱくればいい」

「まだあるんだ。ここマンハッタンで自爆テロがあるらしい。だが核爆弾ではないらしい。それがいつなのかはわからない。場所はロックフェラー・センターだ」

「スパーンとグリシェンコを叩けば詳しいことがわかるだろう。あんたがたの出番だな。幸運を祈るよ」

電話が切れた。

おかしな男だとサリヴァンは思った。あれだけの情報を与えたのに、心ここにあらずといった反応だった。

長官から聞いていたアロガント《傲慢》で無作法な彼とは随分と違う。しきりに首をひねりながらサリヴァンが受話器を戻した。

その日の夕方からロックフェラー・センターの周囲にはNYPDのSWATが配置につき、聞き込み捜査に五十人以上のスペシャル　エージェントが投入された。

その日の午後半ば、ふたりの男がフライのスタンドを訪れた。背広姿ではあるが、あまり人相はよくない。

「あんたがた刑事さんでやんすか、それとも反対派の人でやんすか？　どっちも似たようなもんでござんすがね」

フライが言って大声で笑った。自分のジョークがよほどおかしいらしい。しかしふたりの男は全然笑わなかった。

ひとりがフライに言った。

「友人がここを紹介してくれたんだ。最高のドッグを食わすらしいね」

「それは正しいでござんす。なにしろ神の祝福を受けたコーシャでやんすから。ところでその友人というのは誰でござんしょうか?」

「ジョッシュ・パーカー。知ってるかね?」

「知るも知らぬもござんせん。あちきのダチというより兄弟みてえなもんでやんす。さっきまでここにおったでござんす。あんたがたは?」

「彼の同僚だ」

「では、旦那がたもFBIで?」

ふたりの額にしわが寄った。顔を見合わせてうなずいた。

「邪魔したな」

「ちょっと待っておくんなせい。ドッグができあがりましたでやんすが」

男のひとりがポケットから二十ドル札をフライに渡した。

「釣りはいい。また来る」

テルアヴィヴ

ジェイソン・サブラックは秘書が取り寄せてくれた遅い夕食を終えてデスクに戻った。

リチャードから連絡がないのが気掛かりだった。

レイチェルは真のプロフェッショナルだが、今回のミッションに限っては一抹の不安があった。モサドは最も貴重な刺客をリースしたのである。それがCIAとはいえ、所《しょ》詮《せん》は外国の情報機関だ。指揮系統や情報伝達方法など勝手が違う。果たしてうまくやっていけるのかどうか。リチャードとの意思疎通はうまくいくのか。

ヨナタン・ワイズマンとの会話が思い出された。ワイズマン退役大将がサブラックに面会するためモサド本部を訪れたのは、つい昨日のことである。彼は一年前、軍を退役していた。退役時の最終ランクはフォースタージェネラル《大将》だった。

開口一番ワイズマンが言った。

「今回のレイチェルのミッションはだいぶ難しそうだね」

「彼女がそう言ったのですか？」

「言うわけがないだろう。家ではいっさい仕事の話はしないのだから。われわれもいっさい訊かない。だが出発前の彼女の様子でなんとなくわかったんだ」

「どんな様子だったんです？」

「いつもより積極的にわれわれと会話をしてたし、われわれを笑わそうと努力していた。子供のころの彼女に帰ったようだった。十二歳から一緒に住んできたが、あんな彼女を見たのは初めてだ」

「奥様はなんとおっしゃってるんです?」

「私と同じ意見だ。あんな明るいレイチェルは子供のとき以来だと言っていたよ。それに彼女はエルサレムにある両親の墓にもお参りしているんだ。出発間際のお参りなどかつてなかったことだ。なんだかいやな感じがするんだが」

「彼女も人間的に成長したということではないでしょうか?」

ワイズマンがかぶりを振った。

「もうひとつ奇妙なことがあるんだ。彼女が発った日、アイーダが彼女の部屋を掃除してたらすべてがきちんと整頓されていた。そして机の上に彼女の預金通帳が置かれていて手紙が添えてあった。われわれ夫婦宛てだった。もしも自分に何かあったときは預金はすべてわれわれのものと書いてあったのだ。こんなことはかつてなかった」

サブラックが空を仰いだ。

「そこでだ。きみに訊きたいのだが、今回のミッションは彼女が遺書を書くほどハイリスクなものなのかね?」

「彼女のミッションはいつも危険です。だが彼女は今までやり遂げてきました。今回も必ずやり遂げると私は信じてます」

「そのミッションの内容を教えてもらえないだろうか?」

サブラックがため息をついた。

「残念ながら閣下であっても、それは言えません」

「そうだろうね……」

「ただひとつ言えるのは、彼女の腕次第で世界が破滅的テロから救われるかもしれないということです」

「相手はビン・ラディンか？」

「それも言えません。わかってください」

ワイズマンがうなずいた。

「すまない。きみを追い込むつもりなど毛頭ないんだ」

その言葉と表情にはありありと苦悩が漂っていた。

ワイズマンが立ち上がった。

「四年前、私はあの子に軍隊ではなくモサドに入れと勧めた。そして彼女をきみに託した。あの判断が誤っていたとは思いたくないんだ。私と妻の唯一の望みは、レイチェルがひとりの女としての幸せを味わうのを生きているうちに見ることだ」

サブラックがワイズマンを見据えた。

「信じてください。その気持ちは私も同じです」

「時間をとらせてすまなかった」

ワイズマンがドアーに向かった。

「閣下！」

サブラックの声にワイズマンが振り返った。

「一週間前にドゥバイでアブドゥラ・エル・シャフェイという男が殺されたことをご存じですか？」

「あのエジプト人のビジネスマンだろう。新聞で読んだよ」

「彼はテロリストの大スポンサーだったのです。彼を殺《や》ったのはレイチェルでした」

ワイズマンの顔に笑みが浮かんだ。寂しさと誇りがミックスしたような笑みだった。サブラックの手を握った。目から一筋の涙がこぼれおちた。

「ありがとう。ありがとう。規則を破ってまで私に教えてくれたことを心から感謝する」

軍人として最高の地位に上りつめたワイズマン大将もやはり人の子だった。養子とはいえ、レイチェルを思う気持ちは実の親同様気高いものがある。それはあの涙が雄弁に物語っていた。

デスクの上の赤電話が鳴った。一度目の呼び出し音が鳴り終わる前にサブラックは受話器を取り上げていた。

「リチャード、遅かったな。こっちから電話しようと思っていたところだ」

「すまん。カリプソから今しがた連絡があったんだ。これから彼女に会うことになった」

「会う？　私はそんな指令を彼女に出したおぼえはないし、許可もしていないぞ」

「いや、それは私が決めたんだ。作戦が変更になってね。電話では話せないから直接会って話すことにしたんだ」

「どう変更したんだ？」

「すべてだ」

「……？」

「アル・ドバイエは殺らないことになった。スパーンとグリシェンコはＦＢＩがぱくる」

「ということは、カリプソは用無しということか？」

「いや、ひとりだけ殺ってもらう」

「誰を？」

「それは言えない。だがカリプソにとっては簡単な仕事だ。だからあんたが心配することなんて何もない。彼女はすぐに返すよ」

「納得できんな」

「あんたが納得しようがしまいが関係ない。カリプソはわれわれがリースしたんだ。しかも法外な条件でだ」

「わかった。だが覚えておけよ。カリプソに何かあったらあんたの個人的責任だ。きれいごとじゃすまないぜ」

「あんたもしつっこいな。彼女には何も起きるはずがない」

ばかにいらついた話し方だ。

「おいおいサイモン、いったいどうしたというんだ。何かあったのか？」

ドラッガーのため息が聞こえた。

「あんたがたが羨《うらや》ましいよ。モサドにはばかな政治家の介入はないからな」

何かが起きているとサブラックは直感した。こんなに落ち込んだ話しぶりのドラッガーは初めてだ。

「サイモン、何が……」

すでに電話は切れていた。

ニューヨーク
サイモン・ドラッガーがＣＩＡ専用機でニューヨークのラ・グアーディア空港に着い

たのは六時ちょっと過ぎだった。空港ビルを出てタクシーに乗り込んだ。

気乗りしない役目だとドラッガーは心の中で呪《のろ》っていた。それもこれもすべて政治のせいだ。

長年この世界で経験を積んできたドラッガーにとって諜報はある種の芸術だった。敵の心理を読み、敵もこちらの心理を読む。騙《だま》し騙されるのは当たり前。十手や二十手先を考えながら、同時に何十もの選択肢を持っていなければならない。チェスのゲームに似ているが、違いは敵も我も命をかけていることだ。がちんこの勝負はがちんこの人生を作る。生き残るには研ぎ澄まされたセンスと本能がなければならない。これすなわち芸術である。

しかしあらゆる芸術がそうであるように、いったん政治が口を出すとそれは汚され、歪《ゆが》められ、もはや芸術ではなくなる。

今日のミーティングがまさにそれだった。

大統領特別顧問のローレン・ランドの言葉が耳にこだましている。〝国家利益のためにはこれが一番なのだ〟

その日の昼食を終えてオフィスに戻ったドラッガーは、CIA長官のカイル・グロスマンの部屋に呼び付けられた。部屋には三人の男がいた。長官と対外諜報部のドン・クックマン、もうひとりは初めて見る顔だった。長官がホワイトハウスの大統領特別顧問ローレン・ランド氏と紹介した。

ドラッガーが手にした封筒を長官に渡した。中にはアル・ドバイエの写真が入っていた。長官がそれを見て封筒に戻した。

「それはなんだね？」

ランドが訊いた。

「アル・ドバイエの写真です。モサドから送られてきたものです」

「それはこっちにもらっておこう」

「しかしこれから分析して、コンピューターグラフィックスで彼のさまざまな顔を作らねばなりません」

「本人の顔さえあれば大丈夫だ。ルパンでもあるまいし、そんなに変身できるわけがないのだから」

長官がしぶしぶと封筒をランドのほうに押しやった。

いやな野郎だ。会ってから一分もしないのに拒否反応を抱くのは、自分ながら珍しいとドラッガーは感じていた。

ローレン・ランドについては聞いていた。テキサスの弁護士出身で、今の大統領がまだテキサス州の知事時代からその選挙キャンペーンの責任者として実績を積んできた。四年前の大統領選挙でもキャンペーンの総責任者だった。選挙後、大統領の特別顧問としてホワイトハウス入りしたが、当時から大統領の分身と言われてきた。その力と大統領におよぼす影響力は副大統領や補佐官などの比ではない。彼の言うことなら、大統領は何の疑問もなく受け入れると言われているほどだ。

「今このクックマン氏からアル・ドバイエについての現状報告を聞いていたところなんだ」

べたつくようなテキサスなまりでランドがドラッガーに言った。

「参考になると思うからきみも聞いてくれ。それじゃクックマン君、続けてくれたまえ」

「今も言ったように、この情報はイスラエルのモサドから入ってきたものですからかなり信頼度が高いと考えて、われわれはエリント、コミント、シギント《―信号情報収集―》のディヴァイス《―装置―》を駆使して追いかけました。その結果、アル・ドバイエとニューヨークの殺し屋の電話会話をうちの衛星がピックアップしたのです。ピンポイントはできませんが、彼の居所はモサドの情報どおりウエストコースト、具体的にはロスアンジェルスとわかりました。現地のFBI支局が捜索態勢に入りましたが、なにせ広いですから時間がかかると思います」

「眠たい話だな」

ランドが言った。

「それについてはもうNSAから報告を受けたよ。彼らの衛星はもっと特定してきている。アル・ドバイエはベヴァリーヒルズとウエストウッド周辺にいるとね。さすがNSAだ。納税者の金を無駄にはしていない」

CIAへのあてつけのつもりなのだろう。人をいやな気分にさせるのが趣味のようだ。

「FBIには居場所が特定できても奴をぱくらず泳がすようにクギを刺しておいたろうな」

ドラッガーがクックマンに訊いた。

「そっちのほうは大丈夫だ。だがヒット マンは今日中にロスアンジェルスに送りこんだほうがいい」

「そのつもりだ。ミスる確率は限りなくゼロに近い」

「ちょっと待て」

ランドが割って入った。

「ドラッガー君、長官によるときみの部門がアブ・サレフ・アル・ドバイエを除去、すなわち暗殺しようとしているそうだが」

ドラッガーがうなずいて、

「そのとおりです。アル・ドバイエ用にプロ中のプロを用意しました」

「それはやめろ」

「セイアゲイン！？」

「聞こえたろう？　アル・ドバイエを殺すなと言ってるんだ」

ドラッガーが長官を見た。

「いったいどういうことなんです？」

「聞いてのとおりだ。アル・ドバイエは生け捕りにすると決定されてるらしい」

「そんなばかな！　奴を捕まえてどうするんです？　長々と裁判にかけてる間に何が起きるか想像はつくでしょう。テロリストは除去するしかないんです」

「それは民主的な考えじゃないな」

とランド。

「きみはイスラエルのモサドと親しいようだが、テロリストの扱い方まで彼らから影響を受けてるのかね。ここはアメリカだよ」

「国がどこであろうと関係ありませんよ。テロリストはガンです。ガンは取り除くほかないんです」

「きみが何を言おうと、これは大統領の命令なんだ。合衆国最高司令官の言うことは誰であろうと守らねばならん。そうだなグロスマン長官？」

長官が不快そうな表情でうなずいた。

「だからドラッガー君、きみの得意な除去はこのさいお呼びじゃないんだ。わかったな？」

「………」

「しかしスペシャル　カウンセラー《——大統領特別顧問——》、核爆弾は奴が持っているかどうかわからないんですよ」

　クックマンが言った。

「ドラッガー君、そのことに関してきみはどう思う？」

「………」

　ランドがにやりと笑って、

「きみが私にフィンガーを立ててファック　ユーと言いたい気持ちはわかる。きみの趣味を取り上げちまったんだからな。しかし私は大統領の代わりとしてここに来てるんだよ。少しは尊敬の念を払ってほしいね」

　ドラッガーが肩をすくめて、

「アル・ドバイエは捕まるかまたは殺されることを考えて、爆弾を部下に託しているんじゃないだろうかね」

　クックマンが大きくうなずいた。

「サイモンの言うとおりです。奴を逮捕したら手下が即座に爆弾を起爆させるでしょう。それがアメリカ国内にまだ運び込まれてなくても起爆されると思います」

そのときランドの携帯が鳴った。

「やあウイリー！　何か新たにわかったのか？　……ほう、それはたいしたもんだ。……なるほど。わかった。衛星によるサーヴェイランス《監視》は続けてくれ。……フランス側に？　いや、その必要はない。メディアにも絶対にリークするな。……そうだ。私からの指令があるまでアクションは起こさぬこと。いいな」

電話を閉じてポケットに入れた。そして皆の顔をひとりずつ見まわした。その顔が笑いでしわだらけになった。

「ＮＳＡが爆弾をピンポイントで発見したとのことだ。なんでも熱と微量の放射能を衛星が探知したらしい。場所はフランスのマルセイユ港。貨物船に積み込まれているらしい」

「熱はわかるが放射能とはどういうことですか？　核爆弾は爆発するまで放射能は放出しないんですよ」

「漏れてるんだろう」

ランドの言葉に三人が唖然《あぜん》とした。

「フランス当局は知ってるんですか？」

「多分知らないだろう。彼らの衛星はＮＳＡのものほど優秀じゃないからね。もし知ってたら何らかの動きを見せているだろうが、その兆候はまったくないとのことだ」

「すぐにフランス側に知らせて、マルセイユの住民に避難命令を出すよう促すべきです。長官、国務長官に至急電話を」

グロスマン長官が電話に手をのばそうとしたとき、ランドが制止した。

「フランスに知らせる必要はない。しばらく事態を見守るんだ。まずはアル・ドバイエの逮捕を最優先する」

「しかし奴らの親分を逮捕したら、子分たちはすぐにもマルセイユで核爆弾を爆発させますよ！」

「そうです！　そうなったらマルセイユは火の海となり、少なくとも十万人の人間が即死します。生き残った者も放射能でやられます」

「だからアル・ドバイエは除去せねばならないのです」

ドラッガーが身を乗り出した。

「われわれのエキスパートなら、誰にも知られずに奴と取り巻きを消すことができるのです。静かに誰も巻き込まずにできます。新聞に出るようなドジは決して踏みません」

「きみもしつっこいな。除去はならんと言っただろう。二度と同じことを言わせるな」

「スペシャル　カウンセラー」

長官のグロスマンが言った。

「アル・ドバイエ逮捕は誰にやらせるのですか？」

「地元のFBIとLAPD（ロスアンジェルス市警本部）が最適だと思う。あそこには経験のある広報部もあることだし」

三人が信じられないといった表情でランドを見つめた。

「発表するというんですか？」

「逮捕後すぐに大々的にやる。奴が核の自爆テロを考えていたと言えば国民はぶったまげる。それを事前にわれわれが止めたとなれば、国民の士気が上がることは間違いない。これこそ国家利益につながるんだ」

「マルセイユはどうなるんです？　あなたの言う筋書きどおりに事が進めば、アル・ドバイエの子分に核爆弾を爆破させろというシグナルを送るに等しいではないですか」

「それでいいんだよ。フランスはイラク戦争に最後まで反対した。われわれのように9・11を経験していないからだ。ここいらでテロリズムの恐ろしさを自ら経験するべきだ。彼らにはいいレッスンになるだろう」

「なんと愚かな！」

ドラッガーが吐き捨てるように言った。

ランドがドラッガーをにらみつけた。

「ザッツ　イナフ　フロム　ユー！　きみはあと五年か六年で定年退職するんだろう。その前に馘《くび》になってもいいのか！　そうなればもらえる年金だって微々たるものだ。今住んでる家も出て行かねばならなくなる。奥さんの悲しむ顔が見たいのか！」

ランドの赤ら顔を見ながらドラッガーは考えた。政治に携わる者は常識からかけ離れているとよく言われるが、目の前にいるランドはその典型だ。彼の言ってることはめちゃくちゃである。

しかし〝なぜ〟という疑問は残る。

ランドがグロスマンとクックマンに諭すような口調で、

「きみたちに賛成か反対かのオプションはないんだ。上から命じられたことを忠実にやり遂げること。それがきみたちにとっても利益になるんだ。もし大統領が代わればきみたちは今のポストを失う。そしてただの人となる。そこのところを忘れるな」

なるほど、そういうことだったのかとドラッガーは思った。

アル・ドバイエを捕まえればその政治的メリットは計りしれない。ホワイトハウスの広報が、彼がビン・ラディン以上に危険なテロリストであるということを大々的にＰＲ展開する。そうすれば今の政権がどれだけ対テロリスト戦に力を入れ、効果的な戦いをしているかを国民に印象づけられる。

それに対する報復としてアル・ドバイエの手下が核爆弾を爆発させたら、今まで現政権が世界に対して言ってきたテロリストの脅威が正当化される。しかもそれがマルセイユだったらアメリカへの直接的被害はない。いや、それがアメリカ国内で爆発しても、ワシントン以外ならランドは黙認するだろう。

現大統領は就任した年から9・11という大規模なテロに遇い、対テロ戦争をニューウォーと定義づけてそれを政策の核としてきた。テロリズムの脅威を強調するあまり、これまで国民に向けて警戒レヴェルを何度もオレンジや黄色に上げてきた。しかしそれもそろそろ色あせてきている。国民の多くは大統領を狼少年と思い始めてきた。それにともなって大統領の支持率は下がっている。そして来《きた》る十一月には大統領選がある。今のところは大統領は民主党の候補者に水をあけられている。だがここで起死回生の一発が出れば逆転は間違いない。ランドの言うことを聞いていると、こうとしか考えられない。

「ドラッガー」

今度はミスターもつけない。

「私の筋書きどおりに事が運べば、わが国の各情報機関はマスコミのスポットライトを浴びることになる。興味本位でのぞき見だけに走る悪質なタブロイドも多い。奴らは情報機関のいいとこは棚上げして、汚い部分に焦点を当てるだろう。特にきみが率いている対外作戦部は格好の餌食《えじき》になるかもしれん。過去にきみの部門が行ってきたことを検証しようともするだろう。そこできみに言っておくが、過去または現在使っているヒットマンはひとり残らず除去すること。それがCIAのためでもあり、きみのためでもある。わかったな」

「しかしヒットマンはこの十年以上ひとりしか使ってません。私が直接トーキョーで引き抜いた男です。わが部門のために常に結果を出してくれました。彼はマスコミに話すことなど絶対にしません。信頼できます」

「もってのほかだ！　殺しを専門にしてるきみにしては甘すぎる。マスコミのハイエナ的性格をわかってるのか。奴らはそのヒットマンを捜し当てると思ったほうがいい。そしていったん捜し当てたら、腐った肉にたかるようにその男からいろいろな秘密を探り出す。七〇年代にＣＩＡによる暗殺は御法度になったのに、それが続けられていたということが明るみに出たらどうなる？　そうなったらきみの首ぐらいじゃすまんのだ。政権にどれだけの悪影響を与えるか。命取りになるかもしれない。なにしろ生かしておいてはならん。これは最終命令だ。そのヒットマンを除去しろ」

「それは大統領閣下からの命令なんですか？」

「あきれた男だな。世界最強国家の大統領がいちいち誰を除去しろなんてダーティな命令を下せると思うのか？　それができないから、私のような人間がいるんだ。私は大統領にとって最もプラスになることを常に考えている。国家利益にとってはこれが一番なのだ」

ドラッガーは全身の血が逆流していくような怒りをおぼえた。冗談じゃない。国家利益が聞いてあきれる。国家利益と自分たちの利益を混同されたらたまったものじゃない。

「何か文句でもあるのか?」

ランドがサディスティックな笑いを見せた。

ドラッガーがグロスマン長官を見た。長官がかすかに首を振った。ドラッガーは口を閉じたまま出かかった言葉を押し殺した。

ランドが満足そうにうなずいた。

「わかっていると思うが、今日この部屋で話されたことはいっさい外に漏らしてはならない。もし万にひとつ漏れた場合は、きみたち三人の連帯責任とする。そして国家安全を脅かした容疑で告訴する。わかったな」

ランドが長官室から出て行った。

「スィックファック!」

ドラッガーが吐き捨てた。

「あいつはサイコパス《精神病者》ですよ」

テーブルの上に封筒が置かれてあった。クックマンが手をのばしてそれを取り上げた。

「まだ間にあうでしょう」

立ち上がってドアーに向かおうとした。長官が彼を止めた。

「気がついたら取りにこさせりゃいいんだ」

「もし来なかったらどうします?」

「そのときはホワイトハウスの誰もアル・ドバイエの本当の顔を知らないということになるな。そんなことはあってはならないことだが」

笑いをかみ殺しながら長官が言った。


ドラッガーが乗ったタクシーが東六十五番通りとパーク・アヴェニューの角に着いたときは七時半近かった。

エレヴェーターを降りたところで藤岡が待っていた。ふたりが握手を交わした。いつも仕事の指令は電話でしてきたので、こうして直接会うのはごく久しぶりだった。

「元気そうだね」

「今の心境で元気じゃなかったら罰が当たりますよ」

ドラッガーを居間に案内した。

「腹が減ってるでしょう? ピッツァでもとりましょうか?」

「いや、それより何か飲み物がほしいな。スコッチをオーヴァー ザ ロックスで頼む」

藤岡が居間の隅にあるバーに行ってグラスをふたつとアイス バケット、ボーモアのボトルを持ってきた。

氷を入れボーモアを注いだ。

ドラッガーがグラスを上げて、

「きみの最後の仕事はいつもどおり素晴らしかった。これまでのきみの貢献に対して対外作戦部のメンバー全員に代わって礼を言う。サンクス　ア　ミリオン」

ふたりがグラスを合わせた。

ドラッガーが一気にグラスを干した。藤岡はちょっと口をつけただけだった。ドラッガーがボトルを取って二杯目をグラスに注いだ。藤岡がじっとドラッガーを見つめた。

「これまでいろいろありましたが、あなたには心から感謝しています。あなたは私の人生の恩人です。決して忘れません」

「買いかぶりすぎだよ。こっちはきみの腕を利用させてもらったじゃないか」

「でもあのときトーキョーであなたは私を拾ってくれました。あの出会いがなかったら間違いなく今ごろ私は日本の刑務所に入ってます」

「きみの腕がきみを救ったんだ」

「いいえ、私ぐらいの腕の持ち主はこの世にずいぶんいます。しかしあなたは私を選んでくれた。あなたが私を救ってくれたのです」

人間変われば変わるものだとドラッガーはつくづく思った。初めて東京で会ったときの藤岡は表情というものがなかった。しかし危険きわまりなかった。ちょっと間違ったらその殺しの腕を自分に向けていた可能性だってあった。あえてたとえれば誘導装置のないミサイルだった。

だが今の彼は心を完全に開いて笑顔まで見せている。

「それでこれからどうするつもりなんだ？」

「ベンジャミン氏の会社に残ってもよいと言われているのですが、これまでの生活と完全にさよならして、新しく始めたいのです」

「そのほうがいいだろう」

「そこでお訊きしたいのですが、私の元のアイデンティティであるハヤト・ダイモンに戻れるでしょうか？」

「きみがそう欲するならできるさ。だが忘れてならないのは、きみは日本ではまだ指名手配の身であることだ。日本の警察からインターポール《国際刑事警察機構》にも手配書がまわっているかもしれない。それでもいいんならダイモンに戻ればいい。きみは自由なんだ。何をしようがきみ次第だ」

藤岡がちょっと考えて、

「やっぱりやばいですね。タケル・フジオカでここまできたんだし、もうしばらくはこのままでいます」

ドラッガーは藤岡の右手人差し指の第一関節と第二関節にゴールドの指輪が光っているのに気づいた。妙なところにはめていると思ってそれについて訊いてみた。

藤岡が笑いながら、

「昔、日本のサムライは剣を使わないと決めたとき、よく鍔《つば》と鞘《さや》を何かで結んだんです。私は二度と銃を使わないと決めたので、この利き指を指輪で封じたのです」

「武装解除はまだ早すぎるんじゃないのか？」

「もう仕事は終わったじゃないですか」

「それはそうだが、ここニューヨークにいる限り油断は禁物だ。スパーンやグリシェンコがきみに殺られた部下のリヴェンジのために、きみを捜してるかもしれないし。奴らの情報網はＮＹＰＤ以上と言われてるからね」

「銃は使わないと言いましたが、自衛をしないとは言ってませんよ」

「……？　だが見たところ丸腰じゃないか」

藤岡が立ち上がって両手を広げた。

「試してみてください。どうぞ」

ドラッガーが立ち上がって腰の後ろに手を回した。ハイスタンダード　モデルＢが生身のままベルトに突っ込まれていた。藤岡は両手をだらりと下げたままドラッガーの動きを見つめていた。その右手の指がかすかに動いた。ドラッガーが銃を抜いたと同時に藤岡の右手が上がった。パチッという小さな音とともにドラッガーの喉元にフリックナイフが突き付けられていた。ドラッガーの手から銃が落ちた。彼が両手を上げた。

「まるで手品だ」

「二挺はいつも持っています。あくまで護身用です」

藤岡がナイフを右手の袖《そで》の中に戻した。

「しかし使わないですめばと願ってます。ニューヨークを出てしまえば、そんな心配をすることもなくなるでしょう」

藤岡の表情が急に真剣味を帯びた。

「リチャード、ひとつ訊いてもよいでしょうか?」

「私に答えられることなら」

「魂の救いというのはあるのでしょうか」

「………」

「自分はこれまでに多くの人間を殺ってきました。魂さえ血だらけになってしまった。そんな自分にも救いはあるのでしょうか?」

「きみが消してきたのは人間のクズだけだった」

「それで自分のやってきたことが正当化されるのでしょうか?」

ドラッガーがしばし考えてから、

「今日まで善良な市民がテロリストや殺し屋によって無差別に殺されるのを私はいやというほど見てきた。この世の地獄だった。自分自身も含めて人間が魂を持っているのかさえわからなくなった。ただ私は国家国民のためにベストをつくしてきたつもりだ。倫理的に物事を考えていたら勤まる仕事ではなかった」

「すいません。あれだけ世話になったあなたにこんな質問をしてしまって」

「謝ることなんてないよ。きみがまだ良心というものを失っていない証拠だ。それが魂の救いにつながるんじゃないかな。私はとうの昔に良心を失ってしまった。国家利益とザ カンパニーのためにね」

電話が鳴った。藤岡がすばやく受話器を取り上げた。下の受付からだった。

藤岡が受話器を片手でふさいだ。

「女性の訪問客が来ているらしいのですが？」

「私が呼んだのだ。通すように言ってくれ」

ドラッガーがエレヴェーターに向かった。

一分も待たぬうちにエレヴェーターのドアーが開いて彼女が姿を見せた。

ドラッガーは一瞬息を飲んだ。まばゆいような美しさだ。

「ようこそ。私はリチャード」

「カリプソです」

彼女が手を差し出した。ドラッガーがそれをソフトなタッチで握った。

ドラッガーがそのトーンを落とした。

「ここでのカヴァーは？」

「アイリーン・ヘネシー、イギリス人のフォトジャーナリストです」

　ふたりが居間に入った。藤岡があわてて立ち上がった。

「タケル、これは友人のアイリーン・ヘネシー、フォトジャーナリストだ。アイリーン、こちらやはり友人のタケル・フジオカ」

　藤岡はその場に縛られたように立ったまま彼女を見つめていた。

　レイチェルが笑いながら、

「私の顔に穴でもあけるおつもり？」

　藤岡の顔が赤らんだ。

「これは失礼。あなたのような美しい方の訪問は初めてのことですので」

「あら、お上手ね。誰にでも言うんでしょう」

「いや、決してそんなことは……」

　藤岡の顔がさらに赤くなった。

「タケル、会議室をちょっとの間使いたいんだが」

「どうぞ。そこの廊下に出てふたつ目の部屋です」

「バッギング《盗聴》は大丈夫だろうね」

「三日に一度はチェックしていますから」

ドラッガーとレイチェルが会議室に向かった。

「ナイス　ミーティング　ユー、ミズ　ヘネシー」

藤岡が弾んだ声で言った。

「ライクワイズ、ミスター　フジオカ」

会議室は三十畳ほどの広さで、床は真っ白な毛足の長いカーペットで覆われている。中央にオークでできた長方形のテーブルがあり、壁には巨大なスクリーンがはめこまれていて、そのまわりにも小さなスクリーンがいくつかついている。居ながらにしてラングレーの本部や世界各国の支局と会議ができるシステムだ。

「さすがCIAのセイフ　ハウスですね。お金のかけ方が違います」

「あまり使用はしてないようだがね。まあすわってくれ」

レイチェルがテーブルを挟んでドラッガーの真ん前に腰を下ろした。

「ドゥバイの仕事は見事だった。その前のイスタンブールでの仕事はこの目で見せてもらった。ファンタスティックと言うほかはない」

レイチェルのディープ　ブルーの瞳が貫くようにドラッガーを見据えた。

「作戦に変更が生じたとおっしゃいましたね?」

ドラッガーが二、三度うなずいた。

「まずアル・ドバイエはもはやきみの標的ではなくなった」

「理由を聞かせてもらえますか?」

「ホワイトハウスからの指示だ。反対したのだが力足らずだった。あの野獣を生け捕りにするんだと言ってる」

「それでは私の標的はスパーンとグリシェンコだけになったのですね」

「いや、彼らに関してはFBIが処理することになった」

「ということは、私の出番はなくなったということですか?」

「いや、ひとりだけ消してもらう」

ドラッガーが立ち上がった。

「ホテルまで送っていこう」

レイチェルが彼に従いて会議室を出た。

居間で雑誌を読んでいた藤岡が目を上げた。

「もう終わったんですか」

「私はこれから彼女を送っていく。明日の朝ラングレーに帰る」

「それではもうお会いできないかもしれませんね。今週中に私はここを出ますから」

「これからのきみが何をするにしても幸運を祈る。私にできることがあったら遠慮なく言ってくれ」

「もう十分にやってもらったじゃないですか」

ふたりが互いを見つめ合った。ドラッガーはこれが永遠の別れになると知っていた。固い握手を交わした。そのままドラッガーが藤岡を引き寄せて抱き締めた。

「フェアウェル、マイフレンド《――さらば、友よ――》。きみのことは決して忘れない」

何かが喉につまったようなかすれ声でドラッガーが言った。

コンドミニアムを出たふたりはしばらくパーク・アヴェニューに沿って歩いた。アヴェニューにはタクシーが走ってはいるが、さすがマンハッタンの高級住宅街だけあって、この時間に歩いている者はひとりもいない。

「ターゲットはあのフジオカですね」

ポツリと言った。質問というより断定調だった。

「どうしてわかった」

「私をあそこに呼んだのはフジオカと面通しをさせるためだけだった。そうでしょう？だってミーティングなんて意味のないものでしたもの。うちの少将が言っていたCIAの腕利きヒットマンとは彼だったのですね」

「きみ同様トップ中のトップだ。どんな武器でも使いこなせる」

「その割りには明るい性格をしてますね」

「振りをしてるだけさ。十二年前トーキョーで雇ったのだが、当時彼は殺人容疑で官憲に追われていた。姉をレイプし父親を自殺に追いやったヤクザや弁護士を殺したんだ。私は彼の腕に惚れた。以来彼はうちのためにずっと働いてきた。どれだけわれわれに貢献してくれたことか……だが彼を消さねばならない。あんな素晴らしい男を。私は使い捨てにするつもりなど毛頭なかったんだ。それなのに……きみは信用しないだろうが、今私は断腸の思いだ」

「リチャード、感傷的になるのは禁物です。センティメントは精神的に裸になるのと同じです」

「そうだったな。今夜の私はちょっと軸から外れてるようだ。いずれにしても油断はするな。彼は両袖の中にナイフを一本ずつ持っている。普通の人間が銃を使うよりずっとリーサル《必殺的》だ」

「除去に関してなにか条件はありますか?」

「できれば毒や爆弾はさけてほしい。一発で楽に逝かしてやってくれ。幸い彼はきみを気に入ったようだ。ガードを下げる可能性は十分にある」

「最後の晩餐《ばんさん》に誘えば、もっとガードを下げるでしょうね」

長い沈黙が続いた。先に口を開いたのはドラッガーだった。

「カリプソ、ひとつ訊いていいかね?」

「……?」

「私はずっとこの仕事をしてきて、いつも死というものを考えてきた。今では死の顔が見えるんだ。そして死は私にほほ笑みかける。そんな経験をしたことはあるか？」

「この仕事をしていれば当然です」

「そんなとき、きみはどうする？」

「死がほほ笑めばこちらはほほ笑み返すだけ。それしかできません」

レイチェルが通りがかったタクシーに手を上げた。

「ターミネーション《抹殺》までの時間はどのくらいもらえます？」

「彼があのコンドミニアムから出て行くまでにだ。出て行ったあとでは捜すのがやっかいになる」

「今週中に終えます」

タクシーがふたりの前で停まった。レイチェルがバックドアーを開けた。

「結果についての報告は必要ありませんね」

「きみの腕を信じてる。終わったらそのまま帰国して結構だ。ジェイソンによろしく伝えてくれ」

「シャローム、リチャード」

彼女がタクシーに乗り込んだ。

ドラッガーはしばらくその場に立ったまま去っていくタクシーを見つめていた。

まれに見る美しさだ。しかし限りなく冷たい美しさだ。しかもものすごい殺気を発散している。それが美しさと混ざって妖婉《ようえん》な鬼気をかもし出す。一緒にいたのはせいぜい二十分そこそこだったが十時間にも思えた。こんなテンションを感じたのは、若いころ初めて人を除去したとき以来だ。気がつくと体中が汗で濡《ぬ》れていた。

第十章　終局への序章

フライに伝言を託してヴァンダービルト・ビルに戻ったジョッシュはすぐにクリス・スパーンに呼ばれた。ロシア人のパートナー、イアンことセルゲイ・グリシェンコが一緒だった。

「困ったことになったよ、パーカー」

クリスが言った。

「組織に水漏れがしてるんだ」

「と言うと？」

「裏切り者がいることがほぼわかったんだ」

「〃ほぼ〃とはどういう意味だい？」

「まだ百パーセント確実じゃないんだ。われわれとしては間違った情報と思いたいんだが」

「あんたがたにしては慎重だな」

クリスがうなずいて、

「貴重な男なんだ。だがもし情報に間違いなかったら処置をとらねばならん。そこで訊きたいんだが、あんたがた++だったらどうする?」

「考えることもない。処刑すればいいんだ」

「どんな処刑の仕方がいいと思う?」

「それはあんたがたのほうがよくわかってるはずだ。前例に従ってやればいい」

「だが今回は普通の裏切りじゃない。われわれの許容範囲をはるかに超えてるんだ」

「おれが殺《や》ろうか?」

クリスとイアンが顔を見合わせてにやりと笑った。

そのとき男が入ってきた。つかつかとジョッシュに近付いた。胸のホルスターから拳銃を抜いてジョッシュのこめかみに突き付けた。

「ボス、間違いありませんぜ。ロックフェラー・センターの周囲はＳＷＡＴで固められてる。その上フェズがうじゃうじゃうろついてました」

クリスが机の引き出しを開けて手錠を取り出し、それを男に投げた。

「いったい何のつもりだ?」

後ろ手に手錠をかけられながらジョッシュが言った。

「ザ　ゲーム　イズ　オーヴァー、パーカー」

「おれには何のことやらさっぱりわからん。冗談にしてはきついぜ」

クリスが立ち上がってジョッシュに近付いた。

「パーカー、よくもばかにしてくれたな。だがお前が考えるほどわれわれはばかじゃない。初めから話がうますぎた。だからお前をチェックしてたんだ。今日のエサは最高だったろう。あれは私の思いつきだ。ロックフェラー・センターでの自爆テロと聞いたら、お前はあわてて支局につなぎをつけたな。見ていておもしろかったよ」

ジョッシュが不敵な笑いを見せた。

手の甲でジョッシュの顔にビンタを食らわせた。

「あんたがたにしては上出来だ。そこまでわかってるならじたばたしてもしょうがない」

「往生際がいいな。今お前は裏切り者をわれわれに代わって処刑すると志願した。しかしどうやって自分自身を処刑するんだ、ええ?」

「確かに矛盾してるな。しかし正確に言えば、おれは裏切り者じゃない。最初からおまえらを騙《だま》すつもりで組織に潜入したんだからな。それより自分たちのことを考えたほうがいいんじゃないのか。もうすぐここにFBIが大挙してやってくる。お前たちはおしまいだ。手向かったら即射殺だ」

「口が減らねえ野郎だな」

それまで黙っていたイアンが立ち上がった。

「ひと思いに殺っちまったほうがいいぜ」

「そのロスケの言うとおりだ」

とジョッシュ。

「こういうことが起こることをおれは予想していた。お前らのようなウジムシと地獄の門をくぐるのは気が進まないが、少なくとも社会の役にはたったという満足感をもって逝ける。上等だよ」

イアンが拳銃を抜いてジョッシュに向けた。

「ちょっと待て!」

クリスがシャープな口調で言った。

「もったいないことはするな。一発で殺っちまうなんてこいつにとっては楽すぎる。それにこいつはわれわれにとって貴重な存在だ。使い道はある」

ラリー・デピエールはいらついていた。何かが引っ掛かっていた。事態があまりにスムースに進みすぎている。ジョッシュが殺人者集団に潜入してから一週間もたっていないのに、ロックフェラー・センターでの自爆テロの情報を送ってきた。彼はその道でのヴェテランではあるが、冷戦時代を生き抜いてきたスパーンやグリシェンコがそんな大事な情報をやすやすと漏らすようなポカをやるだろうか。ひょっとしたら……？　彼のガット フィーリングが不吉なシグナルを送っていた。

オフィスを飛び出し駐車場に停めたビューイックに乗り込んでグランド・セントラル・ステーションに向かった。

フライはちょうどスタンドを閉めかけているところだった。晩飯時にホットドッグを食べる客はあまりいない。

「やあ旦那、こんなに早くに来てくれるとは思ってもなかったでやんすよ」

「ちょっと訊きたいんだが、誰かここに来て、ジョッシュ・パーカーについて尋ねた者がいなかったか？」

「それはいなかったでやんす」

「そうか……」

「じゃけんどパーカーの同僚というのがふたり来たでやんす」

「それはいつだ!?」

「ついさっきでやんす」

「オー シット!!!」

支局にとってかえしたラリーは支局長室に直行してフライから得た情報を伝えた。

サリヴァンは一瞬絶句した。彼にとってジョッシュは部下というより長年の友人であり恩人でもあった。

彼がFBIの副支局長としてニューヨークに赴任してきたのは七年前だった。当時すでにジョッシュはNYPDのホモサイド《殺人》課の名刑事としての名を馳《は》せていた。

新任のサリヴァンはニューヨークの組織犯罪の捜査を命じられた。地元にそれほど詳しくもない彼にはタフな仕事だった。そのとき援助の手をさしのべてくれたのがジョッシュ・パーカーだった。大都市の警察にはFBIに対するライヴァル意識や縄張り意識を抱く者が多い。しかしジョッシュはそんな小役人根性とは無縁だった。単純に悪を憎むという根っからの刑事だった。

結局、サリヴァンの特別捜査隊はニューヨークの地下帝国を牛耳っていたガンビーノファミリーの流れをくむドンを逮捕し、一家を壊滅状態に追い込むことができた。その成功はジョッシュの協力のおかげと言ってもよかった。

「チーフ、自爆テロの話はエージェントパーカーをテストするためだったのです。彼ははめられたんです」

ラリーが早口にまくし立てた。

「間違いなさそうだな。すぐに奴らの根城を奇襲しよう」

その夜、すでに帰宅していたエージェントたち全員が呼び出された。さらにNYPDのオライリーも五十人の警官を動員してＦＢＩの傘下に置いた。ヘンリー・サリヴァンの指揮のもと、総勢百人の武装部隊が東六十八番通りとパーク・アヴェニューのインターセクション《交差点》に集結した。

正面玄関と裏口に待機したＦＢＩと警官たちが、それぞれの入り口に向かってじりじりと進み始めた。ヘンリー・サリヴァンは正面玄関から道路を隔てたところで指示を出していた。ラリーは正面玄関に突入する警官隊と一緒に玄関から少し離れたところで待機していた。上空には何機かのヘリが舞っている。ＦＢＩとニューヨーク州ミリシア《州軍》のヘリだ。強烈なサーチライトがビルを照らし出している。

中との電話がつながった。

「スパーンか？　ＦＢＩのサリヴァンだ。手を上げて出てこい。お前たちを逮捕する」

「何の容疑だ？」

「過去に犯した殺人およびテロ陰謀罪だ」

「なるほど。だがそう簡単にわれわれを捕らえられると思ってるのか」

「お前たちは逃げられない。降伏しろ。そうすれば命は助かる」

「そう強がりは言いなさんな。こっちはお宅のエージェントを人質にとってあるんだ」

「彼は無事なんだな？」

「今のところはね」

「彼の声を聞かせろ」

「声よりも実物を見せてやる。玄関に注目しろ」

サリヴァンがマイクを通して全員に動かぬよう指令を出した。

玄関のドアーが開いた。

ジョッシュがゆっくりと出てきた。後ろ手に手錠をかけられボタンが外れた背広の内側に何本かのワイアーが見える。

「エージェント パーカー!」

ラリーが彼に走り寄ろうとした。

「バック オフ! バック オフ!」

ジョッシュが叫んだ。

「おれの体には爆弾がつけられているんだ! リモコンで起爆されることになってる! それからヘンリー、誰も中に突入させちゃいかん! ブービートラップが仕掛けられているんだ!」

サリヴァンは部下たちに後退するよう命じ、片手に持った電話機を耳に当てた。

「スパーン、条件は何だ?」

「最初からそう言えばよかったんだ。条件は上空のヘリを全部降ろすこと。それだけだ」

「エージェント・パーカーは?」

「こっちが無事逃げられるめどがたったら、リモコン装置をそっちに与える。そっちにはネゴをするオプションはない」

「ヘンリー!」

玄関を出たところに立ったままのジョッシュが叫んだ。

「奴らの条件なんて呑むな! おれはどうせもうだめなんだ! 奴らを逃がすな!」

サリヴァンはジョッシュの言葉を無視してクリスに言った。

「わかった。リモコン装置はどこで渡してくれるんだ?」

「玄関の内側に置いておく。それでいいだろう? わかったら裏口と玄関からサルどもを退去させろ。ひとり残らずだ」

サリヴァンが全ヘリコプターに上空をクリアーするよう命じ、裏口と正面で待機している部隊に退くよう指令を出した。

「ヘンリー、なぜだ⁉ なぜあんなゴミ野郎の言うとおりにするんだ⁉」

サリヴァンが黙ってジョッシュを見つめた。無力の沈黙だった。

上空を飛んでいた十機ほどのヘリが姿を消した。

その数分後ビルの屋上に轟音が響いた。見上げると一機の大型ヘリが夜空に浮かび上がった。ラリーが玄関に走った。ドアーを開けて中を見まわした。しかしリモコン装置はどこにも見当たらない。

「ラリー、無駄だよ！」

ジョッシュが叫んだ。

「おれは死んだも同然だ。早くビルから離れるんだ！」

「しかしパートナーのあなたを見殺しにはできません！」

「ばか！　言ったろう。クワンティコで習ったことは忘れるんだ！　おれの言うとおりにしろ。これは命令じゃなく頼みだ！」

ラリーがジョッシュを見つめた。

「きみとパートナーが組めて本当によかった」

「その思いは同じです」

「ケリーに伝えてくれ。十五年間もひきずってきて本当にすまなかった、と。おれが謝っていた、と！　必ず伝えてくれ！」

ラリーが何度も後ろを振り向きながらビルから離れて行った。

「ジョッシュ！」

サリヴァンが叫んだ。

「ボム スクァッド《―爆弾解体班―》が来る。そこにじっとしてろ！」

「無駄だよ。もうすぐスパーンがリモコンスイッチを押す。皆をバック オフさせろ！」

「ジョッシュ！」

「ヘンリー、イッツビーンナイスワーキングウイズユー。グッバイ、バディ！」

言い残してジョッシュがビルの中に飛び込んで行った。次の瞬間、大爆発とともに玄関口が崩壊した。

ラリー・デピエールは呆然として爆炎を見つめていた。サイレンが唸《うな》りを上げて彼の耳にせまってきた。

「エージェントパーカー!!! エージェントパーカー!! ジョッシュ……」

ラリーはその場にしゃがみこんで頭をかきむしりながら彼の名を呼び続けた。

それから五十分後、ニュージャージー州プレインフィールド上空で大型ヘリが州空軍のアパッチ・ヘリコプターによって撃墜された。生存者はひとりもいなかった。

その夜の十一時、テレビのブレーキングニュースで事件の詳細が伝えられた。

しかし翌日の全米各紙はこの事件をそれほど大きくは扱わなかった。よりインパクトのある事件がホワイトハウスとLAPDによって発表されたからだ。アブ・サレフ・アル・ドバイエの逮捕である。

ジョッシュ・パーカーの死後三日目、マウント・ジューダン墓地でFBIによる葬儀が行われた。FBI支局員をはじめ、タイムズのジョージ・シューマー、NYPDのオライリー本部長やダニー・スモレンスキーなどかつての同僚も数多く参列した。

式が終わったとき、ラリー・デピエールがケリーに近付いた。黒いヴェールの奥に見えるその顔は痛々しいほどやつれていた。

「ミセス パーカー、エージェント パーカーのパートナーのラリー・デピエールです」

ケリーが小さく会釈した。

「短い期間でしたが、彼は私にとって仕事上の大先輩であり人間としての師でもありました。一緒に働けたのはこの上ない名誉でした」

ケリーが礼を言って去ろうとした。

「ミセス パーカー！　ちょっと待ってください」

ケリーが振り向いた。

「私はミセス パーカーじゃないんです。正式に結婚はしてなかったんです」

「そんなことはありません。エージェント パーカーは婚姻届を出していましたよ」

「……？」

「アンダーカヴァーの仕事が一段落したら式を挙げるんだとうれしそうに言ってました。われわれニューヨーク支局の全員が招待されていたんです」

「でも私は婚姻届にサインはしてませんけど」

「いや、ちゃんとありました。うちの支局長と私が証人ですから間違いありません」

ケリーがまじまじとラリーを見つめた。胸がつまった。ラリーがうそをついているということはわかっていた。しかし正式に婚姻届を出していれば自分は妻として扱われる。そうすればFBIからの殉職手当やペンション《年金》が入ってくる。それを考えてラリーと支局長がやってくれたのだ。

「ありがとう、ラリー。ジョッシュもあなたのような人と働けたことをきっと誇りに思ってるわ」

ラリーが心持ちその姿勢を正した。

「ご主人から最後に託された言葉をお伝えします。彼はこう言ってました。〝悔いはない。ケリーを愛し、ケリーから愛されたおれは本当に幸せだった〟。以上確かにお伝えしました」

ラリーがくるりと背を向けて去って行った。

テルアヴィヴ

ミーシャ・ケラーがアル・ドバイエの写真を持って副長官室に入ったとき、サブラックは二日前のワシントン・ポストとニューヨーク・タイムズを前に何やらつぶやいていた。

彼が顔を上げた。ケラーが写真を渡した。

「これを見てみろ」

サブラックがワシントン・ポストとタイムズに載っているアル・ドバイエの写真を指した。

「同一人物と見えるか？」

ケラーがかぶりを振った。

「どう見てもそうは見えませんね。だいいち肌の色が違います。それに髭《ひげ》だらけで一目でアラブ人とわかります。われわれが得た奴の写真とは違いすぎます」

「だがＣＩＡにはこっちが得た写真を送ってるはずだろう」

「それは私が確認しました」

「じゃ、なぜ彼らはこんな写真を新聞社に配ったんだ」

確かにモサドがイエーメンにいるエージェントから得た写真と新聞に載ってる写真は違っていた。前者はアラブ人にしては肌の色が白い。もじゃもじゃの髭を剃《そ》って髪の毛を切って背広姿になれば、普通の白人、アメリカ人で通用する。だからこそモサドの記録部は、彼の変身を考えてあらゆる顔をコンピューター グラフィックスで作りだしたのだ。サングラスをかけて帽子をかぶり、口のなかに綿をつめた顔とか、つるっぱげにして片目を眼帯で覆い、頬《ほお》に傷のある顔など、五十以上のアル・ドバイエを作成した。

だがどう見ても、目の前にある新聞に載っている写真の顔とは違う。CNNやBBCなどで流れているアル・ドバイエの写真も新聞のものと同じだった。これでは私はアラブ人ですと宣言しているようなものだ。

「こりゃ偽者だな」

「しかし逮捕してから撮ったわけでしょう」

「身代わりを逮捕したんだ。そうに違いない」

「だったらCIAがすぐにわかるでしょう。発表前にこっちが送った写真と照合するはずですから」

「問題はそこだな。ひとつ気になるのは今回の逮捕でホワイトハウスが前面に出てきるということだ。これまではこういうことに関しては、いつもFBIが主役だった。なぜ今回に限ってこれほどホワイトハウスが頑張っているんだろうか？」

「イメージ作戦の一環でしょう。テロ撲滅に日夜努力を惜しまぬホワイトハウス。PRに最高のチャンスと見たんでしょう」

「しかし偽者を捕まえたんじゃ、彼らがいかに間抜けかをPRするようなもんだ。それにしても本物の写真を持ってるCIAはいったい何をしてるんだろうか」

サブラックは最後にドラッガーと話したときのことを思い出した。あのときのドラッガーはいらついていて妙に投げやりな話し方をしていた。モサドにはばかな政治家の介入がないから羨《うらや》ましいと言っていた。

「なるほど。そういうわけか……」

ケラーが怪訝《けげん》な顔付きでサブラックを見た。サブラックがドラッガーとの最後の会話について説明した。

「ホワイトハウスとぶつかったというわけですか？」

「それしか考えられない。それにアメリカの新聞やテレビは核の自爆テロについて説明はしてるが、肝心な核がどうなったかについてはまったく触れていない。CIAが情報源だったらこんな中途半端なネタは流さないはずだ」

「そう言われればホワイトハウスの発表はなんとなくつじつまが合ってませんね。アマチュア的なマスコミ操作という気がしないでもありません」

サブラックがしばらく考えた。情報機関の世界と政治の世界は水と油のように溶け合わない。危険なのは政治が情報機関をどんな形にせよ利用することだ。現在のホワイトハウスにはその実績がある。これはとんでもない方向に事態が発展しつつあるとサブラックは直感した。

「ミーシャ、すぐにニューヨークのベン・アミットにアル・ドバイエの写真を送ってくれ。そしてグランド デュークにそれを渡すように伝えろ」

ベン・アミットはニューヨークのイスラエル領事館で文化担当アタッシェ《館員》のポストに

あるが、実際はモサドの要員だった。

「ニューヨーク・タイムズに出すわけですか?」

「ホワイトハウスの暴走を止めるにはそれしかないだろう」

「ホワイトハウスから相当な圧力がかかりますよ」

「ニューヨーク・タイムズなら十分に耐えられるさ。そこがタブロイドとタイムズの違うところだ。彼らはヘヴィー級だ。下手に文句を言おうもんなら逆にノックアウトされる可能性もある」

「グランドデュークにはどのぐらいまで伝えていいでしょうか?」

「アル・ドバイエとスポンサーについては話さねばならんだろうが、エル・シャフェイの名前は出さないほうがいい。核の自爆についても話したほうがいい」

「数週間前にグランドデュークが書いた中国人とロシア人殺害の記事がありましたが、あれに結び付けるのはいかがでしょう?」

「いいアイディアだ。そのほうが読者受けするだろう」

ニューヨーク

アミットから連絡を受けたニューヨーク・タイムズの事件記者ジョージ・シューマー

はミーティング場所に急いだ。

その場所は国連本部ビルのごく近くにあるアパートの一室だが、表向きはイスラエルの貿易会社が借りている。しかしその貿易会社はモサドのフロント カンパニーで、実際にはそこはセイフ ハウスとして使われていた。

アミットが笑顔でシューマーを迎え入れ、奥の会議室に招いた。

「アル・ドバイエの件ではニューヨーク・タイムズも一杯食わされたな」

テーブルに着くなりアミットが言った。

「どういう意味だ?」

「あんたがたが載せたアル・ドバイエの写真は本物じゃなかったということだ」

「あれはホワイトハウスが配ったものだったんだだが?」

「彼らも騙されたんだ」

「それはおかしい。あれは逮捕直後に撮った写真とホワイトハウスの広報が説明していた」

「その広報担当者も知らなかったんだ。逮捕された奴は偽者だった。それを調べもしないでホワイトハウスは発表してしまった。焦りが出たんだろうな。よくあることだ」

「それならそれと、もっと早く言ってくれればいいものを」

シューマーが口をとがらせた。

「私自身さっきまで知らなかったんだ」

と言って、一枚の拡大写真をシューマーのほうに押しやった。

「新聞に載った写真とは随分違うと思わないか?」

シューマーはしばしその写真に見入っていた。

「まったくの別人じゃないか」

次にアミットは本部の記録部が作ったさまざまなアル・ドバイエの顔が写った写真を見せた。

「その髭をつけたアル・ドバイエと逮捕された奴をくらべてみれば一目瞭然《いちもくりようぜん》だろう」

シューマーが納得したという表情でうなずいて、

「これを発表しろというわけだな?」

「本部によると今ホワイトハウスは非常に危険な政治ゲームをプレイしている。CIAやFBIは単にそのゲームに利用されているにすぎない。なんとかホワイトハウスの暴走にブレーキをかけねば世界が不幸なことになる。ここはひとつグランドデュークにお出まし願いたいんだ」

「この写真は絶対に本物なんだな?」

「それは間違いない。イエーメンにいるうちのスリーパーが手に入れたものだ」

「わかった。やってみよう。だがもう少し話の膨らみがほしいなあ」

「当然だ。このネタは単にアル・ドバイエというテロリストが核を使って自爆テロを目論んでいるということだけではないんだ。あんたはこないだ中国人とロシア人殺害の件についての記事を書いたな。実はあの件ともこれはつながっているんだ。それに加えてジョッシュ・パーカーの爆死もからんでいる」

「パーカーも？」

シューマーが身を乗り出した。

それから約三十分間アミットの説明が続いた。

終わったときシューマーがひとつだけ質問をした。

「核爆弾はどこにあるんだ？」

アミットがかぶりを振りながら、

「それはまだわかっていない。ホワイトハウスも今のところはわかっていないようだ」

「わかってて発表していないということは考えられないか？」

「さあ、どうなのかな。それについて私は語る立場にはないからね」

「本部はどう見てるんだろうか？」

「今のところ何も言ってない」

「わかった。これだけの情報があれば十分だろう」

言いながらシューマーが立ち上がった。

「身辺にはくれぐれも気をつけろよ。どうも今のホワイトハウスは信用できんからね」

シューマーがにっこり笑った。

「大丈夫。ワシントンとやり合うのはこれが初めてじゃない。それより乞うご期待と言っておこう。ホワイトハウスを震え上がらせてやる」

社に戻って原稿を書き始めたとき、デスクの上にある通信社からのフラッシュニュース掲示板にAP電が走った。

『マドリッド＝AP：ジブラルタル海峡付近で不審な貨物船。乗組員死亡も。現地時間の今日午後八時、スペイン沿岸警備隊はジブラルタル海峡に近付いていた一隻の貨物船からSOS信号が発せられていたため、その船舶に乗船したところ、船長を含む乗組員全員が嘔吐《おうと》と高熱で倒れているのを発見。全員近くのマラガの病院に収容されたが、五人の乗組員は病院に着く前すでに死亡していた。貨物船はパナマ船籍、出港地はグルジアのスフミでイスタンブールを経てフランスのマルセイユに寄港。今朝出港して最終目的地であるアメリカのロスアンジェルスに向かう途中だった。病院の担当者によると、船員たちの症状から見ておそらく何らかの放射性物質が原因ではないかと語っている。現在スペインの沿岸警備隊と陸軍が船の積み荷をチェックしているが、貨物の一部から放射能が漏れていることが確認された』

まさか積み荷が核爆弾なんてことはないだろうと思いながらも、シューマーはAPの友人に電話してみた。

「やあピート。ジブラルタル付近での件で、あれから何かわかったか?」

「今、積み荷をチェックしてるところらしいから、まもなく何かわかるだろう。しかしジョージ、あんたは事件記者で国内担当だろう」

「今回に限ってオールラウンド プレイヤーになったんだ」

「お、ちょっと待て、入ってきてるぞ。そっちはどうだ?」

「まだだ。いつも二、三分遅れやがるんだ。そっちのを読んでくれよ」

「いくぞ。『マドリッド=AP:マラガ港で検査中のパナマ船籍のファニタ・ペロン号の貨物の一部に小型核爆弾。乗組員が発病したのはこれらの核爆弾の一部が放射能漏れを起こしていたのが原因とわかった。同船は出港を停止され、警察と軍によるさらなる検査を受けることになった』と、まあこんなところだ」

「サンクス ピート、ひとつ借りができたな」

これがもしアル・ドバイエがロスアンジェルスでその到着を待っている核爆弾だったら、ストーリーはパーフェクトとなる。

シューマーは電話でFBIやCIAの知り合いに訊いてみた。返ってきた答えはすべてノー コメント。知っていてノー コメントと言っているのではなく、本当に知らなくてノーコメントと言っているのだと感じ取った。

こうなったら正面から堂々とぶつかっていくほかないと思った彼は、ラングレーのグロスマン長官に直接電話を入れてみた。

秘書が出た。

「ニューヨーク・タイムズのジョージ・シューマーだが、グロスマン長官とお話ししたい」

「ちょっとお待ちください」

シューマーが驚いたことにグロスマンが電話に出た。ここらへんがニューヨーク・タイムズという名前が持つアドヴァンテージだ。

「ミスター・シューマー、ホワット キャン アイ ドゥ フォー ユー？」

「ふたつお訊きしたいことがあります。まずホワイトハウスが発表したアル・ドバイエ逮捕についてですが、あれは偽者とわれわれは考えています。本物のアル・ドバイエの写真が手元にありますが、逮捕された人物とは似ても似つかない。そこでお訊きしたいのですが、CIAは本物のアル・ドバイエの写真を持っていなかったのか。持っていなかったのなら仕方ないが、もし持っていたとしたらなぜホワイトハウスにあんな偽者逮捕を大々的に発表させたのか。第二はスペインのマラガに停泊しているパナマ船籍のフアニタ・ペロン号が積んでいた小型核爆弾とアル・ドバイエは関係があるのか？　以上いかがです?」

「………」

あまりにグロスマンの沈黙が長いので、シューマーは電話が切れたと思った。

「長官、まだそこにいらっしゃいますか?」

「ああ」

「どうなんです?」

「悪いが答えるわけにはいかんのだよ」

次にグロスマンが発した言葉はクラッシックなCIAの逃げだった。

「ナショナル セキュリティ《国家安全》に関わるからだ」

ラングレー
電話を切ってすぐにグロスマンは対外課報部部長のドン・クックマンと対外作戦部の責任者サイモン・ドラッガーを呼んだ。

「大変なことになった。たった今ニューヨーク・タイムズから電話があったんだが」

と前置きして、シューマーの質問について話した。

「それにしても本物のアル・ドバイエの写真をどうやって手に入れたんでしょうか

ね?」

クックマンが半分感心したような口調で言った。

「タイムズのネットワークなら十分に考えられることだよ」

とドラッガー。

「まさかモサドが流したなんてことはあるまいね」

「そんなことをしたらわれわれを窮地に追い込むということはわかっている。それはないよ」

「かもしれんが、アル・ドバイエを消さずに逮捕ということになったから怒ってる可能性もあるんじゃないか」

ふたりの会話を聞いていた長官がいらだった調子で、

「そんなことより、これからどう対処するかだ。偽者のアル・ドバイエを捕まえさせた責任はCIAにあると指摘されるのははっきりしている。ランドは責任回避のためにわれわれにすべてをおっかぶせるだろうし。何とか手を打たねば」

「しかしこの事態を招いた責任はランドにあるわけでしょう。先日の会議でそれははっきりしてたじゃないですか。それにあのとき長官はアル・ドバイエの写真を彼に渡しましたよ。それをランドは持っていかなかった。われわれの責任ではありません」

「それに」

とドラッガー。

「もし写真を持っていても、無視してたかもしれませんよ。なにしろ功を焦ってましたからね。奴はテレビや新聞のヘッドラインしか眼中にないんですから」

彼の言葉に長官がうなずきながら、

「とにかく奴は自己保身のためならどんな汚い手でも使う。だからあのとき会議録をとるなと言ったんだ」

「でも悔しいですね。あんな素人が犯した失態の尻拭いをさせられるなんて」

「まだそうと決まったわけじゃない。あんな奴の思いのままにさせてたまるか」

長官の目が異様に光った。ドラッガーとクックマンにとって、こんなグロスマンを見るのは初めてだった。彼らはCIA生え抜きだが、グロスマンは前大統領の二期目にCIAの長官となった。いわば政治的任命だった。それを彼自身わかっていたためか余計な口出しはしなかった。ドラッガーやクックマンなどのキャリア組にとっては仕事がやりやすい分だけよき上司と映った。現大統領がホワイトハウス入りしたとき、情報機関の継続性という観点から、彼はそのポストにとどまることができた。

グロスマンは感情を表すタイプではなかった。ドラッガーやクックマンが知る限り、彼はこれまで一度も部下を怒鳴りつけたことはなかったし、興奮した表情を見せたこともなかった。

その彼が今、怒りをあらわにしているのだ。

「やるべきことはただひとつだ。奴がわれわれを破滅に追い込む前に奴を破滅させる」

グロスマンが大きく息を吸い込んでからゆっくりと吐いた。ふたりはグロスマンの次の言葉を待った。

「ニューヨーク・タイムズに事の次第をリークするんだ。その役目はサイモン、きみにやってもらう」

「そりゃ密告じゃないですか」

「建設的なリークだ。アメリカ社会のためにもなる。いやかね？」

「気乗りしませんね。私はストレート　シューターですから」

「立派な哲学だ。しかしランドにはそんな高尚さはない。これは言いたくなかったのだが、こないだのミーティングのあと奴は私に電話してきた。何と言ったと思う？」

「……？」

「例のヒット　マンを消したらきみをキンシャサのアメリカ大使館に転勤させろと言ってきたんだ。きみの口を塞《ふさ》ぐためだ」

「ザ　サンノブ　ア　ビッチ！」

「電話する相手はニューヨーク・タイムズのジョージ・シューマーという記者だ」

ニューヨーク

ジョージ・シューマーは話を聞きながら、自分の心臓の鼓動が次第に膨らんでいくのを感じていた。長い記者生活の中でいろいろなたれこみを経験してきたが、これは超特大級だ。しかもガセでないことは話のディテールからしてもわかる。

相手が話し終わると、すかさずシューマーが言った。

「ミスターX、今あなたが話してくれたネタはトリプルAクラスです。アイデンティティを明かしてくれるわけにはいきませんか？」

「それはできない。しかし私が話したことは全部本当のことだ」

「これだけの告発ですから、ホワイトハウス側の言い分も聞かねばなりません。クロスチェックが必要ですから。いいですね？」

「当然だ。それをしなきゃジャーナリズムじゃない。だがくれぐれもランドに騙されないように注意することだ。ああ、それから逆探知をしてるのだろうが無駄だよ」

電話が切れた。シューマーがそばにいた助手を見た。イヤーカヴァーをしたまま彼が首を振った。

「どこからかけてるのかさえわかりません。特殊な電話を使ってるようです。こちらの接触をまったく受け付けません」

やっぱり思ったとおりCIA関係者だ。

シューマーは再び受話器を取り上げてホワイトハウスを呼び出した。自分の名前を告げて大統領特別顧問のローレン・ランドと話したい旨を伝えた。

ラインがランドの秘書室につながった。

「ご用件は?」

「明日の一面に出す記事について、特別顧問にクロスチェックしたいのだが」

ランドはすぐに電話に出た。

シューマーが〝ある筋〟と断ってミスターXから聞いたばかりのことを説明した。

「全部うそだ。あまりにばからしくて反論する気にもならんな」

ランドがきっぱりと言った。

「しかし写真の話は本当です。われわれは本物のアル・ドバイエの写真を持っています。明らかに逮捕された人間とは違います。それに核爆弾の話についても経過を調べればばっじつまが合います。マルセイユに停泊していた貨物船が放射能を漏らしたら、NSAの衛星は簡単にそれをピックアップできます」

「きみの言うある筋とはどこの誰なんだ?」

「匿名ですから私にもわかりません」

「そんな卑怯《ひきょう》な奴の言うことをきみは信じるのか?」

と言ってから、少し間を置いて、

「そうか、わかったぞ！　ＣＩＡの長官か、それともクックマンか！　そうだ、ドラッガーに違いない。そうだろう⁉　ええ⁉　あいつならたれこみぐらいはやりかねない」

「ということは、今あなたが挙げた三人なら、私が得たネタを裏付けられるということですか？」

「そんなことは言ってない！　そもそも国家の重大時になぜそんなばかげたことに時間を費やすんだ⁉」

明らかにランドはあわてふためいていた。

「これは重要なことですよ」

「私はいつも国家利益を最優先に考えて事に当たっている。きみらマスコミのようにつまらないことを追っかけている暇人じゃないんだ！」

「じゃ訊きますが、放射能漏れを知りながらフランスに伝えなかったのが国家利益なんですか？　偽者のアル・ドバイエを捕まえておいて、それを本物として大々的に発表するのが国家利益なんですか？　私には到底そうは思えないのですが」

「理屈だけは一人前だな。私の言う国家利益とはきみの言うような浅いものではない。深い戦略に根ざしているんだ」

「特別顧問、本当のことを言ってくれたらどうなんです。あなたは告発されてるんですよ」

「だから根も葉もない卑怯な告発に対しては反論する気にもならないと言ってるんだ。もしきみがそれをベースに悪意に満ちた記事を書いたら、私はきみとタイムズと社主を訴えるからな。国中の法廷を引きずり回してやる」

シューマーは内心ほくそ笑んでいた。ランドのヒステリックさはミスターXのたれこみが正しかったと言ってるようなものだ。

さまざまなヘッドラインがシューマーの頭の中で躍っていた。

テルアヴィヴ
ジェイソン・サブラックはミーシャ・ケラーとともにスクリーンに映るニューヨーク・タイムズの早版に目を通していた。
一面トップにその記事はあった。ジョージ・シューマーの署名入り記事だ。ヘッドラインは〝大物テロリストは偽者だった〟。小見出しに〝大統領特別顧問の命令：放射能漏れをフランス政府に伝える必要はない〟とある。わきにふたつの顔写真が載っていてキャプションには〝これが同一人物か？　右が三日前捕らえられたアル・ドバイエ。左が本物のアル・ドバイエ。骨格や肌の色、目の間隔などに注目してもらいたい〟。

これだけでも十分に刺激的だが、本文の出だしがこれまた読む者を惹き付ける。

『三日前、ロスアンジェルスで大捕物の末に捕らえられたアラブ人を、ホワイトハウスとLAPDは今最も危険なテロリスト アル・ドバイエと発表したが、本紙はそれを間違いであると断定でき得る情報を得た。また昨日伝えられた小型核爆弾を積んだパナマ船籍の貨物船はスペイン官憲によって取り調べ中だが、アメリカNSAは同船がマルセイユに停泊中、衛星によって放射能の放出をキャッチしていた。CIAやNSAはフランス政府に通報しようとしたがそれはなされなかった。現政権の中で非常に影響力のある人物が止めたからである。理由は〝フランスはイラク戦争に反対した。いいレッスンになる〟。その人物とは大統領特別顧問であるローレン・ランド氏である。これについてはのちほど詳しく説明するが、まず今回の事件は単純なテロ未遂ではなかったということを強調したい。ちなみにアル・ドバイエはイスタンブールのユダヤ教のシナゴーグを爆破した犯人であった。

アル・ドバイエは今日の世界で最も危険なテロリストである。だが彼をそうなさしめるのはその凶悪性と残忍さだけのためではない。彼には頼りになる仲間がいるのである。かつて米ソの情報機関にコントラクト キラーとして雇われていたヒット マンたちがふたりのボスのもとにひとつの組織を作り、アル・ドバイエのテロリスト組織と結び付いているからである。

本紙は四週間前ニューヨーク市内で起きた中国人外交官とロシア人殺害について報道した。あのときの犠牲者は上に述べたヒットマン組織のメンバーだったということも明らかになった。

話は冷戦時代にさかのぼる……』

二面と五面にまで続くほどの長い記事だが、読みごたえは十分だった。スパイ小説とミステリー小説がミックスされ、それが国際政治の裏舞台で繰り広げられるパワーゲームと対テロ戦の現実とあいまって、迫力には事欠かない。

サブラックもケラーも一気に読み終えた。

「これでグランド　デュークはピュリッツァー賞間違いなしだな」

「もしもらったら大変なことですよ。それだけの重みのある賞をエージェントがもらうのはアベル以来ですから」

アベルとはかつてアラブの国で活躍したエージェントで、カヴァーは絵描きだったが、最後にはその国の芸術家として名を成し、数々の賞や勲章を受けた。数あるモサド内の伝説中の伝説的エージェントだった。

「ますます貴重なエージェントになりますね。しかし挑発的ですねえ。ここまで書かれたらランドは黙ってはいないでしょう。これじゃまるで彼は虎《とら》の威を借る狐《きつね》と悪魔の合いの子です」

「きみはランドが訴訟を起こすと思うか?」

「もともとが弁護士ですからやるんじゃないんですかね。事によるとＣＩＡをも訴えるかもしれません」

「私はしないと思う。その前にホワイトハウスは彼を熱いポテトのようにダンプするよ」

「そうでしょうか」

「それよりカリプソはどうしてるんだろう」

「ベン・アミットに連絡して訊いてみたのですが、彼女がニューヨークにいることさえ彼は知りませんでした」

「ドラッガーはあとひとり彼女に殺らせると言ったが、どうも気になる。あれから何度電話しても彼は出やしないんだ」

サブラックにはドラッガーが言っていたＣＩＡお抱えのヒットマンの存在が気になっていた。ひょっとしたらドラッガーはカリプソに彼を消させようとしているのではないか。だが相手はドラッガーも太鼓判を押した腕を持つ男だ。相打ちの可能性だってある。そうすればヒットマンに関しての秘密は永遠に守られる。

「ＣＩＡもタイムズの記事で尻に火がついてるから雲隠れしてるんでしょう。でも心配いりませんよ。カリプソに限ってターゲットをミスするなんてことは決してありませんから」

「そうだったらいいんだが……」

「考えすぎですよ、少将。彼女はイスラエル国家にとってはすでに英雄です。だが殉教者になるには若すぎます」

ニューヨーク

藤岡毅は約束の時間より十分ほど前にマディソン・アヴェニューとフィフス・アヴェニューに挟まれた東五十二番通りにあるフランス料理店〝ラ・グルヌイユ〟に着いた。彼女はまだ来てなかったので、バーでペリエを飲みながら待った。持ってきたブーケはカウンターには置かず片手で持っていた。

レイチェルから電話があったのは今日の午前中だった。考えもしていなかったことだけにびっくりした。だがうれしい驚きだった。

彼女が一緒に食事をしたいと言ったときは、自分の耳を疑った。もちろん即座に受けた。あれだけの美人から誘われたら、なぜなどとやぼなことは考えない。

背広や靴、ネクタイ、さらにはどのコロンをつけるかといったことに時間をかけたのは初めてのことだった。

これまで仕事では何度か女性と食事をしたことはある。しかし彼女たちはみなCIAのインフォーマー《—情報提供者—》だった。話すことといえば、ターゲットのスケジュールやボディガードの数、携帯している武器など仕事上の話だけ。

しかし今晩は違う。生まれて初めて本物のデートをするのだ。しかも相手はまれに見る美女で、頭もかなり切れそうな女性だ。フォトジャーナリストということだったが、リチャードの友人なら少しはCIAにも関係しているのだろう。しかしそんなことはどうでもよかった。今は彼女とのディナーのことしか頭になかった。

ペリエが底をつき始めたとき、後ろからマネージャーの声がかかった。

「ムッシュー、おつれさまがお見えになりました」

藤岡があわてて止まり木から降りた。彼女がほほ笑みながら立っていた。体にぴちっとフィットした黒のロングドレスとスパークリング スマイル。これなら自分はタキシードにすべきだったと思った。

「お待たせしたかしら？」

「全然、僕も今着いたばかりですから」

藤岡がブーケを彼女に差し出した。白いバラと彼女の黒いドレスが鮮やかにマッチしている。

マネージャーがふたりをテーブルに案内した。周囲を見るとテレビや映画で見る顔が多い。市長のブルームバーグもいる。

「ここにはよく来るの？」

「以前はよく来てました。どうです、雰囲気は？」

「とても素敵。クリヨンのアンバサダー・ルームにも劣らないわ」

「よかった。気に入ってもらえるかどうか心配してたんです」

今朝彼女から食事の誘いがあったとき、彼女がニューヨークに不慣れなためレストランは彼が決めることになった。最初イタリア料理を考えたがインフォーマルすぎると思った。やはり彼女のような女性に似合うのは最高級のフランス料理店しかない。

ウエイターがシャンパンを運んできた。レイチェルはちょっと口をつけただけでグラスを置いた。藤岡もシャンパンは苦手だった。べとついた甘さがなんとも気持ち悪い。

藤岡がウエイターにシャンパンを下げてワインを持ってくるように言った。

ソムリエが分厚いワインのメニュを持ってきた。

「八三年のラ・ターシュはあるかね」

「最高のヴィンテージでございます」

「それを飲もう」

ソムリエがうやうやしく会釈をして立ち去った。

「ミズ ヘネシー、まずこうして食事をともにできることを感謝します」

レイチェルが笑いながら、

「堅苦しい言葉は抜きにしましょうよ。ミズ ヘネシーはだめ。タケルとアイリーンでいきましょう」

「なにしろこういう経験は初めてのことなので、正直言って上がってしまってるんです」

「私もよ。告白するけど男の人と食事をするのは初めてなの」

「まさか！ あなたのような美しい人がデートをしたことがないなんて絶対に信じられないですよ」

「もちろん仕事をめぐってのデートはしたわよ。だけどロマンがあって、男と女が最高のワインを挟んでごく普通のことを語り合うなんてことはしたことないの」

ソムリエがテイスティングのために藤岡のグラスにワインを注いだ。藤岡はそれを取り上げて香りをかいだが口をつけなかった。その必要がないほど香りが活きていた。

「注いでくれ」

ふたりがそれぞれのグラスを挙げた。

「アイリーン、これはブルゴーニュでも最高クラスに入るラ・ターシュなんだ。気に入ると思うよ」

レイチェルが一口飲んだ。

「おいしい！　アタックもノーズも最高！」

「僕のセレクションも捨てたものじゃないだろう」

「ほんと。ワインをよく知ってるのね。ということは非常に社交的ということじゃない。こういう銘酒を飲んでれば自然と饒舌《じょうぜつ》になること間違いなしね」

「じゃ、まず僕の自己紹介をさせてください。生まれは日本。この国に来て十二年になります。職業は」

とまで言って、言葉につまった。しかしすぐにリカヴァーして、

「これから捜すところです」

「今までは何をしてらっしゃったの？」

「ウォール・ストリートの証券会社で働いていたんですが、辞めました」

レイチェルがくすくすと笑った。

「証券会社ってよほど給料がいいのね」

その言葉にかすかな皮肉がこもっているのを藤岡は感じ取った。

「リチャードから聞いてるんですね？」

レイチェルが小さくかぶりを振った。

「彼からはあなたが彼の友人であること以外何も聞いてないわ。でも彼の友人であのセ

イフ ハウスに住んでるということは当然ザ カンパニーと関係している。ザ カンパニーは見ず知らずの人に大切なセイフ ハウスを貸しはしない。そのぐらいのことはアインシュタインでなくてもわかるでしょう」

藤岡が苦笑いしながら、

「参りました。しかしあなたもエージェンシーと関係がある。そうでしょう? リチャードがただの友人をセイフ ハウスに招くなんてことはしません。しかも会議室まで使ったし」

「一本返されたわね」

「確かに僕はエージェンシーのために働いてきました。しかしそれはもう過去のことです。問題はこれからの人生でいかにそれを振り切るかです。われわれが過去を忘れようとしても、過去がなかなかわれわれを忘れませんからね」

レイチェルはその言葉にどきっとした。いかに過去を振り切ろうとしても過去が自分を捕まえて離さない。そのとおりだ。今の自分の出発点は十年前のあのパスオーヴァー《過ぎ越し祭り》の晩にあった。もしあの忌まわしい事件が起きてなかったら、自分はまったく違った人生を歩んできただろう。しかし人生に「たら」「れば」は通用しない。

「あなたの言うとおりね。誰も過去のグリップから逃れようにも逃れられない」

ごく自然に口をついて出た言葉に彼女自身少なからず驚いていた。こんなにナチュラルに話せたのは何年ぶりだろうか。

藤岡が続けた。

「それにしても人生というものは不公平だらけだけど、意外なところで帳尻が合うものですね。捨てる神あれば拾う神ありです。日本にいたとき僕は絶望のどん底にありました。そのとき救いの手を差しのべてくれたのがリチャードだった。彼がいなかったらとっくに僕は日本の刑務所で自分の命を絶っていたと思います。彼は僕の救世主です」

レイチェルはなぜか胸が苦しくなるのを感じた。自分としたことがいったいどうしたのだろう。標的となる人間とはこれまでに何度も食事をともにしてきた。はずんだ会話もした。だがそこには〝自分〟はいなかった。心の塀が完璧に自分を守ってくれていた。しかし藤岡と話していると、その心の塀がそれほど頑丈ではないのではないかと感じさせられてしまう。恐怖感にも似たこの思いはなぜだろうか？

心の中で自問していた。食事に誘ったのは間違いだった。彼のガードを下げさせるのが目的だった。しかし絶対的に必要なことではなかった。ではなぜ誘ったのか。それは多分、ごく普通の状況のもとで彼に会いたいという望みが自分の潜在意識のどこかにあったからかもしれない。

「すいません。さぞかしおしゃべり男と思ってるでしょう」

「とんでもない。いい話だわ。そういう美しい話を聞いたのは何年ぶりかしら。それにしてもリチャードを尊敬してるのね」

「これまでもそうだけど、今も心底信じられるのは彼だけです」

食事が終わってふたりはラ・グルヌイユを出た。パーク・アヴェニューに向かって歩いた。

「クラブにでも行ってナイトキャップはどうです?」

「クラブ?」

「メトロポリタン・クラブといってシックで落ち着いた雰囲気のところです」

メト・クラブについてはレイチェルも聞いたことがあった。ニューヨークで最も古い会員制クラブで、今でも女性は会員になれない。

「それもいいけど、できることならあなたのアパートのほうがいいわ。あそこなら文字どおりセイフですもの」

五分後ふたりはタクシーで東六十五番通りとパーク・アヴェニューの角にあるセイフハウスに着いていた。

「何を飲みます?」

居間の隅にあるカウンターに近付きながら藤岡が訊いた。

「マーティニ、ヴェリードライ」

彼女は窓際に行って外に目をやった。窓に映る藤岡の後ろ姿はまるっきり無防備そのものだった。彼女がハンドバッグに手を滑り込ませた。その手がわずかに震えていた。自分自身に腹がたった。こんなことはかつてなかった。

藤岡が両手にグラスを持ってカウンターの向こうから出てきて彼女に近付いた。彼女が振り返って彼を見た。その手にはベレッタが握られていた。

藤岡がにっこり笑った。

「まだ僕が現役だったらおもしろいジョークだったろうね」

「ジョークだったら私も笑ってるわ」

彼女が引き金を引いた。弾は藤岡の左耳すれすれをかすめた。藤岡はまだ両手にグラスを持っていた。ゆっくりと下がってグラスをカウンターの上に置いた。

「これでジョークかどうかわかったでしょう？」

「いっぱい食わされたってわけだ」

憎いほど落ち着いている。しかしその表情はそれまでの藤岡とはまったく違っていた。ジェントルな明るさは消え失せ、そのまなざしはクーガーのような獰猛《どうもう》さを秘めて彼女を見据えていた。

「その銃はベレッタ1915だな。小型ながらいい銃だ。口径七・六五ミリ、ブローバック式、装弾数八発。ちょっと音が大きいが、ここでは誰にも聞こえまい」

両者の距離は約三メートル。彼が両手をだらりと下げた。

「いつでもいいぜ」

「ナイフを投げようとしても無駄よ」

「やってみなきゃわからないだろう。そのベレッタの弱点は初速が秒速百九十七メートルと遅いことだ。おれのナイフのほうが速いかもしれない」

いつの間にか彼の右手にはフリック ナイフが握られていた。ぱちっという音がしてナイフが開いた。

死のような静けさが漂った。

ふたりが向かい合ったまま何秒かが過ぎた。

レイチェルは引き金に指を当てたまま凍りついたように動かなかった。まるで催眠をかけられたような状態に陥り、指がロック インしてしまっていた。

「スパーンたちからの依頼か?」

彼女が小さくかぶりを振った。

「どうせおれたちは死ぬんだ。きみはおれの頭か心臓をぶち抜く。おれはきみの心臓をナイフで貫く。だから本当のことを教えてくれ。依頼人は誰なんだ?」

「………」

それを明かすのはむごすぎるとレイチェルは思った。しかし同時に知らせないでこのまま殺すことにもためらいがあった。

「教えてくれ。頼む」

「……依頼人はあなたの言う救世主。あなたが最も信頼している人」

「……!?」

藤岡の顔にパニックが走った。

「そんな馬鹿な!」

「そう、リチャードよ。断腸の思いだと言っていたわ」

藤岡が彼女から目を離した。その顔が苦痛に歪んだ。この世でただひとり信じていた人間に裏切られたのだ。彼にとってはもう生きる意味はなくなっていた。

その手からナイフが落ちた。

両手を広げた。

「殺《や》ってくれ。逝く潮時のようだ。さあ心臓でも頭でも」

しかしレイチェルの指は動かなかった。

殺される前に命乞いをした人間は多かったが、自分から殺してくれと言った者はこれまでいなかった。しかも自分は目の前にいる男と心情的に底無し沼にはまり込んでしまっている。こういう場合の対処方法をモサドは教えてくれなかった。

「どうした？　それでもプロか？　じゃあ、やりやすいようにしてやろう」

藤岡が背広を広げてシャツを引き裂いた。浅黒い肌を見せて一歩彼女に近付いた。

「さあ、ここを狙《ねら》え！」

心臓を指して彼が言った。

彼女の目から涙がこぼれ落ちた。

「情けない。CIAもやきがまわったもんだ。獲物を前に涙をこぼすなんてプロとしては失格だ」

しかしいくら挑発しても、彼女の指は動かなかった。突然銃を持った手をおろした。その場にしゃがみこんだ。藤岡が彼女の前にかがみこんでその手から銃を取り上げた。

「こんなときどうしたらいいの？」

藤岡に、というより彼女自身の心に訊いているようだった。

「その答えはおれ自身が知りたい」

藤岡が立ち上がってソファに行って腰を下ろした。大きなため息をつきながら身を沈めた。

目を閉じた。レイチェルから取り上げたベレッタを口に突っ込んだ。

これまでのことが走馬灯のように脳裏に浮かんでは消えていく。姉のこと、父のこと、やくざのこと、自衛隊のこと、リチャードに初めて会ったときのこと、そしてレイチェルとの今夜の食事……、すべては幻だった……。

「ファック　イット！」

引き金に指をかけた。

レイチェルがバネで弾かれたように立ち上がり、ソファに走って藤岡の銃を手で叩き落とした。

「何の真似なの⁉」

「きみが殺ってくれないから自分で殺る。もうこの人生に未練はない。今はただ死にたい。ライフ イズ シット」

レイチェルが藤岡のとなりに腰を下ろした。

「でもふたりでなら生きられるかもしれないじゃない」

捨て鉢的な笑いが彼の顔に浮かんだ。

なんというコンビネーションだろう。死にたくてしょうがない元殺し屋と引き金を引けない現役の殺し屋。ブラック ジョークにもならない。

レイチェルが怪訝な表情で藤岡を見つめた。

「きみは殺し屋失格。おれは人間失格だ。考えてみればおかしなものだな。きみもおれも人を消すことにこれまでの人生をかけてきた。だがもともと誰も人生から生きては出られないんだ」

「これからどうしたらいいの？」

そこにはそれまで自信満々だった彼女の姿はなかった。代わりにあるのは恐怖におののきながら自分を守るすべを知らないひとりのか弱い女の姿だった。

「きみは契約を実行していない。リチャードがどう反応するかを考えたほうがいい」

「リチャードは問題ないと思うの。それより本部の上司がなんと言うか?」

「きみはCIAじゃなかったのか?　MI6か?」

彼女が首を振った。

藤岡が床に落ちている銃を見つめた。思い出した。ベレッタはモサドの制式銃だった。

「モサド……だったのか?」

「CIAにリースされてるの」

「きみがその気になっていたら確実に殺られてたよ。なぜ引き金を引かなかったんだ。おれに対する同情か?」

「いいえ同情なんかじゃない。うまくは言えないけど、私たちはふたりとも心の中に破壊の爪痕《つめあと》を持っている。似ているのよ。だからふたりの間に何か大切なものが生まれそうな気がするの。それを銃弾とかナイフで破壊したくはなかった」

自信のない表情でレイチェルが藤岡を見つめた。

「私の言ってることっておかしい?」

「全然。おれもそれだけ上手にきみへの思いを伝えたい」

「それじゃ私の言ったことに同意するのね？」

「そうしたい。これからひとりで何十年生きるよりも、地獄の底でもいい。きみとの一日をおれは選ぶ。だがこれまで人を殺しすぎた。今さら虫がよすぎる話だ」

「私はあなた以上に人を殺してきたのよ。でも人間性を完全に失ってしまったとは思いたくない。少しでも残っていると信じたいの。もし残っているならそれを軸にしてこれから生きていきたい。そのチャンスにかけたいのよ」

「きみには十分にそれが残っている。おれを殺せなかったのがその証《あかし》だ」

「でもそれはあなたが私の心に食い込んで〝人間〟の部分をクリックしてくれたからじゃない」

「おれはきみに会った瞬間からクリックされていたよ。おれは不完全を絵に描いたような人間だが、その不完全さゆえに心を満たしてくれる何かを求めていた。それをきみの中に見つけ出したんだ」

レイチェルははっとして藤岡を見た。今回のミッションに出発する前、キブッツサムソンでサブラック少将が同じようなことを言ったのを思い出した。確か彼は言っていた。〝その不完全さゆえに人間は魂を満たす何かを求める〟。

自分は藤岡を殺せなかった。その理由はあろうことか彼に魅きつけられてしまったからだ。だから刺客としては失敗した。

しかしひょっとしたら少将はこういうことが起こることを望んでいたのではないか。あのとき彼はミッションとはまったく関係のないことを自分に訊いた。〝レイチェル・アザリアスというひとりの人間として幸せか……〟、突然の質問に自分は面食らった。そんなことを考えたこともなかった。

しかし今ならその答えをはっきりと言える。

忘却の彼方から父ベン・アザリアスの声が聞こえてきた。〝私のプリンセス、きみの人生はきみが決めるんだ。ただひとつだけ約束しておくれ。絶対に幸せをつかむ、と〟

レイチェルが藤岡の手を握った。その燃えるようなまなざしが彼を見据えた。

「タケル、私たちの人生は私たちで決めましょうよ。絶対に幸せをつかめると信じて」

エピローグ

ジェイソン・サブラックの読みどおり、ニューヨーク・タイムズの記事が出た三日後、ホワイトハウスのスポークスマンは、大統領特別顧問ローレン・ランドが病気治療のためそのポストを降りたと発表した。もちろん病気治療はあくまで口実であって、実際は彼の存在が邪魔どころか大きなマイナスになったために、ホワイトハウスのスタッフたちが一致して大統領に猛烈な働きかけを行った結果だった。

ランドはニューヨーク・タイムズに対しての告訴はしなかった。もしすれば逆に窮地に追い込まれると知っていたからだ。

すでに議会はアル・ドバイエ逮捕と核爆弾の存在をめぐるランドの役割に焦点を当て、公聴会を開く方向に動き始めていた。ニューヨーク・タイムズの記事がその発火点になったのは確かだが、その後CIAのグロスマン長官やドン・クックマン、さらにはNSAのメンバーなどの証言によって事実関係が明らかになったためである。議会はランドに対する刑事訴追も視野に入れていた。ワシントンはひっくりかえるような騒ぎに陥っていた。

そんなある日サイモン・ドラッガーからサブラックに電話が入った。レイチェルがイスラエルに戻ったかどうかを彼は知りたがった。彼女は一度帰ってきたが今は休暇中だと答えた。

「何か言ってなかったか?」

「いや、特別には。何かあったのか?」

「死体をどう始末したのか知りたかったんだ。ターゲットを殺ったのはニューヨークのセイフ ハウスだったと思うんだが、それについてカリプソは何か言ってなかったかい」

「べつに。あれはお宅の仕事だから彼女が私に報告する義務はない。休暇から戻ったら訊いてみようか」

「頼む。今回のターゲットに関してだが、実を言うと以前あんたに話したうちの専属のヒット マンだったんだ。私は彼を逃がしたかった。だがあのローレン・ランドが命じたんだ。始末しろ、と」

「CIA対外作戦部の猛者《もさ》があんな奴の命令を聞くなんて情けないな。けどあんたがたはこれまで何人ものエージェントやヒット マンを使い捨てにしてきたじゃないか。その中のひとりと思えばいいんだ」

「あんた、意外に残酷なことを言うな」

「そっちこそ、急に聖歌隊の少年になっちまったようじゃないか」

「彼に限ってはどうも良心の呵責《かしゃく》を感じるんだ。私を信じきっていただけにね」

「まあ、たまには苦しむのもいいだろう。魂の洗濯になる。ところで議会の公聴会には引っ張り出されるのか？」

「多分、秘密聴聞会だろう。一応これでも対外作戦部の責任者だ。名前と顔は伏せられることになってるからね」

「まさかカリプソの件について話すなんてことはないだろうな」

「その点は大丈夫だ。ニューヨーク・タイムズもそれについては一言も触れてないからね。あれだけのディテールを探り出したタイムズが、彼女について書いてないのも不思議な話だが。それにしてもあのカリプソという女性にはびっくりさせられたよ。触れれば切れるカミソリのような女だった。正直言って恐ろしかったよ」

「彼女に伝えておこう。多分大笑いするだろうがね」

「彼女、笑うことなんてあるのかい」

「今ごろ笑ってるんじゃないかな。それじゃまたな」

受話器をもとに戻してにやりとした。ドラッガーは何も知っていない。それでいいのだ。

サブラックにはニューヨークのレイチェルからとっくに連絡が入っていた。

通常よほどのことがない限り、海外にいるエージェントは彼に直接電話をかけないよう指示されている。この指示をレイチェルはずっと守ってきた。だから彼女がニューヨークから電話をしてきたとき、サブラックはもしやと思った。

しかしレイチェルの声はかつて彼が聞いたことがないほど生き生きと弾んでいた。面食らうサブラックに彼女が言った。

「少将、すいません。電話なんかしてしまって」

「今どこからかけてるんだ?」

「ニューヨークのCIAセイフハウスからです」

「大丈夫なのか。録音されているかもしれないぞ」

「その心配は要りません。ここの住人と一緒ですから。レコーディング システムはすべてはずしてあります」

「……?」

「それより少将、非常に重要なことでお願いがあるのですが」

「何だね。言ってごらん」

「今回のミッションが終わったら、私に休暇をとるようにとの命令でしたね」

「ああ、半年でも一年でも、きみの好きなだけとりなさい」

「今回のミッションは失敗でした。ですから休暇などと言わずに私を馘《くび》にしてください」

「なんだって⁉」

サブラックの驚きようはその声の高さに表れていた。

「まさか燃えつきたなんて言うのじゃないだろうね？」

「いえ、その逆です。これから燃え始めるところです」

サブラックは完全に困惑していた。

「今回のミッションに発つ直前、少将は私に幸せかどうかお尋ねになりましたね？」

「ああ確かに訊いた」

「もう一度、あの質問をしてください」

「いったいどうしたというのだ、カリプソ？」

「お願いです。もう一度訊いてください」

「わかった。わかった。今きみはひとりの人間として幸せかね？」

「とっても幸せです！　自分の不完全さを確信したのです」

「それで何がわかった？」

「求めるものがわかりました」

「ほう、それは何かね？」

彼女が一呼吸置いてから力のこもった声で言った。

「愛です」

サブラックの顔にこぼれるような笑みが漂った。

咳払いして威厳をこめた口調で彼が言った。

「レイチェル・アザリアス、イスラエル対外情報機関モサドの副長官としてここに告げる。きみを解雇する」

落合信彦の本

列炎に舞う

天安門事件前夜。中国の急激な民主化を画策する男と、これに立ち向かう男。各国の思惑が渦巻く中、運命に翻弄されつつも闘い続ける男たちの華麗な世界を描く国際小説。

運命の劇場（上・下）

環境危機が叫ばれる現代、第三のクリーンエネルギーの開発に携わった二人の研究者が惨殺された。新エネルギーを巡り、列強の世界戦略のもと、熾烈な闘いが始まる。国際諜報戦を描く長編ロマン。

王たちの行進

地平線の遥か彼方、そこに光を見つけてひた走る者が、明日を拓き歴史を創る……。ベルリンの壁崩壊に仕掛けられた工作。指揮したのは元商社マン・城島武士だった。圧倒的迫力で描く長編ロマン。

集英社文庫

そして帝国は消えた

人生で最高のエキサイトメントを味わうためなら、どんな危険も厭わない！
落日のソ連邦に一大作戦を仕掛けた城島武士。アメリカを陰で操る
エリート集団を相手に、史上最大の獲物を賭けて熾烈な情報戦を展開させる。

騙《だま》し人《にん》

二〇〇五年、某国のミサイルが日本を狙う。平和ボケの政治家に代わって
国を救うため秘策を練る四人の天才詐欺師たち。
その武器は恐るべき知能のみ！　抱腹絶倒、痛快無比の近未来ピカレスク。

ザ・ラスト・ウォー

二〇〇七年、米中二大国が一触即発の危機に！
ロシア、朝鮮半島が不穏な動きを見せる中、日本が選択した道は——。
驚愕のクライシス・ノヴェル。

どしゃぶりの時代　魂の磨き方

「生き残る」から「勝ち残る」へ。
真の勝ち組になるための一〇の基本条件を徹底伝授。
意欲と危機感があるなら読むべし。若者に贈る熱いメッセージ。

ザ・ファイナル・オプション　騙し人Ⅱ

激突間近の米中両大国と、アラブの富豪を手玉にとる天才詐欺師たち。
小国を救うため彼らが仕掛けた、巨大な騙しのゲームとは？
さらにスケールアップの「騙し人」シリーズ第二弾！

虎を鎖でつなげ

二〇〇七年、ついに中国が台湾侵攻を決断！
それは政権存続の危機に直面した中国共産党の最終選択肢だった――。
圧倒的なリアリズムで描く超一級エンターテインメント。

集英社文庫　目録（日本文学）

大岡昇平　靴の話　大岡昇平戦争小説集
大沢在昌　悪人海岸探偵局
大沢在昌　無病息災エージェント
大沢在昌　ダブル・トラップ
大沢在昌　死角形の遺産
大沢在昌　絶対安全エージェント
大沢在昌　陽のあたるオヤジ
大沢在昌　黄龍の耳
大島裕史　日韓キックオフ伝説　ワールドカップ共催への長き道のり
太田光　パラレルな世紀への跳躍
大竹伸朗　カスバの男　モロッコ旅日記
大槻ケンヂ　のほほんだけじゃダメかしら？
大槻ケンヂ　わたくしだから改
大橋歩　楽しい季節
大橋歩　秋から冬へのおしゃれ手帖
大橋歩　おしゃれのレッスン

大橋歩　くらしのきもち
大橋歩　おいしいおいしい
大橋歩　オードリー・ヘップバーンのおしゃれレッスン
大森淳子　ああ、定年が待ち遠しい
岡崎弘明　学校の怪談
岡嶋二人　ダブルダウン
荻原浩　オロロ畑でつかまえて
荻原浩　なかよし小鳩組
奥泉光　バナールな現象
奥泉光　ノヴァーリスの引用
奥泉光　鳥類学者のファンタジア
奥田英朗　東京物語
奥田英朗　真夜中のマーチ
奥本大三郎　虫の宇宙誌
奥本大三郎　壊れた壺
奥本大三郎　本を枕に

奥本大三郎　虫の春秋
奥本大三郎　楽しき熱帯
小沢章友　夢魔の森
小沢章友　闇の大納言
小澤征良　おわらない夏
落合信彦　男たちのバラード
落合信彦　モサド、その真実
落合信彦　石油戦争
落合信彦　英雄たちのバラード
落合信彦・訳　第四帝国
落合信彦　男たちの伝説
落合信彦　アメリカよ！あめりかよ！
落合信彦　狼たちへの伝言
落合信彦　挑戦者たち
落合信彦　栄光遙かなり
落合信彦　終局への宴

集英社文庫　目録（日本文学）

落合信彦　戦士に涙はいらない
落合信彦　狼たちへの伝言2
落合信彦　そしてわが祖国
落合信彦　狼たちへの伝言3
落合信彦　ケネディからの伝言
落合信彦　誇り高き者たちへ
落合信彦　太陽の馬(上)(下)
落合信彦　映画が僕を世界へ翔ばせてくれた
落合信彦　烈炎に舞う
落合信彦　決定版 二〇三九年の真実
落合信彦　翔べ 黄金の翼に乗って
落合信彦　運命の劇場(上)(下)
ハロルド・ロビンス 落合信彦・訳　冒険者たち(上) 野性の歌
ハロルド・ロビンス 落合信彦・訳　冒険者たち(下) 愛と情熱のはてに
落合信彦　王たちの行進
落合信彦　そして帝国は消えた
落合信彦　騙《だま》し人《にん》
落合信彦　ザ・ラスト・ウォー
落合信彦　どしゃぶりの時代 魂の磨き方
落合信彦　ザ・ファイナル・オプション 騙し人II
落合信彦　虎を鎖でつなげ
落合信彦　名もなき勇者たちよ
乙一　夏と花火と私の死体
乙一　天帝妖狐
乙一　平面いぬ。
乙一　暗黒童話
乙一　ZOO 1
乙一　ZOO 2
乙川優三郎　武家用心集
小和田哲男　歴史に学ぶ「乱世」の守りと攻め
恩田陸　光の帝国 常野物語
恩田陸　ネバーランド
恩田陸　ねじの回転(上)(下) FEBRUARY MOMENT
開高健　オーパ！
開高健 C・W・ニコル　野性の呼び声
開高健　風に訊け
開高健　オーパ、オーパ!! アラスカ・カナダ カリフォルニア篇
開高健　オーパ、オーパ!! アラスカ至上篇 コスタリカ篇
開高健　オーパ、オーパ!! モンゴル・中国篇 スリランカ篇
開高健　知的な痴的な教養講座
開高健 島地勝彦　水の上を歩く？
開高健　生物《いきもの》としての静物
開高健　風に訊け ザ・ラスト
角田光代　みどりの月
角田光代 佐内正史　だれかのことを強く思ってみたかった
梶井基次郎　檸檬
勝目梓　決着
勝目梓　悪党どもの晩餐会

集英社文庫

名《な》もなき勇者《ゆうしゃ》たちよ

2007年4月25日　第1刷　　定価はカバーに表示してあります。

著　者　落合信彦《おちあいのぶひこ》

発行者　加藤　潤

発行所　株式会社　集英社

東京都千代田区一ツ橋2-5-10　〒101-8050

電話　03-3230-6095（編集）

03-3230-6393（販売）

03-3230-6080（読者係）

印　刷　中央精版印刷株式会社　株式会社美松堂

製　本　中央精版印刷株式会社

フォーマットデザイン　アリヤマデザインストア　　マークデザイン　居山浩二

ISBN978-4-08-746147-3 C0193